VERDADE E INTERPRETAÇÃO

VERDADE E INTERPRETAÇÃO

Luigi Pareyson

Tradução
MARIA HELENA NERY GARCEZ
SANDRA NEVES ABDO

Martins Fontes
São Paulo 2005

Esta obra foi publicada originalmente em italiano com o título
VERITÁ E INTERPRETAZIONE, por Ugo Mursia Editore, Milão.
Copyright © 1971 Gruppo Ugo Mursia Editore S.p.A.
Copyright © 2005, Livraria Martins Fontes Editora Ltda.,
São Paulo, para a presente edição.

1ª edição
julho de 2005

Tradução
MARIA HELENA NERY GARCEZ
SANDRA NEVES ABDO

Acompanhamento editorial
Luzia Aparecida dos Santos
Revisões gráficas
Solange Martins
Sandra Regina de Souza
Dinarte Zorzanelli da Silva
Produção gráfica
Geraldo Alves
Paginação/Fotolitos
Studio 3 Desenvolvimento Editorial

Dados Internacionais de Catalogação na Publicação (CIP)
(Câmara Brasileira do Livro, SP, Brasil)

Pareyson, Luigi, 1918-1991.
Verdade e interpretação / Luigi Pareyson ; tradução Maria
Helena Nery Garcez, Sandra Neves Abdo. – São Paulo : Martins Fontes, 2005. – (Coleção biblioteca universal)

Título original: Veritá e interpretazione
Bibliografia.
ISBN 85-336-2167-1

1. Hermenêutica 2. Ideologia 3. Verdade (Filosofia) I. Título.
II. Série.

05-4882   CDD-121.68

Índices para catálogo sistemático:
1. Verdade e interpretação : Epistemologia : Filosofia 121.68

Todos os direitos desta edição para a língua portuguesa reservados à
Livraria Martins Fontes Editora Ltda.
Rua Conselheiro Ramalho, 330 01325-000 São Paulo SP Brasil
Tel. (11) 3241.3677 Fax (11) 3101.1042
e-mail: info@martinsfontes.com.br http://www.martinsfontes.com.br

ÍNDICE

Apresentação à edição brasileira XI
Prefácio 1

INTRODUÇÃO | Pensamento expressivo e pensamento revelativo 7
   1. Consideração historicista e discussão especulativa 7
   2. Expressão do tempo e revelação da verdade 10
   3. Características do pensamento que desconhece o vínculo entre pessoa e verdade .. 12
   4. Discurso críptico e discurso semântico: desmistificação e interpretação 15
   5. Inobjetivabilidade da verdade 19
   6. Não o misticismo do inefável, mas a ontologia do inexaurível 22
   7. Falência da desmitização: irracionalismo da razão sem verdade 24
   8. Servidão no pensamento técnico e liberdade no pensamento revelativo 26

PRIMEIRA PARTE

VERDADE E HISTÓRIA

CAPÍTULO I | **Valores permanentes e processo histórico** .. 31
  1. Insuficiência do historicismo e do empirismo, característicos da cultura hodierna .. 31
  2. Historicidade dos valores e durabilidade histórica 35
  3. Além dos valores e além da durabilidade: a presença do ser 38
  4. A inexauribilidade do ser como fundamento da sua presença e ulterioridade nas formas históricas 41
  5. As formas históricas como interpretações do ser: eliminação do relativismo 43
  6. Originariedade da tradição 45
  7. Regeneração e revolução 48
  8. Ser e liberdade 49

CAPÍTULO II | **Originariedade da interpretação** 51
  1. Relação com o ser e interpretação da verdade: ontologia e hermenêutica 51
  2. Na interpretação, aspecto histórico e aspecto revelativo são coessenciais 52
  3. Caráter não subjetivista nem aproximativo da interpretação 54
  4. Impossibilidade de distinguir um aspecto caduco e um núcleo permanente na interpretação 57
  5. A unicidade da verdade e a multiplicidade das suas formulações são inseparáveis ... 60

6. A formulação da verdade é interpretação, não sub-rogação dela: não monopólio nem travestismo 62
7. Falso dilema entre a unicidade da verdade e a multiplicidade das suas formulações .. 66
8. Caráter hermenêutico da relação entre a verdade e a sua formulação 69
9. A interpretação não é relação de sujeito e objeto 72
10. A interpretação não é relação de conteúdo e forma ou de virtualidade e desenvolvimento 76
11. A interpretação não implica uma relação entre partes e todo: insuficiência da integração e da explicitação 78
12. Estatuto da interpretação 85
13. Conseqüências da pessoalidade da interpretação 88
14. Conseqüências da ulterioridade da verdade . 93

SEGUNDA PARTE

VERDADE E IDEOLOGIA

CAPÍTULO I | Filosofia e ideologia 101
1. Pensamento expressivo e pensamento revelativo 101
2. Historicização do pensamento na ideologia . 102
3. Tecnicização da razão na ideologia 104
4. Inseparabilidade do aspecto histórico e do aspecto revelativo no pensamento ontológico: verdade e interpretação 108

5. Unidade originária de teoria e práxis no pensamento ontológico: ser e testemunho . 113
6. Falsa consciência e mistificação no pensamento ideológico 119
7. Falsificação do tempo no pensamento ideológico 124
8. Explicitação completa do subentendido e infinita interpretação do implícito 128
9. O problema do fim das lutas ideológicas não se resolve nem pelo historicismo sociológico nem pelo materialismo histórico .. 132
10. A tecnicização do pensamento aumentada pelo fim da luta das ideologias 135
11. Somente a filosofia como guardiã da verdade torna possível o diálogo 137

CAPÍTULO II | **Destino da ideologia** 143
1. Equivocidade do significado neutro ou positivo da ideologia 143
2. O problema da distinção concreta entre ideologia e filosofia 147
3. Deliberada confusão entre filosofia e ideologia 150
4. Caráter não filosófico da ideologia 154
5. *Weltanschauung*, filosofia, ideologia 156
6. Realidade positiva do mal e do erro ... 160
7. Irremediável negatividade da ideologia .. 162
8. Aspectos falsamente positivos da ideologia e sua denúncia 166
9. Caráter não ideológico da filosofia 170
10. Concretude da filosofia autêntica 174
11. Diferença entre caráter histórico e caráter ideológico do pensamento 178

12. Unicidade da verdade e pluralidade, mas não parcialidade, das filosofias 181
13. O problema da ontologia negativa: inefabilidade ou inexauribilidade 185
14. O pensamento revelativo, único mediador entre a verdade e o tempo: necessidade da filosofia entre religião e política 190
15. Eficácia racional da filosofia, não da ideologia: teoria e práxis 197
16. Inevitabilidade do empenho moral, não do ideológico 201
17. O filósofo e a política 205
18. Insuficiência da mútua subordinação de filosofia e política 209
19. Originariedade da prática 214

TERCEIRA PARTE

VERDADE E FILOSOFIA

CAPÍTULO I | **Necessidade da filosofia** 221
1. Ciência e religião pretendem suplantar a filosofia 221
2. Arte e política pretendem sub-rogar a filosofia 223
3. A filosofia assinalando o limite da ciência a mantém na sua natureza 225
4. Só a filosofia garante a recíproca independência de filosofia e religião 228
5. Degeneração da arte e da política sem a filosofia 231
6. Por demasiada crítica a filosofia declara o seu próprio fim 232
7. Crise da filosofia como renúncia à verdade . 236

8. Alternativa entre verdade e técnica 238
9. A filosofia como consciência da relação ontológica e o problema da linguagem filosófica 241
10. Eficácia da filosofia como recuperação da verdade 243

CAPÍTULO II | **Filosofia e senso comum** 245
1. Exemplos de relações entre senso comum e filosofia 245
2. Ambigüidade do senso comum, preso entre uma exigência de universalidade e um destino de historicidade 247
3. Banalidade e presunção do senso comum separado da filosofia 251
4. Impossibilidade de abandonar a filosofia ao senso comum 254
5. Rigor do saber filosófico 255
6. A filosofia como problematização da experiência e do próprio senso comum ... 258
7. O senso comum como objeto da filosofia é a relação ontológica originária 261
8. Inseparabilidade de universalidade e historicidade no senso comum 264
9. Só a verdade reúne sem despersonalizar .. 266
10. A identidade de teoria e práxis só pode ser originária 270
11. Colaboração profunda entre senso comum e filosofia 271

Citações e referências 273
Índice dos nomes 289

APRESENTAÇÃO À EDIÇÃO BRASILEIRA

Quando, em 1984, foi publicada, pela Martins Fontes, a tradução de *Os problemas da estética*, o filósofo Luigi Pareyson, no Brasil, era conhecido por um reduzido número de pessoas. De lá para cá, este número foi aumentando, a obra conheceu mais duas edições, teses se escreveram sobre o pensamento estético pareysoniano, outras tomaram-no como referência teórica fundamental, constituiu-se, sediado na USP e na UFMG, um Grupo de Pesquisa sobre o Autor e têm-nos chegado notícias da existência de núcleos de estudiosos de sua obra em outros estados do Brasil.

Presentemente, a Martins Fontes dispôs-se a publicar *Verdade e interpretação*, considerada, por muitos, sua obra fundamental. O próprio Pareyson se encarrega de prefaciar esta obra precursora em que propõe princípios fundamentais da ontologia hermenêutica contemporânea, evitando os extremos simétricos do dogmatismo e do relativismo. De modo particular, importa informar aos leitores que, já em 1952, no ensaio *Unità della filosofia*, assim como em *Estetica: teoria della formatività* (1954; 6ª ed., 2002), formulara a primeira proposta de uma filosofia da interpretação, o que torna ainda mais significativa sua prioridade cronológica em relação a Gadamer e a Ricoeur.

Salientemos que *Verdade e interpretação* constitui uma coletânea de ensaios, publicados primeiramente em periódicos e atas, entre 1965 e 1970, o que explica algumas repetições. Tal circunstância, porém, não diminui em nada o mérito da obra, já que, além de não empanar a elegância característica do estilo pareysoniano, as formulações de algumas das idéias fundamentais, feitas de maneira sempre nova, fazem com que ela ganhe em clareza, força, completude e precisão.

Ademais, por estarmos lidando com um intelectual que, ao longo de toda sua vida, se caracterizou por extremada discrição, impondo-se mais pela vigorosa seriedade especulativa do que pelo impacto de polêmicas intervenções, julgamos oportuno e até necessário traçar-lhe, ainda que brevemente, o perfil.

Luigi Pareyson (1918-1991) é natural de Piasco, no Valle d'Aosta. De 1943 a 1988, atuou como livre docente de filosofia teórica, ética e estética na Universidade de Turim. Dirigiu a *Rivista di Estetica* por 28 anos, integrou as Comissões da *Bayerische Akademie der Wissenschaften* para as edições críticas de Fichte e de Schelling, dirigiu algumas das mais importantes coleções filosóficas italianas, *Filosofi moderni* (Zanichelli), *Biblioteca di Filosofia, Studi di Filosofia, Saggi di estetica e di poetica* (Mursia).

Em seus primeiros escritos, ocupou-se da discussão do existencialismo, enquanto filosofia da dissolução do hegelianismo (*La filosofia dell'esistenza e Carlo Jaspers*, 1940; 3ª ed., 1997; *Studi sull'esistenzialismo*, 1943; nova edição 2001), desenvolvendo-o posteriormente na direção de um *personalismo ontológico* (*Esistenza e persona*, 1950; 5ª ed., 2002), cuja fase mais madura dá lugar aos escritos reunidos em *Verità e interpretazione* (1971; 4ª ed., 1991). Com renovadas perspectivas historiográficas, interpretou o idealismo clássico (*Fichte: il sistema della libertà*, 1950; 2ª ed., 1976; *L'estetica dell'idealismo tedesco*, 1950 [nova ed. em curso], v. III; *Goethe e Schelling*, 2003; *L'estetica di Kant*, 1968; nova edição, 1984; *Schelling*, presentazione ed antologia, 1971; 2ª ed., 1975; *Etica ed estética in Schiller*, 1949; 2ª ed., 1983). No campo da reflexão sobre a arte, publicou, além da já citada *Estetica: teoria della formatività*, obras marcantes, como: *Teoria dell'arte*, 1965; *I problemi dell'estetica*, 1966; *Conversazioni di estetica*, 1966; *L'esperienza artistica*, 1974. Sobretudo na última fase de sua meditação, a problemática ontológica ganha um peso decisivo, daí resultando os polêmicos e instigantes escritos, reunidos postumamente em *Ontologia della libertà* (1995); *Dostoevskij* (1993); *Essere libertà ambiguità* (1998); *Kierkegaard e Pascal* (1999).

Especialmente após a sua morte, começaram a surgiu reedições de suas obras, bem como traduções para outros idiomas, sendo digna de nota a publicação em curso, pela editora Mursia de Milão, de sua obra completa, em vinte volumes, aos cuidados do *Centro Studi Filosofico-religiosi Luigi Pareyson*, do Departamento de Filosofia da Universidade de Turim.

Por último, algumas explicações acerca do trabalho da tradução. Pareyson, para exprimir com precisão maior suas idéias, cria alguns neologismos. Como a língua portuguesa permite uma equivalência na tradução, procuramos mantê-los. Da mesma forma, seu estilo – elegante – se utiliza, por vezes, de períodos longos, que optamos por não aligeirar, para não interferir na cerrada lógica de seu discurso e na beleza de sua expressão, coincidindo também nisso com as orientações da Editora.

Concluindo, advirta o leitor que o filósofo coloca a seção *Citações e Referências* no final do volume. Não faz, contudo, chamadas, no decorrer de seu texto. Alertado para este modo de organização do livro, o leitor também deverá prever e organizar seu modo de leitura. Apenas as frases em latim, grego, francês e alemão, que *não* foram traduzidas ou comentadas pelo próprio Pareyson nas *Citações e Referências*, é que foram objeto de tradução em notas de rodapé.

Maria Helena Nery Garcez
Sandra Neves Abdo

PREFÁCIO

Neste volume recolho alguns escritos meus dos últimos seis anos, já concebidos e pensados como capítulos de um livro, quer pela unidade do argumento, quer pela continuidade no modo de tratar. Têm todos um caráter programático, no sentido de que são, ao mesmo tempo, uma decidida tomada de posição na situação hodierna e um plano de trabalho que me proponho desenvolver, e proponho ao desenvolvimento por outros, nos próximos anos. As linhas de desdobramento, porém, já estão todas aqui, mesmo que algumas vezes expostas com deliberada concisão ou, aqui e ali, apenas indicadas. Hoje, devido à elefantíase dos *mass media* e da indústria cultural que deles decorre, tende-se a escrever visando um consumo rápido e imediato, intolerante com as pausas requeridas pela releitura e pela reflexão. As páginas seguintes, muitas das quais são resultado de uma densa concentração, e, por isso, expostas ao risco assinalado no dito *"brevis esse laboro, obscurus fio"**, estão

▼

---

* "Quando procuro ser conciso, torno-me obscuro" – Horácio, *A arte poética*, 25-6. (N. da T.)

destinadas, pelo contrário, a um tipo de leitura lento e meditado, pronto a desenvolver e integrar os motivos, e por isso confiante na colaboração do leitor.

Trata-se de argumentos que, se não estou em erro, são da máxima atualidade, como eram atuais os ensaios de *Esistenza e persona*, há vinte anos: demonstram-no as circunstâncias posteriores. Reivindica-se aqui a necessidade e a autonomia da filosofia, hoje mais do que nunca, frente ao assalto que lhe é movido de todas as partes: pela ciência, pela religião, pela política; todas elas, quando violam os limites de seus campos, dentro dos quais somente a filosofia tem as condições de contê-las, deturpam a sua própria natureza, degenerando em cientificismo, fideísmo, pampoliticismo, isto é, precisamente naqueles que são os males do nosso tempo: a superstição, até mesmo da razão, o fanatismo, tanto político quanto religioso, a ideologia, que é a instrumentalização do pensamento. Donde, pois, as várias formas de relativismo, ceticismo, tecnicismo, praxismo, niilismo, que, sob a aparência da mais vigilante crítica, derivam todas da decadência do pensamento filosófico. E a defesa da filosofia, isto é, esta extrema mas resoluta reivindicação da sua necessidade, não pode ser feita sem restituir ao pensamento o seu princípio genuíno, que é a verdade, subtraindo-o assim de todas as tentativas, hoje cada vez mais difundidas, de reduzi-lo a pensamento meramente histórico e pragmático, técnico e instrumental, empírico e ideológico.

Este livro corre o risco, portanto, de ser impopular, porque fala de verdade num momento em que só se fala de ação e de razão e, mais precisamente, da ação sem verdade, que é a do praxismo, e da razão sem verdade, que é a do tecnicismo. Mas: sabe-se que praxismo e tecnicismo são precisamente a característica do mundo hodierno, e tanto que a supressão do conceito de verdade foi operada, hoje, pela própria filosofia, a qual, não por nada, chegou a negar a si mesma e a teorizar seu próprio fim. Mas o preconceito historicista não pode chegar a ponto de reservar a atualidade à negação da filosofia e à supressão da verdade, confinando verdade e filosofia no ferro-velho do passado, se não por outras razões, ao menos pelo fato, facilmente averiguável, de que a vontade de negar a verdade é tão antiga quanto o desígnio de afirmá-la.

Além disso, a reivindicação da verdade não é necessariamente uma atitude meramente contemplativa ou teorética que, com justiça, seria considerada evasiva e unilateral: a verdade constitutiva do pensamento é igualmente indispensável quer à teoria, quer à práxis, sobretudo se soubermos colher a unidade profunda e originária desses dois termos. Não é preciso esquecer que o verdadeiro pensamento, o pensamento digno desse nome, é, antes de tudo, pensamento do ser, e, precisamente de ser tal, deriva a sua virtualidade prática e a sua eficácia histórica: por um lado, unidade originária de teoria e práxis, anterior à sua divisão, portanto à contraposição ou redução de uma à outra; e por outro lado, pensamento autêntico, preocupado com aquilo que é o seu princípio e a sua origem, isto é, com a sua radicação ontológica e com o seu caráter revelativo, e, por isso mesmo, capaz de dirigir e fecundar a experiência e de dominar e transformar a situação. Finalmente, a verdade não pode ser entendida em sentido objetivo e puramente meta-histórico: por um lado, ela não é objeto mas origem do pensamento, não resultado mas princípio da razão, não conteúdo mas fonte dos conteúdos; por outro lado, ela só se oferece no interior de uma interpretação histórica e pessoal que já a formula de um determinado modo, com o qual ela se identifica a cada vez, sem nele se exaurir ou a ele se reduzir, inseparável da via de acesso através da qual é atingida e, por conseguinte, da forma histórica em que se apresenta no tempo.

Nesses termos, o conceito de verdade parece-me, de um lado, aceitável também à crítica mais atenta e sagaz da atualidade, e de outro, capaz de restituir ao pensamento aquele caráter revelativo do qual depende a sobrevivência da filosofia. Tudo está no manter e desenvolver aquele conceito de relação ontológica com o qual Heidegger vivificou e revigorou validamente a filosofia de hoje, evitando, contudo, o beco sem saída no qual ele a atirou, com a sua proposta de uma ontologia apenas negativa e com a sua total recusa da filosofia ocidental, de Parmênides a Nietzsche. Essas duas concepções acabam por comprometer a própria existência da filosofia, no sentido de que, por um lado, o discurso do filósofo se dissipa no silêncio, resultando impossíveis os discursos filosóficos particulares e, de modo especial, é negada a possibilidade de uma ética; e, por outro lado, a recusa da totalidade do pensamento ocidental torna-se um convite à revolução total mais do que uma solicitação para lembrar que em cada ponto do processo histórico subsiste uma alternativa entre o positivo e o negativo, e tudo consiste em fazer prevalecer livremente o primeiro sobre o segundo. Heidegger, confundindo desse modo a inexauribilidade com a inefabilidade e a regeneração com a revolução, retorna involuntariamente à indiferença das formas históricas e à univocidade do processo temporal, afirmadas por aquele historicismo que, tão vitoriosamente, ele havia debelado. E isto porque, descurando o aspecto personalista, inseparável de uma genuína ontologia, acabou por alterar as relações entre o ser e o tempo, entre o intemporal e a história.

O ponto central do pensamento que proponho é aquela solidariedade originária entre pessoa e verdade, na qual consiste a essência genuína do conceito de "interpretação". Ao estudo do conceito de interpretação já me dedico há mais de vinte anos, mais precisamente a partir de quando me pus a refletir sobre o problema da unidade da filosofia e da multiplicidade das filosofias e sobre a possibilidade de um diálogo entre as diversas perspectivas pessoais, desde que finalmente se abandone a concepção objetiva da verdade. No conceito de interpretação, tal como resultou daquela reflexão, e tal como foi aprofundado nas aplicações que dele fiz em outros campos, sobretudo no campo estético, permito-me indicar aquela nota hermenêutica e, portanto, ontológica, do personalismo que me distingue de qualquer forma de espiritualismo de origem idealista ou de derivação intimista. De tal conceito de interpretação, extraí a idéia fundamental deste livro, ou seja, aquela distinção entre pensamento expressivo e pensamento revelativo, que convida a restituir ao pensamento a sua originária função veritativa contra a instrumentalização a que o submetem o tecnicismo e o ideologismo atuais. Esta teoria da interpretação teve a fortuna de atrair a atenção de pensadores estrangeiros, aos quais me aproxima a originária inspiração existencialista e a constante meditação sobre o pensamento heideggeriano; e a distinção entre pensamento revelativo e pensamento expressivo foi acolhida por estudiosos italianos, aos quais me ligam profundos vínculos de afinidade, com um consenso que tem para mim o valor de uma confirmação.

Ao defender a filosofia e ao reivindicar a verdade, tenho a consciência de ter escolhido o caminho mais difícil: numa situação cultural como a presente, prescindir da filosofia em favor da ciência ou da política ou da religião, ou reduzir a filosofia à reflexão empírica das assim chamadas ciências humanas, como a sociologia ou a psicologia ou a antropologia, ou sacrificar a verdade à multíplice mas indiferente variedade das formas históricas, ou negar a verdade no imperante culto da ação e da eficiência, é até coisa demasiado fácil. Mas, em filosofia, nada é menos verdadeiro e nada é mais deplorável do que o simplismo, e a busca consciente do árduo é, com freqüência, não só indício mas também garantia de verdade. Quando Platão exaltava a beleza do risco, aludia ao fato de que a filosofia requer audácia e coragem; e é quanto, em tempos mais recentes, recorda Schelling: *"Wer wahrhaft philosophieren will, muss aller Hoffnung, alles Verlangens, aller Sehnsucht los sein; er muss nichts wollen, nichts wissen, sich ganz bloss und arm fühlen, alles dahingeben, um alles zu gewinnen"*: "Quem verdadeiramente quer filosofar, deve renunciar a toda esperança, a todo desejo, a toda nostalgia, não deve querer nada nem saber nada, sentir-se pobre e só, abandonar tudo para ganhar tudo."

INTRODUÇÃO
PENSAMENTO EXPRESSIVO
E PENSAMENTO REVELATIVO

1. Consideração historicista e discussão especulativa

Um dos lugares-comuns mais difundidos na cultura hodierna é uma concepção genérica, mas integralmente historicista, pela qual cada época tem a sua filosofia, e o significado de um pensamento filosófico reside na sua aderência ao próprio tempo. Não se trata mais do historicismo clássico que, interpretando a história como progressiva manifestação da verdade e, por conseguinte, as filosofias particulares como graus de desenvolvimento da verdade total, acabava por conferir um significado especulativo à própria correspondência de uma filosofia à sua situação histórica. Trata-se, pelo contrário, de um historicismo integral, que nega à filosofia aquele valor de verdade ao qual ela parece ambicionar pela própria natureza de seu pensamento, e não lhe reconhece outro valor do que ser expressão do próprio tempo.

Este tipo de historicismo, mais do que de uma rigorosa formulação conceitual, tira a própria força de ser hoje a mentalidade imperante e o critério mais ou menos consciente das valorações usuais de grande parte dos homens de cultura, isto é, um verdadeiro *idolum theatri*. Creio que ele não é nem para ser completamente aceito nem completamente recusado; antes, é preciso encontrar o limite dentro do qual é justo aplicá-lo e para além do qual é necessário repudiá-lo. A discriminação, a meu ver, é inerente à própria realidade histórica do pensamento filosófico. Há filosofias que, porquanto ambicionem alcançar, com seu desiderato de formulação universal, um valor de verdade, não conseguem outra coisa senão exprimir o seu tempo. Com elas, uma discussão especulativa é inútil e inoportuna: a única avaliação a que se prestam é a verificação da aderência do seu pensamento à situação histórica. Aqui a função crítica do método historicista se revela positiva e profícua: uma necessidade profunda de sinceridade induz a discernir nas suas afirmações teóricas nada além de uma vã pretensão, ou uma inconsciente ilusão, ou um equívoco mascaramento; e um vivo sentido histórico sabe restituir a esse pensamento, tão radicalmente esvaziado de verdade, um significado, reconhecendo-o na sua capacidade de exprimir seu próprio tempo. Mas há filosofias que, no ato de exprimirem o próprio tempo, são, também e acima de tudo, uma revelação da verdade: a elas, o método historicista, entendido daquela maneira, não se pode aplicar se não a preço de falsear completamente a sua natureza, a qual exige, pelo contrário, depois de uma oportuna colocação histórica, uma discussão estritamente especulativa.

Consideração historicista e discussão especulativa não devem entender-se, portanto, como dois modos diversos de fazer a história do pensamento filosófico: não se trata de dois métodos exclusivos que se disputam toda a história da filosofia, mas de dois métodos coexistentes que têm a tarefa de dividi-la entre si. *Realmente* há filosofias que, por assim dizer, são somente "expressivas" e filosofias que são sobretudo "revelativas": somente as primeiras devem ser submetidas à historicização a que as conclama o método historicista, e nem toda a sua aparência ou pretensão de verdade bastarão para alçá-las ao mérito de uma discussão filosófica; só as segundas ascendem a este nível, de merecer e, ao mesmo tempo, suscitar uma discussão especulativa, e não basta o lado "expressivo", que inevitavelmente acompanha a sua dimensão revelativa, para legitimar uma sua crítica historicista, dirigida a esvaziá-la da verdade e a medi-la com o simples metro da aderência à situação histórica.

Convém, portanto, aprofundar a diferença entre o pensamento que é mero produto histórico e o pensamento que manifesta a verdade, sem esquecer que esta distinção não diz respeito apenas à filosofia, mas constitui um dilema frente ao qual o homem se encontra em cada uma das suas atividades: o homem deve escolher entre *ser* história e *ter* história, entre identificar-se com a própria situação ou dela fazer um trâmite para atingir a origem, entre renunciar à verdade ou dar uma revelação irrepetível dela. Isto depende do modo como o homem, livremente – e não me detenho aqui a indagar a especialíssima natureza desta liberdade originária na qual reside não apenas o ser do homem, mas a sua própria relação com o ser –, do modo como o homem, portanto, livremente prospecta a própria situação. Ele pode prospectá-la como colocação somente histórica ou como colocação, antes de tudo, metafísica, como simples confim da existência ou como abertura para o ser, como limitação inevitável e fatal ou como via de acesso à verdade: desta alternativa deriva à pessoa a possibilidade de reduzir-se a mero produto histórico ou de fazer-se perspectiva vivente sobre a verdade, e deriva ao pensamento a possibilidade de ser uma simples expressão do tempo ou uma revelação pessoal do verdadeiro.

2. Expressão do tempo e revelação da verdade

O pensamento revelativo sempre é, ao mesmo tempo, expressivo, porque a verdade só se oferece no interior de cada perspectiva singular: a verdade só é acessível mediante uma insubstituível relação pessoal, e formulável somente através da via de acesso pessoal para ela. O pensamento que parte desta solidariedade originária entre pessoa e verdade é, ao mesmo tempo, ontológico e pessoal, e, por isso, revelativo e também expressivo, isto é, exprime a pessoa no ato de revelar a verdade e revela a verdade na medida em que exprime a pessoa, sem que nenhum dos dois aspectos prevaleça sobre o outro. Podemos sobrepor-nos nós mesmos à verdade, mas então a verdade, mais do que revelada, é obscurecida, o tempo se transforma num obstáculo opaco e impenetrável, e tornamo-nos incompreensíveis a nós mesmos. Podemos acreditar descobrir a verdade prescindindo de nós próprios e da nossa situação, mas então a verdade se dissipa, porque não soubemos adotar o único órgão de que dispúnhamos para colhê-la, ou seja, a nossa própria pessoa.

A situação histórica, longe de ser um obstáculo para o conhecimento da verdade, como se pudesse deformá-la, historicizando-a e multiplicando-a, é o único veículo para ela, conquanto se saiba recuperar a sua originária abertura ontológica; então, a pessoa inteira, na sua singularidade, torna-se órgão revelador, o qual, longe de querer sobrepor-se à verdade, colhe-a na sua própria perspectiva e, por isso, multiplica sua formulação no próprio ato em que a deixa única. O pensamento revelativo atesta, desse modo, a sua própria plenitude: ancorado no ser e radicado na verdade, deles deriva diretamente os próprios conteúdos e o próprio significado, e a situação se faz via de acesso à verdade somente enquanto aí se torna substância histórica da pessoa.

No pensamento revelativo acontece então que, por um lado, *todos* dizem *a mesma coisa* e, por outro, *cada um* diz *uma única coisa*: todos dizem a mesma coisa, isto é, a verdade, que só pode ser única e idêntica, e cada um diz uma única coisa, ou seja, diz a verdade do seu modo próprio, do modo que *solum* é seu; e é verdadeiro pensador aquele que não somente diz a verdade única, a qual na sua infinidade pode bem reunir todas as perspectivas por mais diversas que sejam, mas também insiste em dizer e repetir, por toda a vida, aquela única coisa que é a sua interpretação da verdade, porque aquela contínua repetição é o sinal de que ele, longe de limitar-se a exprimir o tempo, atingiu a verdade.

A verdade é, portanto, única e intemporal, no interior das múltiplas e históricas formulações que dela se dão; mas uma tal unicidade, que não se deixa comprometer pela multiplicação das perspectivas, só pode ser uma infinidade que estimula e alimenta a todas, sem deixar-se exaurir por nenhuma delas e sem privilegiar nenhuma. Isso significa que, no pensamento revelativo, a verdade reside mais como fonte e origem do que como objeto de descoberta. Assim como não pode ser revelação da verdade aquela que não é pessoal, também não pode ser verdade aquela que não é colhida como inexaurível. Somente como inexaurível a verdade se confia à palavra que a revela, conferindo-lhe uma profundidade que nunca se deixa nem explicitar completamente nem totalmente esclarecer.

3. Características do pensamento que desconhece o vínculo entre pessoa e verdade

O que caracteriza o pensamento revelativo é, portanto, a completa harmonia que nele reina entre o dizer, o revelar e o exprimir: o dizer é, simultânea e inseparavelmente, revelar e exprimir. Que a palavra seja revelativa é sinal da validez plenamente especulativa de um pensamento não esquecido do ser. Que a palavra seja expressiva é sinal da concretude histórica de um pensamento não esquecido do tempo. Ora, no pensamento revelativo, a palavra revela a verdade no mesmo ato em que exprime a pessoa e o seu tempo, e vice-versa. O aspecto expressivo e histórico não só não acarreta prejuízo ao aspecto revelativo e teórico, mas, pelo contrário, o sustenta e alimenta, porque a própria situação é prospectada como abertura histórica à verdade intemporal. Por outro lado, o aspecto revelativo não pode passar sem o expressivo e histórico, porque da verdade não se dá manifestação objetiva, mas trata-se sempre de colhê-la dentro de uma perspectiva histórica, isto é, de uma interpretação pessoal.

Mas, quando a liberdade cessa de reger o vínculo originário entre verdade e pessoa, tudo se transforma. A verdade desaparece, deixando o pensamento vazio e desancorado, desaparecendo também a pessoa, reduzida a mera situação histórica. Rompe-se a harmonia entre dizer, revelar e exprimir, e todas as suas relações resultam tumultuadas e profundamente alteradas. Revelação e expressão separam-se definitivamente. sem verdade, o aspecto revelativo da palavra é puramente aparente e se reduz a uma racionalidade vazia e privada de conteúdo; não mais referida à pessoa na sua abertura revelativa, mas à situação na sua mera temporalidade, a expressão se torna insciente e oculta. A natureza da palavra se degenera e se fragmenta: de um lado, um discurso cuja racionalidade vazia só se presta a uma utilização técnica e instrumental, e do outro, mascarado pelo discurso explícito, o verdadeiro significado deste, isto é, a expressão do tempo.

É útil seguir mais de perto esta peripécia pela qual ao pensamento ontológico se substitui o pensamento histórico, ao discurso especulativo o discurso expressivo, à palavra reveladora a palavra instrumental. Separado da verdade, o pensamento conserva apenas a aparência do seu caráter revelativo, isto é, uma vazia racionalidade, cujos conceitos devem reenviar, pelo próprio significado, ao outro aspecto do pensamento, a saber, ao seu caráter expressivo. Mas, o divórcio entre a revelação da verdade e a expressão da pessoa, turvando a íntima constituição da palavra, produz uma *defasagem entre o discurso explícito e a expressão profunda*: a palavra diz uma coisa mas significa outra. Para encontrar o verdadeiro significado do discurso, é preciso considerar o pensamento não por aquilo que diz, mas por aquilo que trai, ou seja, não pelas suas conclusões explícitas, pela sua coerência racional, pela universalidade dos seus conceitos, mas pela base inconsciente que aí se exprime, isto é, a situação, o momento histórico, o tempo, a época.

Isso implica uma segunda conseqüência: a *identificação do pensamento com a situação*. O pensamento é, desse modo, completamente historicizado porque exprime apenas a situação histórica e aceita ser avaliado com base na sua aderência ao tempo em que surge. Abre-se a via para o culturalismo, que faz reentrar todo o pensamento numa genérica história da cultura, dirigida a iluminar apenas o seu aspecto expressivo, sem prejuízo do seu eventual valor especulativo; para o biografismo, que reduz o pensamento a uma expressão incomunicável da situação em que cada um estaria inexoravelmente murado, como numa prisão intransponível; para o historicismo, mais ou menos ousado, que reduz todo o pensamento à simples expressão da situação histórica, negando-lhe a possibilidade de sair do próprio tempo.

Assistimos assim a uma terceira conseqüência: o intervalo que se abre entre o discurso explícito e a expressão profunda é aquele do *mascaramento*, isto é, o daquela inconsciente ingenuidade ou má-fé, pela qual o pensamento absolutiza uma situação histórica, dando-se ares de alcançar uma universalidade especulativa mas, no fundo, não fazendo mais do que exprimir a situação na sua mera temporalidade. O discurso conceitual do pensamento histórico, que sempre traz consigo conteúdos de verdade, mesmo se degradados e esvaziados, e que até pressupõe sempre um intento especulativo, mesmo que frustrado e inconcluso, não faz mais do que dar uma aparência de racionalidade e de eternidade àquilo que, de fato, não é senão pragmático e temporal, isto é, fornecer a conceitualização das condições históricas e a racionalização dos comportamentos práticos.

Com isso, o pensamento histórico manifesta a sua inevitável *destinação pragmática e instrumental*: e esta é a quarta conseqüência que encontramos, a qual claramente se manifesta nas assim chamadas filosofias desmistificantes, como o praxismo pampoliticista, que converte as ideologias, de meras expressões do tempo, em adequados instrumentos de ação, e as várias formas de experimentalismo, que resolvem a função do pensamento na elaboração das mais diversas técnicas racionais. Essas filosofias são a recuperação do racionalismo depois da desmistificação do pensamento unicamente expressivo: o pensamento privado de verdade, se quer ter um significado racional que não se reduza ao mascaramento da situação histórica, não pode deixar de tornar-se razão pragmática e técnica. Conclui-se, assim, a peripécia do pensamento apenas expressivo e histórico: a renúncia consciente à verdade culmina de modo necessário na deliberada aceitação da função exclusivamente instrumental do pensamento.

4. Discurso críptico e discurso semântico: desmistificação e interpretação

Se agora examinarmos mais de perto as características dos dois tipos de pensamento (deixando deliberadamente de lado a ciência, que constitui um problema de per si) que sumariamente delineei – de um lado, o pensamento experiente da verdade, conjuntamente ontológico e pessoal, e portanto, inseparavelmente revelativo e expressivo, e, do outro, o pensamento puramente histórico, no qual a ausência do caráter revelativo acaba por comprometer também a expressão e reduzi-la a uma racionalização indireta da situação temporal, com uma ineludível vocação instrumental e técnica – a primeira coisa que neles nos chama a atenção é uma espécie de intervalo entre o que é dito e o que não é dito: em ambos, a palavra evoca alguma coisa de não explícito, que contém o verdadeiro significado do discurso. Mas bem diverso nos dois casos é o alcance e a função do não explícito.

Antes de tudo: no pensamento histórico, a palavra diz uma coisa mas significa outra; no pensamento revelativo, a palavra revela muito mais do que diz. No primeiro caso, o que a palavra diz é uma construção conceitual, e o que ela verdadeiramente significa deve ser procurado no nível da expressão, inconsciente e mascarada, da situação histórica: a palavra não revela nem manifesta nem ilumina, mas encobre, oculta e esconde: o seu λέγειν é um κρύπτειν*. No segundo caso, a palavra é reveladora, e é eloqüente não só pelo que diz, mas também pelo que não diz: de fato, o que ela diz é aquela mesma verdade que nela reside como inexaurível e, conseqüentemente, muito mais como não dita que como dita. Como inexaurível, a verdade reside na palavra sem com ela identificar-se, mas reservando-se sempre, κατὰ παρουσίαν ἐπιστήμης κρείττονα**: é uma presença que não coincide com a explicitação e, portanto, abre a possibilidade de um discurso ulterior e sempre novo. A presença da verdade, na palavra, tem um caráter originário: é o manancial de onde jorra incessantemente o pensamento, de modo que, cada nova revelação, mais do que se aproximar progressivamente de uma impossível manifestação total, é a promessa de novas revelações e tem, por conseguinte, um caráter bem mais instigante do que aproximativo. Trata-se de um λέγειν que é um σημαίνειν***: a palavra significa pela sua fértil pregnância, que ultrapassa a esfera do explícito sem diminuí-la, mas antes, dela se irradiando. No pensamento sem verdade, o explícito é tão pouco significativo que, devendo buscar em outro o próprio significado, reenvia à ex-

▼

* o seu dizer é um ocultar. (N. da T.)
** segundo uma presença superior à ciência. (N. da T.)
*** um dizer que é um significar. (N. da T.)

pressão oculta pelo discurso: compreender, em tal caso, significa desmascarar, isto é, substituir o subentendido pelo explícito. No pensamento revelativo, ao invés, o explícito é, de tal modo significante, que nele se adverte claramente a presença de uma fonte inexaurível de significados: compreender significa então interpretar, isto é, aprofundar o explícito para nele colher aquela infinidade do implícito que ele próprio anuncia e contém.

Mais: o pensamento histórico não diz aquilo que faz; o pensamento revelativo não diz tudo. No primeiro caso, há uma verdadeira discrepância entre o dizer e o fazer, devido à ingenuidade ou à má-fé, pela qual a enunciação racional oculta a verdadeira motivação: o aspecto explícito, que é uma pretensa revelação da verdade, está em aberto contraste com a realidade subentendida, que é a situação que aí se exprime. No segundo caso, ao contrário, o discurso tem o próprio significado em si, mas ao modo de um manancial, sempre emergente, resultando daí um contínuo intervalo entre o que é dito e o que resta por dizer. Com maior propriedade, os termos parte e todo não são os mais adequados para descrever a revelação da verdade: revelar a verdade não significa nem conhecê-la toda, mediante a remoção de um véu que impeça a sua completa visão, nem colher suas simples partes, desejando sua integração progressiva ou lamentando sua fatal inadequação. O pensamento revelativo alcança o seu escopo mesmo se não chega ao "tudo dito", οὕτω βαφὺν λόγον ἔχει*: o seu ideal não é a enunciação acabada de uma realidade mais ou menos adequável, mas

▼

---

* Tradução do autor na seção *Citações e Referências*, no final do volume. Doravante, as citações não traduzidas em rodapé, deverão ser procuradas na referida seção. (N. da T.)

a incessante manifestação de uma origem inexaurível. A verdade só se deixa colher como inexaurível, e esse é precisamente o único modo de colhê-la "toda". Não há revelação senão do inexaurível e do inexaurível não pode haver senão revelação, tratando-se não de colher a verdade de uma vez por todas ou de deplorar a impossibilidade de dar-lhe uma formulação definitiva, mas de encontrar uma abertura até ela, e extrair-lhe um vislumbre ou um clarão que, mesmo fraco e fugaz, é extremamente difusivo, sendo inexaurível a verdade que aí aparece.

Ainda: no pensamento histórico, o não dito está fora da palavra, enquanto, no pensamento revelativo, o não dito está presente na própria palavra, de modo que, enquanto no primeiro caso, compreender significa anular o não dito e levá-lo à completa explicitação, sanando a discrepância entre dizer e fazer, no segundo caso, ao invés, compreender significa dar-se conta de que só se possui a verdade na forma de ainda dever procurá-la. Se, no pensamento histórico, se trata de anular o subentendido no ato de descobri-lo, de desmascarar a diferença entre o dito e o não dito, de recuperar a totalidade do discurso e do seu significado, em suma, de operar a desmistificação, depois do que a tarefa está terminada, pelo contrário, no pensamento revelativo, a tarefa é infinita, porque a verdade se oferece à palavra precisamente como não completamente explicitável e possibilita o discurso somente enquanto nele reside sem se exaurir; e não se deixa aprisionar numa enunciação completa, precisamente enquanto alimenta uma revelação contínua, e apresenta como indício da sua presença justamente o intervalo entre o explícito e o implícito, consignando-se, assim, à única forma de conhecimento capaz de colher e possuir um infinito, que é a interpretação. A desmistificação recupera a irracionalidade inferior do pensamento histórico ao culto racionalista do explícito, enquanto a interpretação assegura a presença da verdade em um processo de revelação incessante e em uma infinidade de perspectivas penetrantes: a desmistificação restabelece uma totalidade enquanto a interpretação atesta o inexaurível.

5. Inobjetivabilidade da verdade

A esta altura poderíamos ser levados a considerar que, assim como o pensamento histórico só revela seu verdadeiro significado se submetido a um processo de desmistificação, assim, o pensamento revelativo só aparece na sua verdadeira natureza quando se submete a um tratamento de desmitização. De fato, o pensamento revelativo parece possuir as características do mito: uma vez que a verdade só se oferece no interior de uma perspectiva e só é colhida como inexaurível, o discurso que lhe diz respeito tem a dúplice característica de ser sempre multíplice e nunca inteiramente explícito. Sempre multíplice, isto é, pessoal e expressivo, e nunca inteiramente explícito, isto é, indireto e significativo. Ora, não são precisamente essas as características do mito, cuja *vis veri** encontra, na expressão da pessoa, o ambiente mais propício para anunciar-se, e o discurso fala indiretamente do seu assunto, revelando-o mais por lampejos do que exaurindo-o de maneira objetiva?

Mas aqui se torna indispensável uma precisão, dirigida a evitar que, no discurso filosófico, se insinue a nebulosidade de um misticismo mal entendido. Certamente, afirmar que a ver-

▼
---
* força da verdade. (N. da T.)

dade só se oferece dentro de cada perspectiva singular, sem nunca se identificar com nenhuma delas, que a verdade só pode ser colhida como inexaurível, a saber, reside na palavra não como presença totalmente explicitada mas como origem e fonte, significa afirmar que a verdade é fundamentalmente inobjetivável. De fato, se, por um lado, a verdade só se oferece no interior de uma perspectiva pessoal, que já a interpreta e determina, é impossível um confronto entre a verdade em si e a formulação que dela se dá: para nós, a verdade é inseparável da interpretação pessoal que lhe damos, tanto quanto nós próprios somos inseparáveis da perspectiva em que a colhemos; não podemos sair de nosso ponto de vista para colhê-la numa presumível independência, que sirva para fazer dela um critério com o qual medir, externamente, a nossa formulação. Por outro lado, se a verdade só pode ser colhida como inexaurível, mais do que objeto e resultado, ela é origem e impulso; e o pensamento, mais do que falar dela como se fosse um todo concluso, deve contê-la e dela partir e alimentar-se, nela encontrando a impulsão do próprio curso, a fonte dos próprios conteúdos, a medida do próprio exercício; e, no pensamento, ela reside como uma presença tanto mais ativa e eficaz quanto menos configurável e definível.

Tudo isso não sai dos limites da experiência normal e o amplo arco da operosidade humana disso oferece numerosas analogias. Em geral, a impossibilidade do confronto caracteriza a interpretação como, por exemplo, a execução de uma obra de arte ou a reconstrução de um evento histórico, onde a tal ponto a execução quer dar a obra na plenitude da sua realidade sensível e a reconstrução histórica quer dar o evento tal qual realmente foi, que eles próprios *são* o seu objeto e não uma cópia dele. Falta, assim, a possibilidade do confronto entre a realidade a ser interpretada e a própria realidade, porque, tanto a obra para o executor, quanto o evento para o historiador, não se oferecem fora da interpretação que eles lhes dão. E, de presenças ativíssimas, mesmo se não configuráveis, é constelada toda a experiência do homem: como quando, no processo da produção artística, a obra de arte age como formante antes mesmo de existir como formada; ou como quando, na leitura de um livro, a compreensão das partes só se torna possível pela idéia do todo que não se alcança nem mesmo no final da leitura, depois de percorridas todas as partes, se já não tivesse sido adivinhada desde o início; ou como, nos freqüentíssimos casos de feliz correspondência entre expectativa e descoberta, tais como a solução de um problema, uma imprevista iluminação, uma simpatia à primeira vista, que brotam todas de um estado de fecundidade, em que a descoberta não é senão o reconhecimento de alguma coisa que já se conhecia por um presságio indistinto, e não faz mais do que preencher e precisar uma expectativa que já a continha e a reclamava.

Mas o caso da verdade é mais radical do que esses exemplos que, contudo, são já tão significativos: a sua inobjetivabilidade é originária e profunda, e se manifesta numa incontida ulterioridade, pela qual a verdade se consigna às mais diversas perspectivas somente enquanto não se identifica com nenhuma delas, e torna possível o discurso somente enquanto não se resolve, por sua vez, em discurso. Não surpreende, então, que se tenha pensado em confiar a verdade, mais do que à *vis vocabuli*, à impenetrabilidade do silêncio e ao caráter misterioso do nada. Chega-se mesmo a dizer que a verdade não tem outro modo de se consignar à palavra senão o de subtrair-se a ela para refugiar-se no segredo, e, só mediante essa retirada, a palavra se faz eloqüente, a ponto de apenas o silêncio ser verdadeiramente falante, origem muda de todo discurso; que da verdade não há revelação sem ocultamento, não só porque ela só aparece em algo que não ela mesma, e tal como é em si só pode ser oculta, mas também porque cada manifestação sua, convidando a identificá-la e confundi-la com a palavra reveladora, é, de per si, fonte de ofuscamento e de erro. E prossegue-se afirmando que o pensamento não pode, de fato, conter a verdade senão mantendo-a nessa sua inefabilidade: a verdade nos vem ao encontro, saindo do mistério, apenas para a ele retornar e nele permanecer, porque o seu modo de ser presente é precisamente uma ausência e a sua inobjetivabilidade não é senão o indício de uma originária solidariedade sua com o nada, e um sinal persistente da mãe noite.

6. Não o misticismo do inefável, mas a ontologia do inexaurível

Mas esses termos da teologia negativa, porquanto sugestivos e, a seu modo, significativos, são mais adequados à experiência religiosa do que ao discurso filosófico, para o qual não se podem transferir sem risco de mal-entendidos radicais. Antes de mais nada, o fato de ser a verdade inseparável de cada interpretação, sem, contudo, nunca se identificar com ela, não autoriza nem a afirmar que a verdade nunca se manifesta em si mas somente em outra coisa, nem a sustentar que a palavra seja sede inadequada da verdade. Por um lado, se é certo que só se pode revelar a verdade interpretando-a e determinando-a, é certo também que essa interpretação e formulação constitui precisamente uma *revelação* da verdade e, portanto, não propriamente algo diverso da verdade, mas a própria verdade como pessoalmente possuída; e não é pelo fato de ser *uma* revelação que ela pode aparecer como uma sua alteração ou mesmo um seu travestismo, porque, de preferência, é uma posse dela, tanto mais genuína quanto mais pessoal e multíplice. Por outro lado, se é certo que a palavra não pode ser nunca uma enunciação exaustiva da verdade, também é certo que ela é a sede mais adequada para acolhê-la e conservá-la como inexaurível, já que dela a verdade não tanto se subtrai para retirar-se no segredo quanto, de preferência, concede-se apenas a ela, estimulando-a e permitindo-lhe novas revelações: a verdade não é pura inapreensibilidade, em relação à qual o nosso discurso permaneceria irremediavelmente heterogêneo e, portanto, substancialmente indiferente, significante apenas na medida em que se reduzisse a cifra, símbolo, alusão, mas é, antes, uma irradiação de significados, que se fazem valer não com uma desvalorização da palavra mas com uma sua supervalorização, conferindo-lhe uma nova espessura e profundidade nova, onde o explícito perde a própria estreiteza, e foge à tentação de isolar-se numa presunçosa suficiência, aceitando, ele próprio, anunciar a riqueza do implícito que carrega dentro de si.

Além disso, a exaltação filosófica do mistério, do silêncio, da cifra arrisca ser uma simples inversão do culto racionalista do explícito e de conservar toda a sua nostalgia. Se a verdade reside na palavra, sem com ela identificar-se, não é porque, desiludida do discurso, ame esconder-se, mas porque nenhuma revelação digna do nome a exaure. O pensamento que inevitavelmente desemboca no *Nichtwissen** é aquele que quer sa-

▼

* não saber. (N. da T.)

ber tudo, isto é, precisamente o *unwissendes Wissen**, enquanto apenas *das sich selbst vernichtende Wissen***, isto é, um saber que, cônscio do inexaurível, do *Ueberschwengliches****, sabe renunciar à própria presunção, consegue ser um *vollendetes Wissen*****. Que a revelação implique uma inseparabilidade de manifestação e latência é inegável, mas o verdadeiro fundamento daquele nexo é a inexauribilidade, que impede à manifestação, não mais alimentada na origem, de perder-se numa arrogante explicitação, e à latência, já subtraída ao discurso, de abismar-se no mistério. A inexauribilidade é aquilo pelo qual a ulterioridade, em vez de apresentar-se sob a falsa aparência da ocultação, da ausência, da obscuridade, mostra a sua verdadeira origem, que é riqueza, plenitude, superabundância: não o nada, mas o ser; não a στέρησις, mas a ὑπεροχή*****; não o *Abgrund*, mas a *Urgrund*******; não o μυστικὸς γνόφος τῆς ἀγνωσίας, mas o ἀνεξιχνίαστον πγοῦτος*******: não o misticismo do inefável, mas a ontologia do inexaurível.

7. Falência da desmitização: irracionalismo da razão sem verdade

Mas quem, não satisfeito com essas precisões, quisesse insistir em desmitizar o pensamento revelativo, encontrar-se-ia diante do vão dilema de ter de escolher entre um racionalis-

▼

* o saber que nada sabe. (N. da T.)
** aquele saber que se anula. (N. da T.)
*** inesgotável. (N. da T.)
**** um saber perfeito. (N. da T.)
***** não a privação mas a excelência. (N. da T.)
****** não o fundo abissal mas o fundamento originário. (N. da T.)
******* não as trevas místicas da ignorância mas a inescrutável riqueza. (N. da T.)

mo precário e um irracionalismo equívoco. Por um lado, pode-se crer na possibilidade de eliminar o mito com o logos, sem pensar que este é o maior dos preconceitos racionalistas, porque logos e mito têm funções diversas, de modo que nem o primeiro pode substituir o segundo, nem o segundo pode ser considerado como uma forma inferior do primeiro: o mito que se deixa destruir pelo logos não é mito, mas logos embrionário, e o logos que quer destruir o mito não é logos, mas mito inconsciente. Por outro lado, seria absurdo tirar, do caráter por assim dizer "mítico" do pensamento revelativo, a conseqüência, só aparentemente mais franca e crítica, de uma deliberada e programática mitologia: isso significa desviar a atenção da verdade para o modo de ter acesso a ela, e tomar por escopo o que não pode ser senão efeito, daí resultando que a palavra, não mais revelativa, mas arbitrária e irracional, perde-se no incerto caráter alusivo do símbolo e da cifra.

Em ambos os casos, dissocia-se o nexo originário entre pessoa e verdade, ou porque, por desconfiança do pensamento, se exaspera o seu aspecto pessoal, fechando-o na incomunicabilidade de uma alegoria ou de uma experiência, ou porque, por superstição da razão, se quer suprimir a inexauribilidade do pensamento, reduzindo-o sob a divisa da perfeita adequação e da completa explicitação. Num e noutro caso, no fundo, o resultado é o mesmo, e é o irracionalismo, porque se perdeu justamente aquilo que preserva o pensamento de uma destinação irracional, isto é, o seu caráter ontológico, a sua radicação na verdade.

O que conta não é a razão, mas a verdade. A razão sem verdade não tarda a desembocar no irracional, porque é pensamento apenas histórico ou técnico, no qual até os aspectos mais "teoréticos", como o interesse puramente cultural da história das idéias ou o rigor estritamente científico das pesquisas metodológicas, não resistem a uma radicalização que os impele inevitavelmente ao desfecho irracionalista de um historicismo integral ou de um explícito praxismo. Da justa necessidade de desmistificar o pensamento meramente histórico e expressivo não deriva, portanto, de modo algum, a necessidade de desmitizar o pensamento revelativo; dela deriva, antes, a consciência de que, se não se quer reduzir o pensamento a puro instrumento de ação ou a mera expressão temporal, é necessário preservar o seu caráter indivisivelmente pessoal e ontológico, e aceitar a sua originária radicação na verdade.

8. Servidão no pensamento técnico e liberdade no pensamento revelativo

Dir-se-á que, assim, fica perdida a problematicidade da natureza humana, porque a realidade de uma posse segura e garantida eliminaria a precariedade da situação do homem e o caráter experimental da sua busca. Mas a dimensão ontológica do pensamento e a inobjetivabilidade da verdade estão bem longe de oferecer uma posse tão pacífica e incontrastável, pois antes reivindicam e intimam a liberdade, e a empenham numa peripécia que, exigindo a coragem de uma formulação pessoal da verdade, só conhece o prêmio da descoberta na medida em que não ignora o risco do fracasso, daí resultando que o homem é posto frente às próprias responsabilidades e deve estar pronto a pagar pessoalmente, porque a sua não é tanto uma descoberta quanto um testemunho. Pelo contrário, risco, coragem, responsabilidade são conceitos que só diante da verdade têm um significado, e agudizam a problematicidade do homem, levando-a ao ponto máximo da tensão, e subtraindo-a da fria e impessoal vicissitude com a qual o pensamento técnico a si mesmo prova e corrige.

No pensamento revelativo, protagonista certamente é a verdade que, suprapessoal e intemporal, impõe-se ao homem, e reclama o seu consenso, estimula a sua busca, sustenta o seu esforço, avalia os seus resultados; mas faz tudo isso dentro da própria atividade com que o homem a busca e a formula, de modo que se dirige à liberdade do homem, na sua liberdade o mantém, e não apenas lhe concede a iniciativa mas, mais precisamente, a reclama e a exige. No radical humanismo do pensamento histórico, do discurso instrumental, da razão técnica, parece que o protagonista é o homem, já que se trata de pensamento verdadeiramente humano que renunciou à verdade absoluta, que exprime situações históricas, que age sobre condições de existência, que elabora técnicas racionais. Mas as construções da razão destituída de verdade escapam ao controle do homem, agigantam-se até dele se assenhorearem, e sobre ele exercitam um poder desmedido e terrível, reduzindo-o à mais monstruosa das escravidões.

De fato, a eficácia do pensamento histórico e pragmático e da razão técnica e instrumental é vistosa e atraente, porque consiste na eficiência e no sucesso; mas não é esse o metro com o qual se deve medir o pensamento revelativo: uma idéia pode ser potente, mesmo que não seja palavra de verdade. Mais ainda, apenas as idéias força, os produtos da razão histórica e técnica, podem, propriamente, "ter sucesso"; e o têm, mas à custa de exercer um domínio que escraviza o homem. A verdade inspira os homens, as idéias apossam-se deles. A verdade transporta os homens, exaltando-os acima de si próprios, tornando também os humildes capazes de grandes coisas; as idéias se apossam dos homens, sujeitam-nos à realização do seu programa, reduzem-nos a meros instrumentos, quer se trate do herói cósmico-histórico ou da massa despersonalizada. Nenhuma escravidão é comparável àquela do homem relativamente às idéias que ele próprio produziu: pensemos no império da moda, do lugar comum, do culto da atualidade, dos mais diversos conformismos, e, sobretudo, na violência das lutas ideológicas, do fanatismo político e religioso, das guerras ditas de religião, e que melhor seria chamar de superstição, que é o falseamento puramente humano da religião.

O homem se torna escravo somente de si mesmo e de suas próprias idéias. Mas se a obediência à razão sem verdade é a mais intolerável das tiranias, não há nada de servil na obediência do homem à verdade. Neste caso, a obediência coincide com a liberdade, porque a verdade inspira, não domina; estimula, não impera; sustenta, não submete; é um apelo que pede resposta e testemunho, não uma imposição que oprima ou constranja; é um reclamo que coloca o homem diante das suas responsabilidades e o instiga a cumprir livremente o ato com o qual afirma a si mesmo, salvaguardando o próprio ser, recuperando a própria origem, estreitando indissoluvelmente o vínculo entre pessoa e verdade: ἡ ἀλήθεια ἐλευθερώσει ὑμᾶς.

PRIMEIRA PARTE
VERDADE E HISTÓRIA

CAPÍTULO I
VALORES PERMANENTES E PROCESSO HISTÓRICO

1. Insuficiência do historicismo e do empirismo, característicos da cultura hodierna

Ante o problema da permanência de valores na história, duas dentre as características mais típicas da cultura hodierna adquirem uma particular importância: a difundida mentalidade historicista e o alastrado empirismo.

A mentalidade historicista atual, mesmo resultando totalmente do historicismo do Oitocentos e do Novecentos, quer idealista, quer materialista ou culturalista, não tem a forma de uma teoria rigorosa e precisa; mas tira a sua própria força do fato de ser o critério, mais ou menos consciente, das valorações comuns de grande parte dos homens de cultura, e compensa sua falta de rigor filosófico com o ser uma forma de historicismo verdadeiramente integral. Ela levou até às últimas conseqüências o princípio historicista da *veritas filia temporis**: uma forma histórica não tem outro valor a não ser uma correspon-

▼

* A verdade é filha do tempo. (N. da T.)

dência pontual com o tempo em que nasceu e do qual não é senão um produto, possuindo, portanto, uma atualidade apenas momentânea e efêmera, sendo logo confinada num passado irrevocável e definitivo.

Com freqüência, essa mentalidade historicista se une, não sem coerência, com uma forma de praxismo. Quando Nietzsche denunciava a esterilidade do historicismo, tencionava justamente mostrar a impossibilidade de afrontar o presente com categorias destinadas ao passado: um compreender que justifica tudo e, por isso, renuncia a julgar e a agir, será apto talvez para penetrar no passado mas, sobre o presente, só pode ter um efeito paralisante. Daí não poderia deixar de seguir-se uma perigosa cisão entre pensamento e ação: por um lado, a ação, que é, de per si, destinada ao presente, fica desvinculada do pensamento, isto é, resolve-se em pura práxis; e, por outro lado, o pensamento, uma vez desvinculado da ação, fica reservado ao passado, ou antes, confinado nele, e aí permanece, tornado estéril e infecundo.

Assim, o modo hodierno de fazer política é, com freqüência, o da pura práxis, ignaro de qualquer relação com a teoria que não se reduza a uma completa instrumentalização das doutrinas, e o modo hodierno de fazer história é, com freqüência, inspirado numa artificiosa neutralidade que, por justa desconfiança da retórica, torna-se, todavia, incapaz de avaliar os problemas do presente. Também se explica assim um outro lugar comum da atual cultura, segundo o qual as idéias se confinam no passado e, no presente, só há lugar para as ideologias: a teoria e a discussão especulativa seriam coisas de outros tempos, e o dia de hoje ignoraria qualquer outro debate a não ser o prático, político ou mesmo religioso; donde a presença sempre mais freqüente de filósofos, por assim dizer, cindidos em dois, metade culturalistas e metade ideólogos, nos quais a capacidade especulativa e a concepção do mundo vivem separadas, porque a primeira, reduzida a uma técnica neutra, mesmo que hipercrítica, só serve para tratar as doutrinas do passado, e a segunda é apenas uma escolha prática, válida para o presente. Até este ponto, o pensamento, sob a égide do historicismo, esvaziou-se de verdade.

Compreende-se facilmente também o outro caráter da cultura hodierna, isto é, o difundido empirismo, e como ele é apenas o resultado lógico da pretensão das assim chamadas ciências humanas de substituírem a filosofia. Hoje, o pensamento, na medida em que não cede lugar à ação, tende a resolver-se em pensamento empírico, que é precisamente a reflexão que caracteriza as ciências humanas como a psicologia, a sociologia, a etnologia, a antropologia cultural, a lingüística, a história da cultura, e assim por diante. Nada de mais legítimo do que estas ciências, quando elas permanecem nos seus limites, dentro dos quais são, efetivamente, insubstituíveis, cumprindo uma função importante, utilíssima para a própria filosofia. Os dados que elas recolhem, confrontam e interpretam atingem um grau de generalização tão elevado que mostra, na mutabilidade da história humana, elementos estáveis, caraterísticas recorrentes, estruturas constantes, trazendo assim uma contribuição válida para um conhecimento sempre maior do homem. A investigação das formas culturais humanas, tal como se pratica neste gênero de estudos, conduz certamente a uma intensificação da experiência que o homem faz de si mesmo e do mundo, a ponto de se poder dizer que a filosofia hoje só pode beneficiar-se dos resultados destas ciências;

as quais, além disso, são utilíssimas à filosofia também no sentido de que incrementam a pluralidade daqueles campos de experiência nos quais se deve exercitar o pensamento filosófico, em contato com as questões concretas e às voltas com os problemas particulares. Mas atualmente há quem desejaria que as ciências humanas não se contentassem com esta sua função, e tencionassem substituir a filosofia, até o ponto de pretender que elas mesmas fossem a única filosofia possível no dia de hoje. Para dizer a verdade, foi a própria filosofia a mostrar-se condescendente até este ponto, quando aceitou reduzir-se a metodologia das ciências particulares: assim entendida, a filosofia tornava-se racionalidade transparente a si própria, enquanto tecnicamente operante nos singulares âmbitos da experiência, isto é, razão cônscia de si, mas destituída de verdade; em suma, pensamento *vazio* e, como tal, não só incapaz de resistir à invasão das ciências humanas, tão ricas de conteúdos concretos, mas também pronto a ceder-lhes o campo. Eis, então, o pensamento empírico – tão útil, se entendido como âmbito sobre o qual exercitar uma reflexão filosófica ciosa do próprio caráter finamente especulativo – a, pelo contrário, substituir a filosofia por completo, a esvaziá-la cada vez mais de verdade, a reduzi-la ao mais decidido empirismo.

Ora, se algum obstáculo existe na cultura de hoje, que impeça de reconhecer no processo histórico a presença de valores permanentes, é preciso justamente reconhecê-lo na mentalidade historicista e no empirismo triunfante. De um ponto de vista historicista, o valor das formas históricas consiste exclusivamente na sua aderência ao tempo no qual e do qual saíram, isto é, na sua capacidade de exprimir a própria época: trata-se, portanto, de uma validez completamente transitória, rigorosamente limitada ao restrito âmbito e à avara duração da situação histórica. De um ponto de vista empirista, existem certamente na história humana estruturas constantes, reencontráveis para além de qualquer diferença, mesmo sensibilíssima, de situação, comportamento, civilização; mas trata-se sempre de constantes verificáveis só de modo empírico, e tais, que não se elevam acima do puro fato. Em suma, na história, por um lado, existiriam valores, mas não permanentes, e, por outro, características constantes, mas não valores.

2. Historicidade dos valores e durabilidade histórica

A esta altura, precisamente para salvaguardar da demolição historicista e empirista a justa exigência que se tem em mira quando se fala de valores permanentes na história, é necessário submeter este conceito a uma rigorosa crítica filosófica para retificar e precisar o seu significado. Com demasiada freqüência, acolhemos sem crítica a concepção – na verdade não destituída de ingenuidade – da história como realização temporal de valores supratemporais, e a simplista distinção que daí deriva entre valores permanentes, enquanto supra-históricos, e fatos históricos, e portanto temporais. Se o problema é separar, na história, aquilo que, de fato, é permanente enquanto é um valor supra-histórico, daquilo que, sendo um fato histórico, é somente temporal, não se escapa à necessidade de reconhecer que, na história, tudo é igualmente histórico e temporal, inclusive os valores, e que, no mundo humano, também a permanência não pode significar outra coisa senão durabilidade histórica.

É necessário admitir que, na história, os valores são todos históricos: eles nascem no tempo surgindo da história, vivem no tempo suscitando nova história, e é história tanto aquela que neles conflui quanto aquela que deles parte, isto é, tanto a substância de que são formados quanto a atividade que, na sua própria esteira, eles promovem, já que cada valor é, ao mesmo tempo, um resultado e um modelo, um acabamento e um início e, por conseqüência, ao mesmo tempo, inclui um passado e abre um futuro, conclui um processo e, a partir dele, inaugura novos; e a permanência dos valores consiste precisamente nesta sua realidade plenamente histórica, seja por origem seja por eficácia; nesta sua capacidade de durar no tempo depois de ter nascido no tempo; nesta sua vida de certo modo perene, pela qual não se limitam a condensar, na estabilidade de uma forma, a história da qual se nutriram, mas estimulam uma nova atividade, que neles se inspira e os toma como modelos; em suma, nesta sua presença durável no tempo porque suscitadora de história.

Para explicar este gênero de durabilidade basta, porém, a dialética da exemplaridade e congenialidade, que mede o comportamento histórico do homem. De um lado, uma obra humana não apenas nova mas, de fato, original – onde a originalidade é o feliz e indissolúvel conúbio do aspecto universal e onireconhecível do valor com o aspecto singular e irrepetível do êxito – torna-se exemplar, e reclama ser retomada e continuada em uma nova atividade. De outro lado, a exemplaridade não se torna eficaz se não é acolhida num ambiente histórico espiritualmente afim àquele de onde emergiu o valor original, de modo que somente a congenialidade torna possível um seu prolongamento, por sua vez, original.

Por um lado, não parece aceitável a idéia, ainda hoje bastante difundida, de que o ritmo do espírito humano consista numa alternância de ímpetos inovadores e pausas de inércia, como se a perpetuação de um êxito fosse confiada a um hábito passivo: a exemplaridade do valor não é tanto o imóvel acabamento de uma perfeição, que só se poderia oferecer à mera imitação, quanto, mais precisamente, o vigor gerativo da originalidade, que não apenas exige mas também propicia uma emulação fecunda e solerte. Por outro lado, a exemplaridade só pode frutificar se acolhida num ato de adesão e de participação, como somente a simpatia e a consciência de pertencer a uma mesma comunidade espiritual sabem inspirar: só então a nova atividade é, por sua vez, original, porque, longe de sujeitar-se ao modelo, antes toma a iniciativa de acolhê-lo e assimilá-lo, de modo que a exemplaridade do valor, mesmo sendo uma força independente, age apenas como estímulo e esteio interior da atividade que soube descobri-la e adotá-la.

Desse modo, instituem-se, em todas as atividades humanas, estilos e costumes, verdadeiros traços duradouros na história do homem, encarnações vivas da própria durabilidade dos valores. Mas a sua duração é precisamente histórica: duram enquanto a correspondência entre exemplaridade e congenialidade assegura um equilíbrio entre conservação e inovação; mas quando a congenialidade falta, então esse equilíbrio se rompe, e a *síntese* que unia inseparavelmente conservação e inovação cede seu posto ao *dilema* entre repetição e revolta, à alternativa entre conformismo e ruptura; e estilos e costumes, enrijecidos em maneiras e hábitos, degeneram em direção à morte, sob os golpes e as recusas de uma vontade rebelde.

3. Além dos valores e além da durabilidade: a presença do ser

Com certeza, porém, não é esta a permanência à qual se alude quando se fala de valores permanentes na história: neste caso, se quer aludir a uma presença bem mais originária e profunda, cuja durabilidade histórica não pode ser, de per si, nem o efeito nem o sinal.

Trata-se de um poder de estímulo e de regulação interna da operosidade do homem, tão profundo que é inseparável dos atos que ele suscita e indissociável da resposta que desperta, mas tão peremptório que é irredutível à atividade humana e a ela bem presente, como seu início e sua norma: trata-se, em suma, daquela presença sem figura, mas potente e fortíssima, que é a presença do ser. Um poder deste gênero não tem necessidade de reenviar a valores externos e preexistentes, tão inseparável é da atividade que ele estimula e guia, nem tem, por sua vez, necessidade de ser concebido como valor, tão vigorosa é a força que, de per si, possui e exercita. Não é preciso recorrer à crítica, severíssima mas persuasiva, que Heidegger dirige ao conceito de valor para nos convencermos de que a ontologia não tem necessidade da axiologia, e de que conceber o ser como valor não significa exaltá-lo mas degradá-lo.

O valor é qualidade de obras humanas, e a exemplaridade é a potência dos valores históricos: sustentar que o ser deva ser dotado de exemplaridade para ter potência estimuladora e ser, por sua vez, um valor para ter vigor normativo, significa atribuir-lhe qualidades inferiores a seu nível e esquecer que a capacidade de estimular e de regular deriva muito mais da *inexauribilidade* e da *originariedade* do *ser* do que da *exemplaridade* e da *originalidade* do *valor*. Conceber o ser como valor significa subverter todas as coisas: o ser fica, então, subordinado às necessidades do homem, e o homem é subtraído do serviço do ser; com o que o ser, aviltado, cai no esquecimento, e o homem, degradado, é reduzido ao negativo, já que acreditar ser possível exaltar o homem, suprimindo o caráter ontológico da sua atividade, significa diminuí-lo abaixo de si mesmo: é destino que o homem, quando quer fazer-se *super-homem*, se torne apenas *sub-homem*.

Impossível, pois, sustentar que a durabilidade histórica seja sinal ou efeito da presença do ser. Antes de mais nada, é excessivo otimismo acreditar que o durável, só por sê-lo, seja positivo: com freqüência, a verdade não tem eficácia nem reconhecimento no mundo humano e, freqüentemente, o mal tem mais séquito e sucesso do que o bem. Nem é preciso limitar-se a admitir que também o negativo pode ser durável: podemos estar certos de que, na história humana, o negativo é mais persistente e tenaz do que o positivo; antes, num certo sentido, verdadeira persistência é precisamente a negatividade, porque para o mal e o erro não há sede mais apropriada do que a obstinação e a irredutibilidade. Mesmo a contragosto, devemos abandonar a ingênua confiança em que se uma coisa dura é, sem mais, positiva, e que o bem é, de per si, duradouro. Este preconceito se desmente sozinho, porque ele próprio é um efeito da persistência do negativo: *diabolicum est diabolum negare**.

Ademais, a presença do ser tem tão pouco a ver com a duração histórica, que esta pode ser sua sede pelos mesmos motivos que o simples instante: o ser não tem nenhuma razão para residir mais no duradouro do que no momentâneo, nem, pela sua presença, o durável dura mais, ou o momentâneo, menos.

▼

* É diabólico negar o diabo. (N. da T.)

É indiferente que o ser compareça na rapidez do átimo ou na extensão do tempo, pois que ele pode fazer-se presente num só instante ou permanecer ausente uma época inteira; de modo que não basta a distinção meramente temporal entre durável e efêmero para discernir o alcance ontológico de um período de tempo qualquer. E, se é verdadeiro que a única sede da aparição do ser é o tempo, é também verdadeiro que os caracteres exteriores da temporalidade não vêm mudados pela presença do ser; e não há nenhum sinal que possa, exteriormente, distinguir, entre os momentos do tempo, o portador do ser, sendo sempre igual o seu aspecto temporal. Do mesmo modo, para Kierkegaard, a posse do eterno não muda a quotidianidade do tempo, e o cavaleiro da fé tem todo o ar de um agente de impostos ou de um lojista em férias, de um negociante que se dedica ao seu trabalho com perseverança terrestre e, de noite, fuma seu cachimbo, no contentamento do fim da jornada: ele possui o infinito, mas nada transparece no exterior, e nenhum sinal do incomensurável o trai, porque ele vive inteiramente confiado ao finito, como somente quem contém o eterno pode fazer.

O problema não é, portanto, distinguir na história aquilo que seria permanente, enquanto valor suprahistórico, daquilo que, como fato histórico, seria apenas temporal: na história, *tudo* é igualmente histórico e temporal. Pelo contrário, o problema é reconhecer, na história, a presença do ser e, conseqüentemente, distinguir – naquilo que é *de todo igualmente* histórico e expressivo do próprio tempo – entre aquilo que é *somente* histórico e expressivo e aquilo que é *também* ontológico e revelativo, entre aquilo cuja natureza e cujo valor se exaurem na historicidade e aquilo cuja historicidade é abertura e trâmite para o ser, e, por isso mesmo, sua sede e aparição.

4. A inexauribilidade do ser como fundamento da sua presença e ulterioridade nas formas históricas

Mas como o ser está presente na história? Antes de mais nada, devemos excluir aquela metafísica identidade do Absoluto com o finito, que imprimiria uma direção unívoca e progressiva à história, e indicaria na série dos momentos históricos a manifestação do Absoluto: a problematicidade da relação do homem com o ser não tem nada a ver com o olhar de uma metafísica objetiva que pretenda ver o Absoluto desdobrar-se na multiplicidade das suas manifestações; e se bem que o ser só apareça no tempo, nem todo o tempo é, contudo, revelativo, pois o ser abandona quem o trai, e épocas inteiras permanecem sem verdade.

Nem a presença do ser é confiada ao exercício de uma pura forma que, segundo um transcendentalismo renovado, receberia seu conteúdo apenas das circunstâncias, e asseguraria o êxito das operações humanas, com base num critério intrínseco e autônomo da razão e da conduta: o pensamento e a liberdade do homem decaem na neutralidade de uma razão puramente instrumental ou de uma mera técnica do comportamento, se não extraem vigor do seu originário enraizamento ontológico.

Além disso, o ser não está presente na história com uma determinação propriamente sua, numa forma que seja reconhecível como única e definitiva, e que, portanto, sirva como termo de confronto entre todas as formas históricas, de modo a tornar fácil, rápida e infalível a sua avaliação. Não pode haver presença do ser que não esteja historicamente configurada, nem o ser tem outro modo de aparecer ou outro lugar onde residir do que nas formas históricas; nelas reside na sua *inexauribilidade*, a saber, por um lado, com uma *presença* que faz delas o seu único modo de aparecer, e por outro, com uma *ulterioridade* que não permite a nenhuma delas contê-lo de modo exclusivo; nelas reside, em suma, de modo que, por uma parte, se consigna às formas capazes de revelá-lo até delas ser inseparável, e, por outra parte, não se resolve nunca numa forma histórica, nem mesmo no ato de a ela consignar-se. Isto não quer dizer que, numa forma histórica que seja revelativa, se possa separar um aspecto temporal e caduco de uma substância intemporal e imutável, porque tudo nela é igualmente temporal e revelativo; nem quer dizer que o ser possa dela distinguir-se a ponto de com ela poder confrontar aquela mesma forma ou outra, a fim de julgá-la; mas significa apenas que o ser reside nas formas históricas como uma presença sempre ulterior, em toda a insopitável força de sua inexauribilidade.

Mas não é preciso sequer sustentar que esta inexauribilidade do ser consista numa espécie de permanência metacultural, como hoje se costuma dizer, isto é, num estado de contínua informulação e numa espécie de inacessibilidade que se mantenha à tona das vicissitudes históricas, como se temesse ser contaminada por um contato com o tempo e como se conservasse a sua potência estimuladora e inovadora somente se imune a qualquer transtorno histórico. À parte o fato de que a meta-historicidade de alguma coisa transparece menos do seu poder de transcender as próprias formas históricas do que do seu poder de encarnar-se em formas sempre novas, resta, todavia, que o ser é tão pouco inconfigurável que aparece somente em determinações históricas, com as quais verdadeiramente se identifica: é certo que nelas ele está presente da única maneira como pode *inteiramente* habitá-las, isto é, precisamente na sua inexauribilidade, que não lhe permite resolver-se em nenhuma delas; mas tal inexauribilidade, por sua vez, não se sobrepõe às formas históricas, mas comparece somente *no interior* de cada uma delas. E se o ser só aparece em uma forma histórica, da qual é inseparável embora nela não se exaurindo, é preciso efetivamente dizer que esta forma é uma *revelação* do ser, isto é, não uma sua alteração, ou travestismo, ou sub-rogado, mas o *próprio ser como* historicamente determinado.

5. As formas históricas como interpretações do ser: eliminação do relativismo

Esta presença do ser na história reenvia àquele conceito de *interpretação* no qual atua a solidariedade originária do homem com a verdade. Também a interpretação é, ao mesmo tempo, revelativa e histórica porque, de uma parte, a verdade só é acessível no interior de cada perspectiva singular, e esta, de outra parte, é a própria situação histórica como via de acesso à verdade, de modo que só se pode revelar a verdade determinando-a e formulando-a, coisa que acontece apenas pessoal e historicamente. Também a interpretação da verdade é a posse de um infinito: a verdade só se oferece no interior da formulação que dela se dá, e dela é inseparável, a ponto de não se apresentar numa determinação e objetividade que permita comensurar, de fora, a própria formulação para emitir um juízo sobre ela; e aquela formulação, mesmo não monopolizando a verdade, que como inexaurível está em condições de suscitar outras infinitas formulações, é *a própria verdade* como pessoalmente possuída e não uma coisa diferente dela, uma sua imagem ou deformação ou substituição.

A interpretação nasce, portanto, como revelativa e, *ao mesmo tempo*, plural, sendo por isso que se subtrai a toda acusação de relativismo: a sua pluralidade deriva da natureza superabundante daquela mesma verdade que nela reside, isto é, jorra da mesma fonte da qual brota a manifestação do verdadeiro e, longe de dissipar a verdade numa série de formulações indiferentes, antes a desvela na sua riqueza inexaurível. Na sua infinitude, a verdade pode bem se oferecer às múltiplas perspectivas, por diversas que sejam, e a interpretação a mantém como única no mesmo ato em que multiplica suas formulações, do mesmo modo que uma obra de arte, longe de dissolver-se numa pluralidade de execuções arbitrárias, permanece idêntica a si mesma no próprio ato com que se consigna às sempre novas interpretações que sabem colhê-la e dá-la, identificando-se com elas.

A eliminação definitiva do relativismo é possível tão logo se colha a natureza *ao mesmo tempo revelativa e plural* da interpretação, isto é, tão logo se compreenda inteiramente como, na interpretação, o aspecto *revelativo* é *inseparável* do aspecto *histórico*. A relação interpretativa entre a verdade e a sua formulação é de identidade e ulterioridade *ao mesmo tempo*, em perfeito equilíbrio. Por um lado, a verdade se identifica com a sua formulação de modo a permitir que ela a possua de forma revelativa, mas não a ponto de autorizá-la a apresentar-se como exclusiva e completa, antes, única e definitiva, pois que, em tal caso, não seria mais interpretação, mas sub-rogação da verdade, ou seja, uma das muitas formulações históricas que pretende absolutizar-se e colocar-se no lugar da verdade. Por outro lado, a verdade é sempre ulterior com respeito à sua formulação, mas somente para exigir uma pluralidade de formulações, e não, ao invés, no sentido de uma sua absoluta inefabilidade, frente à qual todas as formulações seriam sempre fatalmente inadequadas e irremediavelmente insignificantes, numa comum e resignada equivalência e indiferença, como justamente quereria o relativismo, não deixando outra saída senão uma escolha arbitrária e praxista.

Do mesmo modo, uma forma histórica – uma época, uma civilização, uma idéia – pode ser interpretação do ser, isto é, o próprio ser como historicamente determinado, sem que isto implique uma afirmação de relativismo. Também a relação entre o ser e a forma histórica que o revela é *interpretativa*, o que mostra, ainda mais, como a presença do ser na história é coisa bem mais radical e profunda do que qualquer duração histórica. Mas a interpretação, no ato mesmo em que explica como uma forma histórica pode ser uma epifania do ser, funda uma realidade que, de fora, pode também apresentar alguma semelhança com a duração histórica, mas que possui um caráter muito mais substancial e originário: a tradição.

6. Originariedade da tradição

À interpretação da verdade é *necessariamente* ligada a possibilidade de uma tradição: de fato, a interpretação dá uma formulação da verdade, mas a possui como inexaurível; o que quer dizer que ela contém, *ao mesmo tempo*, uma reserva sem fundo de possibilidades implícitas e a indicação de uma determinada maneira de realizá-las. Enquanto posse de um inexaurível, a interpretação implica uma discrepância insuperável entre explícito e implícito, entre dito e não dito, entre já pensado e ainda não pensado: esta discrepância funda a diferença entre passado, presente e futuro, mas, procedendo daquela mesma inexauribilidade do verdadeiro, que é originariamente possuída pela interpretação, subtrai do presente a possibilidade de encontrar o sentido autêntico do passado, a não ser referindo-o à origem e, ao mesmo tempo, oferece-lhe a possibilidade de atingir a origem, remetendo-se a um passado. Portanto, uma interpretação funda, necessariamente, uma tradição, porque o incessante aprofundamento que ela solicita coliga o desenvolvimento das possibilidades atuais, não apenas com o patrimônio das possibilidades já desenvolvidas, mas com a própria fonte das infinitas possibilidades. Deste modo, uma forma histórica é, ao mesmo tempo, uma determinada interpretação do ser e um fundo de possibilidades a serem desenvolvidas e descobertas, e o estímulo para desenvolvê-las e o modo de descobri-las é sugerido, *ao mesmo tempo* pelo *passado* e pelo *ser*: pelo passado, não como um tempo transcorrido, mas como realidade histórica reportada à origem, e pelo ser, não numa sua presumida inconfigurabilidade, mas tal qual é historicamente determinado; e é precisamente do passado recuperado no seu enraizamento ontológico e recolocado na aparição temporal do ser que jorra e flui uma tradição.

Do que se vê o quanto a verdadeira tradição se distancia da duração histórica, ainda que possa assumir sua forma e seu aspecto. A fidelidade ao passado, considerado como herança a conservar, legado a valorizar, patrimônio a fazer frutificar; a congenialidade entendida como dever, de modo a saber prospectar o passado na sua exemplaridade e dar-lhe continuidade de modo original; o firme propósito de cultivar com assiduidade o equilíbrio entre a conservação e a inovação; são todas coisas nobres e dignas, mas têm pouco a ver com a tradição, da qual podem, quando muito, ser a forma subjetiva e a veste exterior, destinadas, sem elas, a perder-se no vazio. A tradição é alguma coisa de mais profunda, porque não se limita a ser a transmissão de um resultado histórico, mas é fundamentalmente escuta do ser, isto é, diálogo com o passado somente enquanto é reclamo à origem; e atravessa os séculos não porque esteja colocada no tempo, mas porque está inserida no próprio coração do advento temporal do ser.

A tradição tem, em suma, um caráter essencialmente originário e ontológico. Ela não se limita a sugerir a fidelidade a um passado e a transmissão de uma herança, mas indica as próprias condições de uma fidelidade e de uma transmissão do gênero, liberando-as de uma dimensão meramente temporal e restituindo-as à sua originariedade. Ela mostra que coligar o presente a um passado e continuar um passado no presente é verdadeiramente possível e fecundo somente se o passado for resgatado da sua mera temporalidade e reconquistado de modo mais originário; somente se o passado for considerado como portador de um implícito e por isso mesmo investido de um peso ontológico; somente se o passado for visto não tanto como anterior ao presente quanto como vizinho do ser. Ela mostra que somente a fidelidade ao ser pode indicar, numa forma histórica, uma virtualidade merecedora de desenvolvimento, e que reevocar autenticamente o passado significa evocar a presença originária que ele contém. Na tradição, o elemento determinante é, portanto, o reclamo à origem e a recuperação da dimensão ontológica do tempo, como de resto aparece pelo fato de que as grandes tradições amam atribuir um caráter mítico aos próprios inícios e um caráter esotérico aos próprios trâmites; nesse caso é clara a alegoria, já que, por um lado, se reconhece como primordial e longínquo no tempo aquilo que é originário e vizinho ao ser e, por outro lado, se reconhece como esotérico aquilo que, por seu caráter revelador, merece uma custódia que o preserve da dissipação do tempo.

7. Regeneração e revolução

Por este seu caráter originário, que a põe diretamente em contato com o ser, a tradição contém em si a possibilidade de uma contínua renovação. A verdadeira inovação de um passado não consiste tanto naquele ato de originalidade subjetivo que a congenialidade inspira a quem o acolhe e o prolonga, quanto, de preferência, no fato de que a tradição, *por sua própria natureza*, não pode transmitir senão renovando, porque ela atinge diretamente a fonte primeira de toda autêntica novidade, que é a fonte sempre fresca e inexaurível do ser, daquilo que "a cada dia é como se fosse o seu primeiro dia". Mais do que uma renovação, trata-se, no fundo, de uma verdadeira *regeneração*, que pode também implicar ou exigir profundas mudanças, nas quais encontram motivo de temor somente aqueles que se instalam na durabilidade dos valores históricos e na constância dos comportamentos humanos, mas não o guardião da verdade, que não teme as mudanças quando sabe que são devidas ao empenho em aprofundar a inexauribilidade do ser. Nesse nível, o problema não é mais o de evitar a ruptura do equilíbrio entre conservação e inovação, mas, muito mais radicalmente, o de escolher permanecer fiel ao ser ou traí-lo, já que a fidelidade se deve tributar não a uma forma histórica e temporal enquanto tal, mas à presença originária que nela se aninha.

A tradição é o oposto da revolução, não porque somente lhe contraponha a conservação, mas precisamente porque a regeneração que ela requer é de uma natureza completamente diferente daquela propugnada pela revolução, tendo um caráter originário e ontológico, enquanto esta última apenas tem um caráter secundário e temporal. Antes de mais nada, a revolução quer recomeçar do *início*, enquanto a tradição é uma contínua recuperação da *origem*; o verdadeiro objeto da tomada de posição na revolução é o *passado* enquanto tal, na tradição é antes de tudo o *ser*; o que a revolução almeja é um novo início *no tempo*, enquanto a tradição se remete àquela origem de onde somente pode derivar uma regeneração *do tempo*.

Além disso, a tradição, em virtude da natureza ao mesmo tempo revelativa e plural da interpretação, alcança o nível no qual uma formulação do verdadeiro e uma formulação histórica se afirmam sobre o reconhecimento de outras formulações e de outras formas, em livre discussão com elas; enquanto a revolução, fundando a própria idéia sobre uma radical recusa de outras, a subtrai ao plano pluralista da interpretação e faz dela um sub-rogado da verdade, descendo assim ao nível da temporalidade abandonada a si mesma e imersa no esquecimento do ser.

Por fim, a revolução, no mais rigoroso significado atual, é um praxismo radical, que pretende instituir a unidade de teoria e prática *depois* da sua cisão, e que, por conseguinte, propondo-se no fundo apenas uma reunificação, permanece todavia sempre presa no plano inferior da divisão, incapaz de elevar-se à relação ontológica, que é unidade *originária* de teoria e prática, sendo indivisivelmente revelação da verdade e decisão pelo ser.

8. Ser e liberdade

É certo que o ser, não nos aparecendo numa formulação que lhe seja própria, além de única e definitiva, mas sempre em formas históricas das quais é inseparável, abre a via àquela aparente desordem na qual a falta de um critério extrínseco e objetivo, que sirva de inequívoco ponto de referência, parece abandonar todas as coisas à incerteza e à contestabilidade, isto é, justamente ao que se quer evitar quando se fala de valores permanentes na história. Mas esta incerteza e esta contestabilidade são o sinal exterior de um fato grande e decisivo: que a interpretação da verdade e a revelação do ser estão confiadas à nossa liberdade.

Isto não significa abandonar até mesmo o ser à liberdade e, portanto, abandonar a liberdade a si própria: com o seu próprio exercício, a liberdade atesta aquela presença originária que a solicita no mesmo ato em que a ela se confia, e que a regula no mesmo ato em que aceita tornar-se objeto da sua escolha. O ato com o qual a liberdade decide, por ou contra o ser, é também o ato com o qual ela decide de si própria, se ela se confirma ou se anula, já que se trata de reforçar ou renegar aquela relação ontológica em que consiste o próprio ser do homem. Tanto a liberdade é ligada ao ser, que ela o atesta na sua própria decisão a favor ou contra ele, e o afirma, até mesmo na forma da traição, também quando o renega, negando-se e destruindo-se a si mesma.

Há, portanto, alguma coisa que é estável mesmo se não se fixa num valor absoluto e permanente ou numa formulação única e definitiva, e é aquele estímulo e regulação internos à atividade humana, mas irredutível a ela; que é devida à presença do ser mas é tornada operante pela nossa liberdade; e que é atestada por aqueles raros e felizes momentos, nos quais, no operar humano, conjugam-se *inseparavelmente* atitudes tão distantes entre si como a *audácia* e a *humildade*, quando a mais silenciosa e submissa escuta do ser impõe a coragem de arriscar uma formulação pessoal da verdade.

CAPÍTULO II

ORIGINARIEDADE DA INTERPRETAÇÃO

**1. Relação com o ser e interpretação da verdade:
ontologia e hermenêutica**

Toda relação humana, quer se trate do conhecer ou do agir, do acesso à arte ou das relações entre pessoas, do saber histórico e da meditação filosófica, tem sempre um caráter interpretativo. Isto não ocorreria se a interpretação não fosse de per si originária: ela qualifica aquela relação com o ser na qual reside o próprio ser do homem; nela se atualiza a primigênia solidariedade do homem com a verdade. E esta originariedade da interpretação explica não só o caráter interpretativo de toda a relação humana, como também o caráter ontológico de toda interpretação, por determinada e particular que seja. Interpretar significa transcender, e não se pode falar dos entes, autenticamente, sem ao mesmo tempo referir-se ao ser. Em suma: a originária relação ontológica é necessariamente hermenêutica, e toda interpretação tem necessariamente um caráter ontológico.

Isto significa que *da verdade não existe senão interpretação* e que *não existe interpretação senão da verdade*. Na interpretação, a *originalidade*, que deriva da novidade da pessoa e do tempo, e a *originariedade*, que provém da primitiva relação ontológica, são indivisíveis e coessenciais. A interpretação é aquela forma de conhecimento que é *ao mesmo tempo* e inseparavelmente veritativa e histórica, ontológica e pessoal, revelativa e expressiva.

2. Na interpretação, aspecto histórico e aspecto revelativo são coessenciais

Deriva daí, antes de mais nada, que o único conhecimento adequado da verdade é a interpretação, entendida como forma de conhecimento histórico e pessoal, em que a personalidade singular e a situação histórica, longe de serem impedimento ou então somente limite do conhecimento, são a sua única condição possível e o único órgão apropriado. A interpretação pode definir-se, de certo modo, como aquela forma de conhecimento na qual o "objeto" se revela na medida em que o "sujeito" se exprime, e vice-versa. Por isso, não merece o nome de interpretação, aquela em que a pessoa e o tempo, em vez de se fazerem trâmite e abertura à verdade, são o único verdadeiro objeto do pensamento, o qual se torna então meramente histórico – ideológico ou técnico que seja –, destinado de qualquer forma a passar com o tempo, dele sendo apenas, em tal caso, seu retrato e seu produto.

A característica própria da interpretação é, portanto, ser *ao mesmo tempo* revelativa e histórica, e não se lhe compreenderá plenamente a natureza se não se entender em todo o seu alcance a *coessencialidade* destes seus dois aspectos, isto é, como nela o aspecto revelativo é *inseparável* do aspecto histórico.

Antes de mais nada, pode-se dizer que a interpretação é aquela forma de conhecimento que é revelativa e ontológica *enquanto* é histórica e pessoal. A pessoalidade e a historicidade da interpretação não são um colorido superficial, ou um acréscimo inútil, ou um acompanhamento indiscreto, ou, pior ainda, uma sobreposição arbitrária, ou uma substancial limitação, ou uma deformação irreparável, a ponto de se poder desejar sua remoção, ou projetar sua supressão, ou lamentar sua fatalidade, já que, com relação à verdade, a pessoa e a situação não são um impedimento fatal ou um obstáculo inoportuno, mas antes a única via de acesso e o único meio de conhecimento e, mais ainda, um órgão de penetração que, se bem empregado, é mais apto e sensível do que nenhum outro e completamente adequado ao escopo.

Em virtude da interpretação, aquele anti-historicismo que, de modo inevitável, é inerente à busca e descoberta da verdade, não tem e não deve ter um caráter ascético, porque o único modo de aceder à verdade não é sair *da* história, coisa impossível, porque seria como sair de si próprio e da própria situação, mas servir-se *da* história, coisa possibilíssima, mesmo se incômoda, árdua e origem de todas as dificuldades às quais vai de encontro não somente o conhecimento da verdade, mas também todo gênero de interpretação, por mais particular e determinada que seja.

Além disso, revelação da verdade e expressão do tempo são de tal forma inseparáveis na interpretação que é possível dizer que elas estão *em relação não inversa mas direta*, justamente porque o aspecto histórico da interpretação, longe de suprimir seu aspecto revelativo, é a sua única condição possível. Não é que a interpretação seria menos revelativa se fosse mais pessoal porque, de preferência, ela é tanto mais revelativa, quanto mais pessoal e histórica; antes, nela é impossível querer distinguir ou pretender separar um aspecto que seria temporal e caduco de um núcleo que quereria ser imutável e permanente, porque tudo aí é *igual* e *simultaneamente* histórico *e* revelativo, pessoal *e* ontológico. E, se o homem colhe a verdade, ele o consegue, não saindo da história mas dela servindo-se como via de ingresso e ádito, não se despojando de si mas fazendo de si mesmo trâmite e abertura.

Na interpretação, revelação da verdade e expressão do tempo não estão em relação de contigüidade ou continuidade ou gradação, mas de *síntese*, no sentido de que uma é a forma da outra. Se é verdadeiro que a revelação da verdade só pode ser pessoal e histórica, não é menos verdadeiro que ela e só ela contém a verdade tanto do tempo quanto da pessoa, de modo que a interpretação é *toda* revelativa e *toda* expressiva, *toda conjuntamente* pessoal e ontológica.

3. Caráter não subjetivista nem aproximativo da interpretação

Convém insistir um instante sobre o fato de que a historicidade e a pessoalidade da interpretação estão bem longe de conferir-lhe um caráter de arbitrariedade ou de aproximação, quase como se dela derivasse um subjetivismo grávido de conseqüências relativistas ou céticas.

Se a interpretação é sempre histórica e pessoal, ela é necessariamente multíplice. E, desta pluralidade da interpretação, que é a primeira coisa que nela salta à vista (*tot capita tot sententiae**; a *minha*, a *tua*, a *sua* interpretação), freqüentemente

---

* Tantas cabeças tantas sentenças. (N. da T.)

se dão explicações que, parecendo à primeira vista naturalíssimas e como que óbvias, acabam universalmente acolhidas e repetidas, gerando uma série de perigosos equívocos e infaustos mal-entendidos. Pensa-se que, pela sua pluralidade, a interpretação acabará por dissipar e gastar a verdade ou por torná-la irremediavelmente exterior. Por um lado, diz-se que, se a interpretação é sempre nova e diversa, é porque não nos dá a verdade, mas apenas a imagem que dela fazemos através de nossas várias pessoas e mutáveis reações; e, por outro, se diz que, se a interpretação não se apresenta nunca como única e definitiva, é porque ela não penetra no coração da verdade, mas apenas gira em torno dela, deixando escapar a sua íntima natureza. Assim considerada, a interpretação ficaria confinada no campo do arbitrário e do aproximativo. De um lado, a relatividade indiferente do reino do opinável, do outro, as deficiências de um conhecimento superficial e deformante. É bem verdade que a interpretação pode cair nestes extremos do relativismo e do ceticismo, quando ela desenvolve o próprio movimento na dissipação subjetivista de imagens arbitrárias ou na vã aproximação de um objeto nunca alcançado. Mas, em tal caso, o que vem a faltar é a própria interpretação, porque a personalidade, tornada objeto de expressão mais do que órgão de penetração, sobrepõe-se à verdade, contribuindo para encobri-la e ocultá-la ao invés de captá-la e revelá-la.

O fato é que a pluralidade da interpretação, longe de ser um defeito ou uma desvantagem, é o sinal mais seguro da riqueza do pensamento humano, tanto é verdade que nada é mais absurdo do que querer conceber a interpretação como única e definitiva, como quereriam aqueles que sustentam que um conhecimento somente é pleno e completo se único e que a pessoalidade do conhecimento é uma limitação deplorável e fatal. O engano destes preconceitos é conceber a precisão e a evidência de um modo tão rasteiro e chamativo que não as saiba encontrar, de modo algum, lá onde vige a variedade e a novidade da vida humana. A impossível alternativa da pretensa unicidade da interpretação não constitui um remédio para o caráter subjetivo e aproximativo do conhecimento, já que entre estes dois extremos não há um dilema, mas se interpõe, como única genuína possibilidade, a própria interpretação que – não por sua pluralidade, historicidade e pessoalidade é menos captadora e reveladora nos confrontos com o verdadeiro, bem como também não pelo fato de alcançar e possuir a verdade – se despoja das suas características de pessoalidade, historicidade e pluralidade. O reino do interpretável se baseia sobre a impossibilidade de um conhecimento unívoco e direto, no qual todos ficariam de acordo sem contestação e sem diálogo. Pressupõe, antes, que não existe outra forma de conhecimento genuíno senão a interpretação, a qual, de per si, é histórica e pessoal e, portanto, constitutivamente multíplice e não definitiva; implica a inoportunidade de lamentar tais características da interpretação e a necessidade de considerá-las, não apenas como essenciais e insuprimíveis, mas também como próvidas e favoráveis.

O princípio fundamental da hermenêutica é, justamente, que o único conhecimento adequado da verdade é a interpretação, o que quer dizer que a verdade é acessível e atingível de muitos modos, e que nenhum desses modos, desde que digno do nome interpretação, é privilegiado em relação aos outros, no sentido de que pretenda possuir a verdade de maneira exclusiva ou mais completa ou, de algum modo, melhor. Para alcançar o próprio escopo, a interpretação não tem necessidade de despojar-se das suas características de historicidade e pessoalidade, o que ela nem ao menos poderia, sendo tais características elimináveis. Nela, a intervenção da pessoa não consiste no esforço de suprimir-se para dar lugar a um conhecimento impessoal ou despersonalizado, e para "deixar ser" a verdade. É certo que o dever da pessoa, na interpretação, é precisamente esse, "deixar ser" a verdade, mas isso não significa, de forma alguma, chegar a um conhecimento impessoal ou despersonalizado. Aquele tanto de "despersonalização", que parece necessariamente inerir à "fidelidade" da interpretação, consiste apenas no impedir que historicidade e pessoalidade tomem as rédeas, tornando-se fins para si mesmas, mais do que trâmites para a verdade e ocultando o verdadeiro mais do que abrindo o acesso a ele. Precisamente para atingir este objetivo, porém, é preciso aprofundar a situação histórica e orientar a substância da pessoa, a ponto de convertê-las em aparato de sintonia e órgão de penetração da verdade, a qual, então, é "deixada ser" justamente enquanto é "sintonizada e captada", e se concede à interpretação na medida em que esta, com a sua abertura e disponibilidade, lhe assegurou um acolhimento e um consenso.

4. Impossibilidade de distinguir um aspecto caduco e um núcleo permanente na interpretação

Convém insistir também sobre o outro fato supranotado de que, na interpretação, é impossível querer distinguir ou pretender separar um aspecto que seria temporal e caduco de um núcleo que desejaria ser imutável e permanente.

Tal distinção seria possível somente se, na interpretação, o aspecto histórico fosse separável do aspecto revelativo. Mas, pois que a interpretação é tal, precisamente devido ao fato de que ela acede à verdade através da historicidade da situação e da personalidade do pensante, não é possível que nela a revelação da verdade aconteça independentemente da expressão do tempo, nem esta sem aquela. Por isso, nela não é possível separar um "miolo" que seja intemporal e supra-histórico, e, como tal, eterno e perene, e uma "casca" que seja passageira e efêmera enquanto é histórica e temporal.

No pensamento humano *tudo é igualmente* histórico e temporal. Se nisso se deseja fazer uma distinção, é a de separar entre a historicidade que se exaure na expressão do tempo e a historicidade que tem um alcance ontológico; entre o que é *somente* histórico – e que, por isso, é expressivo do próprio tempo sem ser revelativo da verdade – e aquilo que, sendo histórico é *também* revelativo, no sentido de que a revelação da verdade, com base na pessoalidade e historicidade da interpretação, não pode deixar de assumir uma forma histórica e de ter um aspecto expressivo. Mas tal distinção consiste precisamente no discernir entre o que é interpretação e o que não o é. O que é somente histórico exprime apenas o próprio tempo e, por isso, é caduco e passageiro enquanto progressivamente levado pelo tempo, do qual é apenas o produto e a imagem. Pelo contrário, na interpretação, o aspecto histórico e o aspecto revelativo são de tal modo indissolúveis, unidos inseparavelmente pela iniciativa da pessoa, que faz de si mesma e da própria situação o órgão de acesso à verdade, que o elemento histórico, indispensável à manifestação e formulação do verdadeiro, acaba, de certo modo, subtraído do fluxo do tempo. A verdade é, sem dúvida, supra-histórica e intemporal, mas esta sua supra-historicidade e intemporalidade, ela a faz valer apenas no interior da formulação histórica e temporal que vai assumindo de tempos em tempos. Toda formulação da verdade é sempre histórica e temporal, mas a sua historicidade e temporalidade, mesmo não sendo diretamente manifestação ou realização da verdade, não passa com o tempo, porque é abertura e trâmite para o verdadeiro, e é, por isso, marcada pela presença originária e profunda do ser.

A hermenêutica exclui, decididamente, tanto que aquilo que é histórico seja, por isso mesmo, efêmero e caduco, quanto que o conhecimento e a formulação da verdade estejam privados de aspectos históricos e temporais. Na interpretação, por um lado, o elemento histórico, mesmo não cessando de exprimir o tempo, é tão pouco ligado ao seu fluxo que não perde nunca a atualidade, inseparável, como é, da formulação do verdadeiro e, por outro lado, a revelação da verdade é tão pouco abstraída do tempo que, antes dele, parte e o adota como caminho e meio indispensáveis para atingir o seu próprio objetivo.

Não se cesse, portanto, de discriminar, no pensamento humano, os elementos permanentes e duráveis dos passageiros e caducos, nem de considerar como efêmeros aqueles que são *apenas* temporais e históricos, mas recorde-se que este crivo, longe de dividir, na interpretação da verdade, uma "parte" histórica e perecível de uma "parte" eterna e perene, não faz senão purificar a franca e genuína interpretação da verdade das escórias do pensamento meramente histórico e técnico, sem que fique comprometida a necessidade de colher, na interpretação, o nexo que une inseparavelmente o aspecto histórico e o temporal com o aspecto ontológico e o revelativo, ambos essenciais ao próprio conceito de interpretação.

5. A unicidade da verdade e a multiplicidade das suas formulações são inseparáveis

A inseparabilidade do aspecto revelativo e do aspecto histórico da interpretação explica, além disso, como nela se podem unir, sem contradição, mas antes indivisivelmente, a *unicidade da verdade* e a *multiplicidade das suas formulações*.

De fato, dizer que a interpretação é, ao mesmo tempo e inseparavelmente, revelativa e histórica, é como dizer que a verdade é acessível apenas no interior de cada perspectiva singular, que, por sua vez, é a mesma situação como via de acesso à verdade. Não se pode revelar a verdade, senão determinando-a e formulando-a, o que acontece apenas histórica e pessoalmente. A verdade, então, mesmo sendo única, não se apresenta nunca com uma determinação própria e sua, numa formulação que seja reconhecível como única e definitiva, mas se oferece somente no interior da formulação que, a cada vez, dela se dá, e é inseparável dela, de modo que seu único modo de comparecer é, precisamente, a singularidade das suas formulações pessoais e históricas.

Justamente porque é, simultânea e indivisivelmente, ontológica e pessoal, a interpretação *nasce*, a um só tempo, como *revelativa* e *plural*, de maneira que a sua multiplicidade, bem longe de comprometer a unicidade da verdade, antes a reaviva e a confirma. A verdade é única, mas a sua formulação é sempre multíplice, e entre a unicidade da verdade e a multiplicidade das suas formulações não há contradição, porque, em virtude da interpretação, sempre *ao mesmo tempo* histórica e revelativa, a unicidade da verdade se faz valer *somente no interior* das formulações históricas e singulares que dela se dão, e é precisamente a interpretação que mantém a verdade como única no próprio ato que multiplica sem fim as suas formulações. A interpretação não é, não pode, não deve ser única. Por definição, ela é múltipla. Mas a sua multiplicidade é a das sempre novas e diversas formulações da verdade, isto é, é aquela que, bem longe de comprometer e dissipar a unicidade da verdade, antes a mantém e, ao mesmo tempo, dela se alimenta, a salvaguarda e, ao mesmo tempo, dela tira solicitações e sugestões. O que é árduo mas indispensável de se compreender é que, justamente em virtude da interpretação, a unicidade da verdade e a multiplicidade das suas formulações não são apenas compatíveis mas também coessenciais, e uma só na outra encontra a sua forma adequada e o seu verdadeiro significado.

As formulações da verdade são multíplices, mas a sua multiplicidade não compromete a unicidade da verdade, antes a supõe e dela vive, assim como a unicidade da verdade não anula a multiplicidade das suas formulações, mas antes delas vive e a exige. De fato, por um lado, as verdades históricas não existiriam sem a verdade única da qual *são* interpretações. Sem ela, seriam apenas expressões do tempo, privadas de valor revelativo, e, enquanto esvaziadas de função hermenêutica, privadas até de características especulativas. Seriam apenas pensamento meramente histórico, isto é, apenas ideológico, técnico e instrumental. E, por outro lado, não seria verdade aquela da qual só existisse um único conhecimento: *a* formulação única é a abolição da própria verdade, porque pretende confundir-se com ela, enquanto *não é senão* interpretação, isto é, *uma* única formulação, compossível com infinitas outras.

6. A formulação da verdade é interpretação, não sub-rogação dela: não monopólio, nem travestismo

Para uma exata compreensão deste ponto central da hermenêutica, é preciso ter presente duas circunstâncias fundamentais. Antes de mais nada, é preciso não esquecer que a verdade e a sua formulação não podem privar-se uma da outra, mas são tão estreitamente unidas, que acabam por identificar-se. Contudo, precisamente por isso, não podem confundir-se uma com a outra, como sucederia se a formulação, entendida como coisa diversa da verdade, pretendesse, sem mais, substituir-se-lhe, ou dela fosse considerada como um simples travestismo.

Não que exista, de um lado, a verdade única e, do outro, as suas múltiplas formulações, como duas ordens de coisas completamente diversas uma da outra, às quais acontece encontrarem-se e conjugarem-se num dado ponto da história. Se assim fosse, não subsistiria nenhum verdadeiro nexo entre a verdade e a sua formulação. A verdade não só estaria como que perdida no seu isolamento, mas justificaria amplamente a tendência hodierna, cada vez mais difundida, de não reconhecê-la na sua unicidade, antes de suprimi-la completamente; estaria também desfeito aquele vínculo indissolúvel que as estreita, melhor, as identifica uma à outra, no sentido de que a verdade não pode comparecer senão enquanto formulada e que não é formulação da verdade aquela que não é a própria verdade enquanto interpretada. E não é que exista uma verdade única, com apenas uma única formulação verdadeira, e que esta se refrate em múltiplas formulações históricas que a refletiriam mais ou menos fielmente. O único modo como a verdade única comparece e pode comparecer são, precisamente, as suas multíplices e históricas formulações, que nem por isso são simples cópias dela e reverberações estanques, mas encarnações reais e posse efetiva.

Em virtude da interpretação, a verdade e a sua formulação estão feitas de tal forma que, entre elas, é possível, melhor, é mesmo necessária, a *identidade*, mas é impossível, melhor, inadmissível, a *confusão*. Na sua constitutiva inseparabilidade não são coisas "diversas" de modo a não se dever identificar, nem coisas "similares" de modo a poder-se confundir. Mais ainda. Precisamente enquanto inseparáveis, elas não são nem similares nem diversas entre si e, precisamente porque idênticas, são inconfundíveis entre si. Não é que a verdade só se revele *num outro* de si, ou não se deixe possuir se não *como outra* de si, mas a tal ponto ela se entrega às formulações históricas capazes de colhê-la que consegue identificar-se, a cada vez, com cada uma delas. Toda formulação da verdade que seja digna desse nome *é* a própria verdade, como pessoalmente interpretada e possuída, de modo que as sempre novas e diversas formulações históricas da verdade são, ao mesmo tempo, seu único modo de aparecer e de existir, e o único modo nosso de professá-la e de possuí-la.

Uma formulação da verdade é tal enquanto é interpretação da verdade, o que significa que, por um lado, ela *não é senão* interpretação, a saber, é *uma* formulação singular dela, histórica e pessoal que, enquanto tal, é compossível com infinitas outras formulações e, por isso, não tem *direito* de substituí-la naquilo que ela tem de próprio, isto é, a unicidade e a intemporalidade, já que a própria unicidade e intemporalidade, a verdade pode fazê-la valer unicamente no interior de cada uma das singulares formulações que ela obtém e desperta, melhor ainda, suscita e exige. Por outro lado, ela é justamente *interpretação* da verdade, isto é, *posse* autêntica e real, que não cessa de ser uma genuína e efetiva posse também se, como veremos, se apresentar como uma tarefa interminável e infinita, de modo que a verdade, já possuída na interpretação, não tem *necessidade* alguma de apresentar-se como diversa de si mesma e de confundir-se com as próprias formulações, dissimulando-se sob elas como numa espécie de travestismo mutável e variegado, que a oculta e deforma, mais do que a revela e declara.

O conceito mais prejudicial a uma exata compreensão da hermenêutica e, por isso, mais extraviador quando se trata de definir o que seja uma formulação da verdade, é aquele de alteração. A relação entre a verdade e a sua formulação não é de alteridade, como se a verdade não pudesse revelar-se senão em outro nem apresentar-se senão como diferente de si mesma, como se a interpretação que dela damos não fosse senão uma cópia ou um reflexo, um retrato ou uma imagem, como se, só pelo fato de ser formulada, ela devesse mudar sua própria natureza, modificando-se, ou transformando-se ou deformando-se, como se o fato de que as várias formulações históricas e pessoais, contendo-a e possuindo-a cada uma a seu próprio modo, destinasse-a a um incessante e camaleônico travestismo, como se a riqueza das suas revelações se resolvesse numa espécie de fantasmagórico transformismo. De fato, deste aberrante conceito de alteração, é possível remontar aos dois modos tipicamente inadequados de conceber a interpretação e a formulação da verdade, isto é, o monopólio e o travestismo. Uma formulação da verdade que pretenda ser única, isto é, monopolizar a verdade numa posse exclusiva, só com isso já reconheceria ser diversa da verdade, tão diversa a ponto de querer substituir-se-lhe; e, conceber as várias formulações da verdade como suas incessantes transformações, ou coloridos travestismos, significa considerá-las ainda como diferentes da verdade, tão diferentes de modo a apenas serem sua cópia, ou melhor, sua máscara, sua imagem, ou melhor, sua aparência, seu reflexo, ou melhor, sua deformação.

Uma coisa é a interpretação da verdade, outra a sua sub-rogação. Como *interpretação*, a formulação da verdade *é a própria verdade*, e não coisa diferente dela. Certamente, é a verdade como pessoalmente possuída e como historicamente formulada, e não a verdade numa sua separação abstrata e impossível. Mas não pelo fato de ser pessoalmente atingida e historicamente presente, a verdade se altera e se transforma, já que a pessoalidade e a historicidade dizem antes respeito à via de acesso e ao modo de posse do que à fonte e ao conteúdo do verdadeiro. De modo que a formulação da verdade, enquanto capaz de colhê-la até o ponto de *identificar-se com ela*, é simples *revelação* e *posse* dela. Como *sub-rogado*, a formulação da verdade é uma sua *alteração*, isto é, nada além de cópia, reflexo, imagem; donde a possibilidade de uma *confusão* que as troque entre si e atribua a uma das tantas formulações aquele caráter de unicidade que pertence somente à verdade, ou que dissipe a verdade naquela multiplicidade que é própria das suas formulações, chegando, por um lado, à *substituição* da verdade por uma das suas formulações indevidamente *absolutizada*, e, por outro lado, à *dissimulação* da verdade sob a variedade cambiante e proteiforme das suas formulações, arrebatadas no vórtice de uma metamorfose incessante e ilusória.

Importa salientar que, tanto o monopólio quanto o travestismo, longe de ser, de algum modo, revelação da verdade, são sua mais radical e total falsificação pois, ao invés de mostrar o nexo hermenêutico que une inseparavelmente a verdade e a sua formulação, contrapõem uma à outra, numa equívoca duplicidade que não pode deixar de degenerar em aberta duplicidade. E, de fato, eis uma particular formulação pretendendo substituir-se à verdade, isto é, possuí-la com exclusividade, e a verdade escondendo-se por detrás das suas formulações, como sob a instável mutabilidade de um contínuo mascaramento: dois exemplos de como a duplicidade gerou o engano, já que, neste nível, o monopólio e o travestismo são o olvido mais completo e a negação mais resoluta da verdade. O monopólio, pelo seu caráter exclusivista que, absolutizando e eternizando uma formulação singular da verdade, lhe tolhe toda capacidade revelativa e constrange a própria verdade a dissipar-se. O travestismo, pelo seu caráter não tanto mutável e multiforme quanto, de preferência, volúvel e astuto, que torna a vicissitude das alegorias e dos símbolos, incapazes de significar a inexaurível multiplicidade das perspectivas reveladoras do verdadeiro e de representar uma dialética de ocultamento e manifestação tão fina e sutil como aquela que se encontra não só em Heidegger, mas sobretudo em Pascal, e aplicada, quando muito, a reconhecer o camaleônico e o mascaramento, o transformismo e o fingimento, isto é, aquele amplo reino da dissimulação, no qual não existe lugar algum para a verdade, nem ao menos se quiséssemos, por absurdo, pensar que o que se dissimula é, precisamente, a própria verdade.

7. Falso dilema entre a unicidade da verdade e a multiplicidade das suas formulações

Somente quem não se dá conta da natureza interpretativa da relação entre a verdade e a sua formulação – e é esta a segunda circunstância a ter presente – se escandaliza pelo fato de que as formulações do verdadeiro possam, na sua histórica multiplicidade, ser uma efetiva posse da verdade única e intemporal; e, por uma ilusória vontade de coerência, esquece que a unicidade é da verdade e não da formulação, e a multiplicidade é da formulação e não da verdade. Confundindo uma com a outra, institui um falso dilema entre os dois termos, fonte de perpétuos equívocos sobre a natureza da interpretação, sobretudo quando a verdade está de permeio.

Eis então alinharem-se, de um lado, aqueles que, pelo fato de que a verdade é única, consideram-na não só intemporal mas, efetivamente, fora do tempo, e, de outro lado, aqueles que, pelo fato de a verdade não ter outro modo de comparecer senão as suas formulações históricas, considerarem-na, a ela mesma, multíplice e mutável, quando não a reduzem, de fato, a um mero produto do tempo. De modo que resulta daí, alternativamente imposto, o ilegítimo e inútil sacrifício das muitas formulações à verdade única, ou o da verdade intemporal às suas formulações históricas. Mais precisamente, eis a alternativa entre aqueles que, afirmando a verdade única e intemporal, sustentam que existe uma só filosofia verdadeira, também intemporal e única, e aqueles que, indo ao encontro das múltiplas e históricas filosofias, pretendem que a própria verdade não pode ser senão plural e, por isso, que só existem verdades históricas. Disso tudo resulta ou o elevar uma filosofia histórica, indevidamente absolutizada, a um intemporal empíreo, ou reduzir a história a mera sucessão temporal, que subverte seus próprios produtos. Ou se priva a filosofia do seu caráter histórico e, portanto, da verdade da sua aparição temporal, ou se subtrai à filosofia a sua dimensão revelativa e, portanto, à história a sua abertura ontológica.

Surge, em suma, um dilema entre aqueles que, no propósito de salvaguardar o caráter absoluto da verdade única e intemporal, conscientemente se arriscam a cair no dogmatismo, e aqueles que, no propósito de conservar a historicidade destas formulações sempre novas e diversas, deliberadamente se arriscam a incorrer no relativismo, a ponto de – e aqui está o vício do raciocínio – num caso o dogmatismo ser preferido não ao relativismo, como pareceria lógico, mas a *qualquer* reconhecimento de historicidade e multiplicidade até na formulação do verdadeiro, e, no outro, o relativismo ser preferido não ao dogmatismo, como pareceria natural, mas a *qualquer* reconhecimento de unicidade e intemporalidade até na verdade tal qual se encontra presente e operante nas suas formas históricas.

Estas duas posições são certamente opostas e, de fato, não fazem senão polemizar entre si, mas, na realidade, estão juntas e caem juntas, descuram a possibilidade de outras posições, esquecendo que, para preservar a histórica multiplicidade dos verdadeiros, não é absolutamente necessário negar a unicidade da verdade, do mesmo modo que, para proteger a unicidade da verdade, não é de modo algum indispensável desconhecer a multiplicidade dos verdadeiros históricos, e que, para evitar o dogmatismo não é preciso aventurar-se ao relativismo, nem aventurar-se àquele para evitar este último, pois, por um lado, a verdade única não tem outro modo de apresentar-se senão no interior das suas singulares formulações, e, por outro lado, é justamente a unicidade da verdade que conserva os verdadeiros históricos na sua singularidade, instaurando entre eles a comunicação e o diálogo.

E, de fato, aquelas duas posições coincidem no ponto central, isto é, no separar a verdade da sua formulação e esta daquela, e no confundir uma com a outra, esquecendo que elas são inconfundíveis e incomparáveis precisamente porque inseparáveis, e que não se pode atribuir à filosofia aquela unicidade que somente pode ser da verdade, ou à verdade aquela multiplicidade que somente pode ser da filosofia, pois que unicidade e intemporalidade, se transferidas da verdade, da qual são essência, à sua formulação, não se convertem noutra coisa senão numa absurda pretensão, e multiplicidade e historicidade, se transferidas à formulação do verdadeiro, da qual são a natureza, à própria verdade, fazem com que ela decaia de seu nível. É justamente desta indevida confusão que nasce o falso dilema entre a unicidade da verdade e a multiplicidade das formulações, como se, única sendo a verdade, dela devesse existir uma única formulação legítima, e, muitas sendo as formulações históricas da verdade, as verdades devessem ser muitas. Noutras palavras: como se não tivéssemos outra escolha senão o fanatismo ou o relativismo, e como se toda afirmação da verdade não devesse tomar outra forma senão a do sectarismo, e a tolerância não devesse ter outro fundamento senão o ceticismo.

8. Caráter hermenêutico da relação entre a verdade e a sua formulação

A experiência mais comum, entretanto, bastaria para pôr-nos em guarda contra posições do gênero, infelizmente demasiado difundidas, porque oferece um exemplo evidentíssimo de relação interpretativa, que é a execução musical. Também na música a interpretação é revelativa e, ao mesmo tempo, plural; também na música, a obra só é acessível no interior de uma sua execução, também na música a multiplicidade das execuções não compromete a unicidade da obra, também na música a execução não é nem cópia nem reflexo, mas vida e posse da obra, também na música a execução não é nem única nem arbitrária.

Que este reclamo à estética não espante. É motivado pelo fato de que, na experiência artística, a estrutura do conceito de interpretação aparece com evidência particular. Não se trata, de modo algum, de estender a outros setores ou de generalizar um conceito nascido primeiro e somente na esfera estética e, por isso, estreito e limitado, mas antes de extrair da especial evidência e da particular eficácia que ele demonstra no campo da arte o motivo para verificar seu caráter profundamente originário, de modo a conferir-lhe uma generalíssima validez e uma fecunda aplicabilidade em todos os campos.

A existência da obra musical não é aquela da inerte e muda partitura, mas a viva e sonora da execução, a qual, todavia, pelo seu caráter necessariamente pessoal e, portanto, interpretativo, é sempre nova e diversa, isto é, multíplice. Mas a sua multiplicidade não prejudica em nada a unicidade da obra musical. Mais: a execução visa, precisamente, manter a obra na sua individualidade e unicidade, sem acrescentar-lhe nada de estranho e sem dissolvê-la em atos sempre diversos. Tanto é assim, que ela quer *dar* a obra na realidade que é verdadeiramente sua, quer *ser* a própria obra, e não somente uma sua imagem ou cópia, nem uma simples aproximação, e nisto consiste o seu caráter "revelativo". E alcança isso precisamente enquanto exercita uma atividade executiva, um ato realizativo, uma tomada de posse que, enquanto irrepetível e pessoal, é consciente da possibilidade de outras execuções pessoais e novíssimas, e nisto consiste o seu caráter "plural".

Como a obra, longe de dissolver-se numa multiplicidade de execuções arbitrárias, permanece idêntica a si mesma no ato em que se entrega a cada uma daquelas que sabem dá-la e fazê-la viver, e estas execuções sempre novas e diversas, longe de serem meras aproximações ou simples reverberações de uma única execução que se pretenda ótima e exemplar, são a própria vida da obra, isto é, a obra enquanto fala a todos do modo como cada um melhor sabe entendê-la, assim a verdade, longe de dissipar-se nas próprias formulações, alimenta, ela mesma, sua pluralidade, conservando-se única e idêntica, precisamente enquanto se encarna em cada uma daquelas que sabem colhê-la e revelá-la, e estas suas formulações históricas e multíplices, longe de renunciarem à verdade intemporal e única, com a subentendida e absurda nostalgia de uma formulação única e perfeita, são, de preferência, o advento temporal da verdade, isto é, a verdade falante a todos, mas a cada um na sua pessoal e irrepetível linguagem.

A relação entre a verdade e suas formulações é, portanto, interpretativa, como a relação entre a obra musical e suas execuções, o que explica, principalmente, como a verdade, não se revelando senão no ato de entregar-se a uma perspectiva singular, é inseparável das suas formulações históricas e, além disso, como a verdade não dispõe de uma formulação única e definitiva, que só poderia resultar de uma indébita eternização do que é histórico ou monopolização do que é comum, e como tudo isso não só não compromete, mas antes supõe a verdade na sua unicidade e intemporalidade. Mas proclamar o caráter hermenêutico da relação entre a verdade e a sua formulação significa excluir que isso se possa explicar, de modo adequado, com os termos correntes de sujeito e objeto, conteúdo e forma, virtualidade e desenvolvimento, totalidade e partes.

9. A interpretação não é relação de sujeito e objeto

Em primeiro lugar, não se trata de uma relação entre sujeito e objeto, como resulta, ainda uma vez, da analogia com a arte. De um intérprete, ator ou músico, não esperamos nem que se deixe guiar unicamente pelo critério da originalidade, como se a sua nova execução tivesse um interesse maior do que aquele da própria obra, nem que vise à impessoalidade, como se daquela obra não nos interessasse, precisamente, a sua execução. Não *pretendemos* que ele *deva* renunciar a si próprio, nem permitimos que ele *queira* exprimir a si mesmo. Nós desejamos que seja *ele* a interpretar *aquela* obra, de modo que a sua execução seja, *ao mesmo tempo*, a obra e a sua interpretação dela. Demais, para o intérprete, a obra não é um objeto que ele tenha diante de si, de modo a confrontá-la com a própria execução e assim medir seu valor; para ele, a sua execução *é* a própria obra que ele, no seu esforço de fidelidade e de penetração, quis dar, na sua plena realidade. Tanto isso é verdade que a obra se concede inteiramente à execução capaz de fazê-la viver da vida que é sua, até *identificar-se* com ela, mas residindo nela com uma *ulterioridade* que a impede de nela exaurir-se, pois a obra, no que diz respeito às próprias execuções, não lhes permite a *nenhuma* o monopolizá-la, nem mora *numa* delas de modo privilegiado e exclusivo, mas suscita a *todas* e a todas exige.

É evidente que uma relação do gênero não se pode configurar nos termos de sujeito e objeto. Nem o intérprete é um "sujeito" que dissolva a obra no próprio ato ou que deva despersonalizar-se para dar fielmente a obra em si mesma, mas é antes uma "pessoa" que sabe servir-se da própria substância histórica e da própria insubstituível atividade e iniciativa para penetrar a obra na sua realidade e fazê-la viver da sua vida, nem a obra é um "objeto" ao qual o intérprete deva adequar a própria representação desde fora, sendo, antes, caracterizada por uma "inobjetivabilidade" que lhe deriva de ser inseparável da execução que a faz viver e, ao mesmo tempo, ser irredutível a cada uma das próprias execuções.

No caso da verdade, a impossibilidade de utilização da relação de sujeito e objeto é ainda mais radical e profunda. Primeiro, é claro que a relação da pessoa com a verdade não é relação de sujeito a objeto em que o sujeito não possa alcançar o objeto senão dissolvendo-o na própria atividade, ou o objeto não possa fazer-se presente ao sujeito se este não se despojar da sua determinação. O sujeito é fechado na sua pontual atualidade, que resolve cada objeto em atividade subjetiva, ou numa sua universalidade impessoal que, ela só, seria a garantia de um conhecimento válido e comunicável, enquanto a pessoa, pelo contrário, é aberta e sempre descerrada para outra coisa e, precisamente no ato com o qual exige que tudo aquilo com que entra em relação deve tornar-se-lhe interior, o mantém na sua irredutível independência, e para tal fim se serve da sua própria, irrepetível e singularíssima substância histórica. A relação da pessoa com a verdade é, portanto, uma relação bem mais originária, já que a pessoa é constituída como tal, precisamente pela sua relação com o ser, isto é, pelo seu enraizamento na verdade, e a sua destinação é, justamente, o reconhecimento da verdade, na medida em que esta é formulável só pessoalmente. De modo que o problema da verdade é metafísico antes que cognoscitivo e impõe que se recorra, não ao fechamento gnoseológico próprio do sujeito, mas à abertura ontológica própria da pessoa.

Com isto ficam globalmente ultrapassados os inconvenientes a que dá lugar este fechamento do sujeito em si mesmo, isto é, o subjetivismo, com toda a sua arbitrariedade, e o impessoalismo com todo o seu caráter abstrato. A abertura ontológica da pessoa, garantindo, pois, à atividade pessoal um caráter mais captador do que dissolvente e à mesma personalidade uma capacidade mais penetrante do que deformante, adverte que a revelação não acontece nem através de um narcisista ideal de originalidade, nem através de um absurdo dever de impessoalidade, como se fosse o caso de curvar a interpretação mais à expressão de si e à busca do novo do que ao alcance da verdade, ou de esperar a descoberta mais de um genérico esforço de despersonalização do que da intensificação do próprio e personalíssimo olhar.

Tanto menos se pode considerar a verdade como um objeto, dado que ela é, por sua própria natureza, inobjetivável, não existindo entre ela e a pessoa nenhum intervalo que permita a esta última retroceder até tê-la diante de si, numa sua figura definitiva e completa, não sendo possível que ela se encerre numa formulação que a explicite completamente e que, por isso, valha como definitiva. Antes de mais nada, a verdade não existe numa forma objetiva, com uma sua determinação própria, da qual nossas formulações devam aproximar-se ou sobre a qual exercer-se. Toda formulação histórica e pessoal da verdade é, *ao mesmo tempo*, a própria verdade e a interpretação que dela se dá, indivisivelmente, de forma que é impossível, do modo que for, distinguir a verdade da interpretação e a interpretação da verdade, contrapor uma à outra, a verdade como objetivo, termo de confronto, tomada como base para julgar da validade da formulação, e a formulação como imagem ou reprodução de um modelo objetivo. Por um lado, é impossível colher a verdade numa sua suposta determinação que nos permita medir, de fora, a nossa formulação, e, por outro lado, a verdade não se oferece a não ser no interior de uma perspectiva pessoal, que já a interpreta e a determina. De um lado, cada formulação histórica é revelação da verdade, isto é, é a mesma verdade como pessoalmente possuída, e, de outro lado, como interpretada, a verdade também não se pode separar da sua formulação já que com ela, de fato, se identifica. De forma que a verdade é inobjetivável, antes de tudo, no sentido de que ela é *inseparável* da interpretação que dela se dá e *inconfrontável* com a formulação que a enuncia.

Ademais, em cada formulação, a verdade reside numa espécie de irredutível transcendência, no sentido de que aceita conceder-se a ela e até mesmo com ela identificar-se, mas não a ela reduzir-se e muito menos ainda nela exaurir-se. Nas suas formulações, a verdade reside em toda sua própria inexauribilidade, isto é, por um lado com uma *presença* que delas faz o seu único modo de apresentar-se e de existir e o nosso único modo de possuí-la e de enunciá-la; por outro lado, com uma *ulterioridade* que não lhes permite a nenhuma delas o contê-la e possuí-la de modo exclusivo, e, portanto, lhes exige e suscita outras, sempre novas e diversas. Presente e ulterior, a uma só vez, isto é, ao mesmo tempo formulada e informulada, dita e não dita, existente *como* pensamento formulado e definido e residente *no* pensamento como fonte e origem que apresente *o* pensamento como objeto de descoberta. Inobjetivável, portanto, também por esta sua *inexauribilidade* que recusa todo privilégio ou monopólio às mais reveladoras das suas formulações, e que faz da interpretação a posse nunca definitiva de um infinito.

10. A interpretação não é relação de conteúdo e forma ou de virtualidade e desenvolvimento

Menos ainda podem servir para explicar o caráter hemenêutico da relação entre a verdade e a sua formulação os conceitos de conteúdo e forma e de virtualidade e desenvolvimento. Estes dois pares recolocam a questão nos termos de subjetivismo e objetivismo, no sentido de que seria subjetivista uma concepção que considere a verdade como um conteúdo comum e constante ao qual cada pessoa conferiria uma sua forma própria, e objetivista uma concepção que veja na verdade uma virtualidade infinita de perspectivas, cada uma das quais desenvolver-lhe-ia uma potência.

A primeira concepção peca por subjetivismo, quando admite a intervenção da pessoa, mais como superposição a um conteúdo preexistente mas informe, que como órgão de penetração de uma verdade que se revela no ato de confiar-se a uma perspectiva. Com isto, se comprometeria aquela inseparabilidade de aspecto revelativo e ontológico e de aspecto expressivo e histórico que caracteriza a formulação interpretativa do verdadeiro e a preserva de todo perigo de subjetivismo e de arbitrariedade.

A segunda concepção peca por objetivismo, quando supõe um ponto de vista de onde se pode não só contemplar a infinitude do absoluto enquanto se desdobra na multiplicidade das suas manifestações, mas também reconhecer uma correspondência entre a inexaurível virtualidade do verdadeiro e a pluralidade dos desenvolvimentos e das perspectivas. Com isto, as várias perspectivas, rescindido o vínculo existencial e pessoal que as liga interpretativamente à verdade, e que as carrega de um dever infinito de diálogo e intercâmbio com outras interpretações possíveis, não fariam senão alinhar-se, na contigüidade e indiferença de uma mera numerabilidade, a oferecer um espetáculo de si, sobre um palco ideal e artificioso.

Além disso, ambas as concepções pecam por um insuficiente aprofundamento não só acerca da inexauribilidade do verdadeiro mas também acerca daquele indissolúvel vínculo entre tal inexauribilidade e a liberdade humana, que é um dos eixos fundamentais de uma teoria da interpretação. Na primeira concepção, a pessoa é considerada em seu isolado individualismo, no qual, no melhor dos casos, a liberdade se exprime numa afirmação de arbitrário subjetivismo, enquanto a inexauribilidade do verdadeiro desceria ao nível do informe e teria, quanto muito, o aspecto de uma caótica confusão. Na segunda concepção, a inexauribilidade do verdadeiro perderia o seu caráter autenticamente originário e inovador, degradando-se numa espécie de totalidade, mesmo que dinâmica e pré-formada, muito mais apta para a simples expressão do que para uma genuína revelação. Efetivamente, a virtualidade implica, propriamente, um elemento de totalidade e de necessidade, que prospecta o inexaurível muito mais como um reservatório ou um depósito de possibilidades em espera, do que como a fonte mesma da novidade ou a germinação incessante de possibilidades sempre novas, e a pessoa, muito mais como o inerte instrumento de uma manifestação necessária, do que como a livre iniciativa da busca e da descoberta. Ambas as concepções esquecem de que a inexauribilidade do verdadeiro e a liberdade da pessoa são inseparáveis, já que a verdade não se oferece e não opera senão no interior da formulação singular, conferindo-lhe um caráter simultaneamente revelativo e difusivo, e a singular perspectiva, só na liberdade de um próprio aprofundamento pessoal e de um diálogo incessante com outras perspectivas, encontra a possibilidade de uma contínua renovação e a viva realização da inexauribilidade do verdadeiro.

11. A interpretação não implica uma relação entre partes e todo: insuficiência da integração e da explicitação

Poder-se-ia pensar que entre a verdade e as suas formulações subsista uma relação de totalidade, no sentido de que as diversas formulações, não colhendo inteiramente a verdade, mas sempre apenas um aspecto dela, são, necessariamente, parciais ou incompletas, de modo que, somente por uma sua recíproca integração ou por um seu pleno completamento, podem esperar conseguir um valor revelativo. De um lado, sustenta-se que as diversas formulações da verdade, limitando-se a colher, a cada vez, uma sua parte, são necessariamente parciais e fragmentárias, a ponto de o seu valor de verdade ficar comprometido se ele não for integrado na totalidade das perspectivas, única legítima detentora da verdade na sua inteireza. De outro lado, se afirma que, nos confrontos da verdade, todo discurso é inadequado, implicando uma tal defasagem e intervalo entre o dito e o não dito, que ele necessariamente resulta deficiente e incompleto, de modo que o único remédio seria um completamento que anulasse a distância entre o silenciado e o explícito, pois que, somente de tal modo, poder-se-ia recuperar a totalidade do discurso e restabelecer a inteireza do significado.

Esta concepção é ainda muito mais difundida do que se pensa, e se insinua dos modos mais insuspeitados também em concepções aparentemente incontestáveis, mas não há nada mais contrário à natureza interpretativa do conhecimento do verdadeiro e aos princípios fundamentais de uma correta hermenêutica. Primeiro, não é verdade aquela que não está presente de modo inteiro em cada um dos seus aspectos, por mínimo e exíguo que seja, nem aquela que, para revelar-se, exige a eliminação do não dito. Depois, não é interpretação aquela que não colhe a verdade por inteiro, precisamente na perspectiva lateral de onde ela parte, nem aquela que põe o próprio ideal na explicitação completa.

Antes de tudo, a verdade é feita de tal modo que um simples lampejo que dela se tenha, ou uma visão de soslaio que dela se alcance, não constituem simplesmente uma "parte"; tanto isso é verdadeiro que a extrema difusividade e a infinita aprofundabilidade destes vislumbres já atestam que ela está possuída por inteiro. Com efeito, o único modo de colher *toda* a verdade é o de possuí-la *como* inexaurível, no seu caráter nascente e originário, na própria fonte da perene renovação, e não num seu impossível retrato total, mas numa perspectiva determinada, que é "lateral", sem por isso ser "unilateral", e que, portanto, não exige integração, sendo já, de per si, uma totalidade. As multíplices e diversas formulações da verdade não têm nenhuma necessidade de uma recíproca integração para aumentar ou conseguir o seu valor de verdade, sendo já, cada uma delas, uma totalidade que, como tal, não se ajunta às outras num sistema onicompreensivo, mas dialoga com as outras, reconhecendo-as, por usa vez, como totalidade.

A interpretação não é uma *parte* da verdade ou uma verdade *parcial*, mas é *a* própria verdade como pessoalmente possuída que, como tal, não só não tem necessidade de integração, mas nem também a tolera e antes a rechaça, tendo já tudo aquilo que pode e deve ter. O próprio conceito de interpretação recusa a totalidade como *exterior* e como *única*; a totalidade ou opera no interior do singular, ou então é, ela mesma, singular e plural. A verdade não é *a* totalidade como sistema de todas as suas formulações, cada uma das quais é *uma* totalidade porque contém em si *a* própria totalidade do verdadeiro, isto é, é *um todo* porque contém *toda a* verdade, naturalmente no sentido, tantas vezes afirmado, da sua inexauribilidade. A verdade não se divide nem se fratura numa *multiplicidade* de formulações, das quais se deva, portanto, reencontrar a *totalidade*, que somente poderia ser *externa*, mas reside *inteira* em cada uma delas. É por isto que a verdade não pode oferecer-se senão à interpretação, que mantém sua inteireza justamente enquanto se realiza como singular, de modo que cada formulação da verdade é *uma* totalidade precisamente e somente porque possui *toda* a verdade.

Além disso a verdade não é uma totalidade feita de tal modo que o pensamento que a revela possa considerar-se diminuído por não dizê-la *toda*, nem a nossa formulação da verdade é feita de tal modo que deva considerar-se inadequada e deficiente se não alcançar uma explicitação completa. A verdade reside na sua formulação não como objeto de uma possível enunciação ideal completa, mas como estímulo para uma revelação interminável. E, se é verdadeiro que não há interpretação lá onde não existe um não dito, não é menos verdadeiro que o não dito próprio da interpretação não é um resíduo subentendido que se possa enunciar facilmente, mas um implícito infinito que alimenta um discurso contínuo e sem fim. O ideal da formulação do verdadeiro não é uma explicitação completa ou uma enunciação definitiva, mas a incessante manifestação de uma origem inexaurível, de modo que não se pode imputar a uma sua imperfeição ou carência a ausência daquela enunciação completa que ela não pretende fornecer. Acreditar levá-la à perfeição, alcançando uma presumida completude ou definitividade da exposição, longe de remediar uma sua deficiência ou falta, significaria acrescentar-lhe alguma coisa de estranho que, mais do que completá-la, a destruiria; lamentar ou censurar-lhe uma presumida insuficiência ou deficiência significaria não compreender sua natureza e considerar defeito ou privação aquela que é, pelo contrário, a sua perfeição e a sua essência.

Não é verdade, aquela que não se possui como inexaurível e que se deixa explicitar completamente numa enunciação definitiva; e não é interpretação aquela que, para possuir a verdade, crê dever eliminar todo não dito, fechando o discurso numa espécie de completa e perfeita totalidade. A verdade justamente indica, como sinal da sua presença, o caráter interminável e sempre ulterior do discurso. Podê-la enunciar numa exposição completa seria precisamente o sinal de não tê-la colhido de fato. Somente como inexaurível a verdade pode oferecer-se à sua formulação, isto é, como tal, que é impossível tentar e absurdo realizar sua explicitação completa, sendo, na verdade, tão desejável quanto exeqüível, uma revelação incessante. Esta interminabilidade típica da interpretação, longe de ser um seu defeito ou uma lacuna ou de atestar sua incompletude ou insuficiência, é antes a sua perfeição e a sua completude, melhor, a sua riqueza. Daí a falácia e a vanidade da idéia de atingir uma totalidade, completando, com a explicitação completa do não dito, as deficiências do explícito. Entretanto, é bem esta a idéia que, secretamente, se aninha na teoria de muitos relativistas, declarados ou inconscientes, pois, do evidente caráter não definitivo e interminável da enunciação do verdadeiro, tiram não a confirmação do vínculo indissolúvel entre a inexauribilidade da verdade e a liberdade da pessoa, mas a conclusão de que as únicas verdades existentes são as verdades históricas, consideradas numa sua relativista e indiferente multiplicidade. De tal modo, eles demonstram serem ainda prisioneiros do mito racionalista da enunciação definitiva e da explicitação completa da verdade, e de, inconscientemente, conservar a nostalgia disso.

A categoria da *totalidade* não é, portanto, apta para explicar a relação entre a verdade e as suas formulações, nem no sentido de que as muitas e, por isso, *parciais* formulações encontram verdade numa sua recíproca *integração*, nem no sentido de que a formulação singular encontra verdade num *completamento* da *insuficiência* semântica do explícito, mediante a declaração exaustiva do subentendido, como se o ideal da interpretação da verdade fosse o *sistema total* ou a *explicitação completa*. Da interpretação, retamente entendida, não é nem possível nem desejável integração ou completamento: no sentido esclarecido, ela já é *total* e *completa* em si, de modo que cada integração sobreviria do exterior, cada completamento seria um acréscimo estranho, e os dois conseguiriam ser não apenas supérfluos e inúteis mas também indiscretos e inoportunos, no fundo, prejudiciais e letais, a ponto de comprometerem a formulação do verdadeiro, no seu caráter próprio.

Não que, pelo fato de ser total e completa, a interpretação se isole de toda *relação* com outra coisa e recuse todo *esclarecimento* do não dito. Sua natureza exclui apenas que aquela relação e aquele esclarecimento se tornem, respectivamente, uma integração total e uma explicitação completa, mas aquela relação com outros que é o diálogo e aquele esclarecimento de si que é o aprofundamento do implícito não correm tal perigo. Sobre a verdade como exigência de diálogo e sobre o aprofundamento do implícito enquanto distinto do subentendido será preciso retornar depois; aqui valem, contudo, as seguintes observações.

Antes de mais nada, o caráter interpretativo e pessoal do conhecimento da verdade une, indissoluvelmente, a *toda* perspectiva singular, a necessidade de reconhecer *outras* infinitas formulações possíveis e a exigência de um contínuo intercâmbio entre elas. A menos que o encontro desta multiplicidade de perspectivas possa e deva ser feito somente no interior de cada perspectiva singular, como experiência real de diálogo e concreto exercício de alteridade. Só assim *todas* as perspectivas podem realmente ser formulações da verdade e conservar seu caráter interpretativo e, portanto, revelativo. O reconhecimento das outras perspectivas deve ocorrer, tomando como base a afirmação da própria; de outro modo, ficaria perdida a própria natureza da perspectiva enquanto tal, como posse pessoal da verdade, quer no que diz respeito às outras, quer no que diz respeito à própria, que decairia até um simples e hipotético ponto de vista de onde contemplar as outras. Desvanecer-se-ia tanto a alteridade quanto a propriedade, isto é, a própria personalidade como raiz existencial e vínculo interpretativo, que caracteriza e qualifica toda formulação da verdade. Só restaria uma multiplicidade vista do exterior, isto é, a numerabilidade de possibilidades substituíveis, mutuáveis e permutáveis, e, portanto, indiferentes e igualmente válidas, todas postas sobre o mesmo plano, e objeto de uma consideração impessoal e objetiva, o que equivale a dizer, falsificadora.

Há, portanto, uma relação recíproca entre as diversas formulações do verdadeiro, que não tem nada a ver com uma sua integração total, o que certamente desdiria da dignidade da interpretação. E é o diálogo, entendido no sentido já esclarecido, isto é, como exercício de uma comunicação que abarca todas as perspectivas entre si sem somá-las desde fora, nem integrá-las num sistema total, mas fazendo de modo que, a cada uma, estejam presentes as outras, como interlocutoras e colaboradoras, numa busca comum e, por isso, respeitando-as cada uma na sua irrepetível totalidade, como pessoalíssima posse do verdadeiro. Somente esta *livre abertura do diálogo* se pode considerar como uma relação adequada ao nível e à natureza da interpretação.

Mais ainda. A interpretação é um processo interminável que requer um contínuo e incessante aprofundamento. E é tal precisamente porque é posse da verdade, já que a verdade, enquanto inexaurível, se oferece apenas a um determinado tipo de posse, que não cessa de ser tal só enquanto se apresenta como uma tarefa infinita. Melhor: que é uma tarefa infinita enquanto é, não uma simples aproximação ou imagem da verdade, mas sua posse real e efetiva. Decerto, pode parecer contraditória e paradoxal esta natureza da interpretação, que é, a um só tempo, posse efetiva e processo interminável e que, por isso, une, no mesmo ponto, estabilidade e mobilidade, firmeza e continuação, obtenção e busca. Mas socorre-nos, ainda, a analogia com a arte, na qual a leitura é, indubitavelmente, uma verdadeira posse da obra, não obstante o seu sentido consiste em ser um convite à releitura; na qual a consciência de haver penetrado na obra vem acompanhada da consciência de ser ainda preciso proceder a um aprofundamento ulterior; na qual cada revelação é prêmio e conquista apenas como estímulo e promessa de novas revelações. E, se na arte, o que permite unir sem contradição a posse e a busca é a inexauribilidade mesma da obra, mais se compreende como isto possa acontecer na interpretação da verdade, dado o caráter muito mais intenso e profundo e originário da inexauribilidade desta última, de modo que aparecerá bem claro como um dos eixos fundamentais da hermenêutica é, precisamente, a compatibilidade, melhor, a coessencialidade da posse e do processo, da conquista e da busca, da propriedade e do aprofundamento.

12. Estatuto da interpretação

Convém sintetizar os resultados da indagação conduzida até aqui, para procurar delinear os princípios fundamentais da hermenêutica e clarificar a estrutura da interpretação.

A relação entre a verdade e a sua formulação é, portanto, interpretativa. A formulação do verdadeiro é, por um lado, posse *pessoal* da verdade e, por outro, *posse* de um infinito. De um lado, o que é possuído é *a verdade*, e é possuída da única maneira como é possível possuí-la, isto é, *pessoalmente*, a ponto de que a formulação que dela se dá *é* a própria verdade, isto é, a verdade *como* pessoalmente possuída e formulada. De outro lado, a formulação da verdade é, de fato, uma *posse* e não uma simples aproximação, mas a verdade nela reside do único modo como pode residir, isto é, *como* inexaurível, a ponto de que aquilo que é possuído é deveras um *infinito*. De fato, a interpretação é a única forma de conhecimento que é capaz, por um lado, de dar uma formulação pessoal e, portanto, *plural* de alguma coisa de *único* e indivisível, sem por isto comprometer ou perder sua unidade, e, por outro lado, de colher e revelar um *infinito* sem limitar-se a aludir a ele ou a girar em torno dele, mas possuindo-o verdadeiramente. Não seria verdade aquela da qual só fosse possível um único conhecimento adequado ou aquela que se *subtraísse* a todo conhecimento possível. Só existe interpretação quando a verdade deveras se *identifica* com sua formulação, sem, todavia, *confundir-se* com ela, de modo a manter sua *pluralidade* e somente quando a verdade for sempre irredutivelmente *ulterior* no tocante à sua formulação sem, no entanto, *dela sair*, de modo que a sua *presença* seja salvaguardada.

A verdade se oferece apenas no interior de uma sua formulação, *com a qual* a cada vez *se identifica* e *na qual* reside sempre como inexaurível, mas a relação interpretativa se desvanece se, entre a verdade e a sua formulação, a *identificação* cede o lugar à *confusão*, ou a relação de *ulterioridade* se torna verdadeiramente de *exterioridade*, porque, em tais casos, a inseparabilidade dos dois termos é suprimida, no sentido de que ou um se coloca no lugar do outro, pretendendo *substituí-lo*, ou os dois se dividem, ficando sem relação devido à *inacessibilidade* de um deles.

No primeiro caso, vem a faltar aquela *coincidência* entre a verdade e a sua formulação que, identificando em toda formulação a mesma verdade como pessoalmente possuída e historicamente formulada, garante, *de uma só feita*, a *unicidade* da verdade e a *pluralidade* das suas formulações. Uma formulação se apresenta como única e exclusiva suplantando todas as outras, isto é, se absolutiza arrogando-se aquela unicidade que só cabe à verdade, com o que sucede uma *confusão* entre os dois termos, no sentido de que uma formulação, mais do que interpretar e revelar a verdade, tenta substituir-se-lhe e assumir o seu posto. Desse modo, desaparecem ambas, a verdade traída e a sua fictícia formulação. Esta última, não sendo interpretação, mas *sub-rogação* da verdade, perde todo caráter revelativo e não exprime a não ser a si mesma e, então, faz desaparecer não apenas a pluralidade das formulações, mas também a verdade na sua unicidade. No segundo caso, a *ulterioridade* da verdade, no que respeita às suas formulações, vem de tal modo acentuada que acaba por faltar toda *presença* do verdadeiro na interpretação que dele se dá; os dois termos vêm separados um do outro e enrijecidos numa recíproca *exterioridade* que os afasta entre si e lhes priva de toda mútua relação, a verdade é empurrada para uma meta-histórica *inacessibilidade*, onde permanece inefável e inconfigurável. Ante esta *inefabilidade*, as diversas formulações são todas irreparavelmente inadequadas e todas igualmente insuficientes, a ponto de não ser possível discerni-las das formulações errôneas, incompletas e infiéis, bem como, por isso, de suprimir toda distinção entre verdadeiro e falso. Com o que, a interpretação, privada do seu caráter revelativo, desaparece e dissipa a própria ulterioridade do verdadeiro, perdida nas névoas do inefável.

Ao invés, como se viu, na interpretação, o vínculo entre a verdade e a sua formulação é, *ao mesmo tempo*, de identidade e ulterioridade, em perfeito equilíbrio. Por um lado, a verdade se identifica com a sua formulação, de modo a permitir-lhe possuí-la de modo revelativo, mas não a ponto de autorizá-la a apresentar-se como exclusiva e completa, mais, única e definitiva, porque, em tal caso, não seria mais interpretação e sim *sub-rogação* da verdade, isto é, uma das tantas formulações históricas que pretende absolutizar-se e pôr-se no lugar da verdade. Por outro lado, a verdade é sempre ulterior relativamente à sua formulação, mas apenas no modo de exigir e permitir uma pluralidade de formulações, e não, pelo contrário, no sentido de uma sua absoluta *inefabilidade*, frente à qual todas as formulações ficariam fatalmente inadequadas e irremediavelmente insignificantes, numa comum e resignada equivalência e indiferença.

Conviria, ainda, aprofundar a pessoalidade da interpretação e a ulterioridade do verdadeiro, que dão lugar a uma nutrida problemática, sobre a qual bastam as rapidíssimas observações seguintes.

13. Conseqüências da pessoalidade da interpretação

Dizer que cada perspectiva é sempre uma posse *pessoal* da verdade, isto é, *a* verdade como pessoalmente formulada, significa afirmar que, na interpretação, a pessoa intervém, sobretudo, como via de acesso e órgão de conhecimento, como instrumento de organização e antena captadora, como faro revelador e meio de penetração. Em tal sentido, a interpretação não acrescenta à verdade *nada de estranho* e nada que não lhe pertença, já que a sua tarefa consiste precisamente no revelá-la, no possuí-la, melhor ainda, no *sê-la*. Isso não quer dizer que a interpretação não seja um processo *ativíssimo* e laboriosíssimo, seja porque nela a pessoa é não menos iniciativa do que órgão, pois depende da sua liberdade o fazer da própria individualidade histórica uma prisão e um obstáculo para o conhecimento do verdadeiro ou um instrumento validíssimo para projetá-lo e revelá-lo, seja porque a formulação da verdade exige um álacre e intensíssimo exercício de *produtividade*, direcionado a inventar e figurar esquemas, a verificar a sua adequação, a dar-lhes coerência e estrutura, até a condensar a posse pessoal do verdadeiro numa forma orgânica e viva, capaz de reações próprias, dotada de vida autônoma, fecunda de proliferações ulteriores. Mas o sentido de toda esta atividade livre e solerte consiste, no entanto, sempre na *escuta*, já que a verdade não é coisa que o homem invente ou produza, ou que se possa, de modo geral, produzir ou inventar: a verdade é preciso *deixá-la ser*, não pretender inventá-la. E, se a pessoa se faz *órgão da sua revelação*, é sobretudo para conseguir ser *sede de seu advento*.

Com certeza, a personalidade pode ser um obstáculo à penetração da verdade, na medida em que se fecha na mera temporalidade ou se preocupa mais em exprimir a si mesma do que em colher o verdadeiro. Então, a verdade foge, negligenciada e obscurecida, mas também desaparece a pessoa, degradada a produto do tempo e tornada incompreensível a si própria. A interpretação é, portanto, um tipo de conhecimento intimamente constituído pelo risco constante do insucesso, no qual a revelação é obtida somente como vitória sobre a ameaça, sempre presente, do ocultamento. Esta precariedade da interpretação não é devida à sua pessoalidade e pluralidade, que é mais uma riqueza do que uma imperfeição, mas à alternativa posta pela própria liberdade da pessoa, que pode fazer de si uma estreita prisão, opaca ao advento do verdadeiro, ou então uma arejada abertura, descerrada para a sua revelação. Tanto isso é verdade que, quando escolhe fazer-se trâmite da verdade, não há nenhum órgão de conhecimento que seja tão agudo, penetrante e seguro. É inerente à natureza da interpretação esta divaricação originária e profunda, pela qual aquilo que é a sua condição também pode ser seu limite e, tanto mais o sucesso lhe pode favorecer e a verdade oferecer-se-lhe quanto mais lhe couber a possibilidade da falsificação e o risco do erro, a ponto de nunca o perigo de erro ser tão ameaçador como quando se está na imediata vizinhança do verdadeiro, e, a ponto de, à mais bem sucedida conquista da verdade, estar inexoravelmente ligada a possibilidade do erro mais abissal e extraviador. Nisto aparece claramente a razão do dito heideggeriano: "*Wer gross denkt, muss gross irren.*"

Neste sentido o conceito de interpretação é o único que pode unir verdade e história sem reduzir uma à outra, ou sacrificar uma à outra, o que seria equivalente a perder a ambas, como acontece quando, por excessiva solicitude pela unicidade do verdadeiro, não se tem absolutamente em conta a mutabilidade e variedade das situações históricas, ou quando, pela preocupação de compreender as muitas formulações históricas, se afirma a inexistência do erro, dissolvendo, de tal modo, a verdade na história. O conceito de interpretação, em particular, afirmando conjunta e inseparavelmente, a unicidade originária e irrompente da verdade e a pluralidade essencial e constitutiva das suas formulações, permite fugir do indiferentismo historicista, porque mantém a distinção entre verdadeiro e falso no mesmo ato em que reconhece à história os seus direitos, admitindo-a como via de acesso à verdade. O indiferentismo historicista nasce com o dito *veritas filia temporis**, o qual, eliminando o erro, já que na história tudo é igualmente expressivo do tempo, suprime a verdade. Observando bem, contudo, não se pode dizer que o tempo gera a verdade, mas somente que favorece, promove e facilita o seu advento histórico, pois, como diz Milton, o tempo não é pai, mas obstetra da verdade: "*the midwife rather than the mother of Truth*", o que precisamente está contido no conceito de interpretação, que se apre-

▼
---
* A verdade é filha do tempo. (N. da T.)

senta assim como o único modo de conciliar a pluralidade das verdades históricas com a distinção entre verdadeiro e falso.

O ideal da interpretação não pode, portanto, ser a despersonalização que, na verdade, privá-la-ia do seu órgão, porque, para colher a verdade, a interpretação não dispõe de outro recurso senão o aprofundamento da pessoa na sua substância histórica: compreensão do tempo e posse do verdadeiro, consciência da situação e penetração da verdade, consciência de si e revelação do ser caminham juntas e se condicionam mutuamente. Quando se trata de verdade, então, não têm sentido algum a pretensa "objetividade" da ciência e a conclamada "neutralidade" do saber. Como a interpretação, o conhecimento da verdade é sempre comprometedor, de forma a exigir uma escolha pessoal e uma tomada de posição. Esta é a conseqüência mais evidente e palpitante do fato de que a verdade não é acessível, a não ser no interior de uma formulação singular, e de que não se pode possuí-la senão como pessoalmente interpretada. Conhecer e possuir a verdade não é possível sem empenhar-se, sem tomar partido, sem expor-se pessoalmente, o que acontece não somente na filosofia, entendida como formulação do verdadeiro, mas também em cada interpretação singular digna desse nome, por mínima e insignificante que seja, porque, em todo processo hermenêutico, a verdade está sempre empenhada e ainda a mais exígua interpretação tem, de per si, um alcance ontológico.

Se, porém, é verdadeiro que a verdade, só se oferecendo no interior de uma perspectiva singular, somente de um pessoal e concreto ponto de vista é que pode ser colhida, é também verdadeiro que somente de um pessoal e concreto ponto de vista poder-se-á considerar uma perspectiva como uma posse pessoal do verdadeiro e, por isso, compreender qualquer ponto de vista. Isto significa que comprometedora é não apenas uma formulação pessoal do verdadeiro mas também a comunicação entre as suas várias e diversas formulações, porque somente quando se possui a verdade numa própria formulação pode-se entender como ela está presente numa formulação diversa. É preciso tomar ou ter tomado posição para compreender uma outra posição e cada interpretação somente pode ser compreendida por uma outra interpretação, de modo que somente quem tem uma sua filosofia pode ter acesso à filosofia de outro e, em geral, só quem é filósofo pode compreender as filosofias, mais ainda, somente a filosofia compreende a filosofia. Da mesma forma, somente quem tem uma religião pode compreender uma outra religião, e somente quem é religioso pode compreender uma experiência religiosa, e assim por diante. O que, evidentemente, viola um dos lugares comuns mais tenazes e obstinados da cultura corrente, que não apenas reduziu todo saber a história mas também idealizou o histórico como modelo do intelectual que, com "histórica objetividade" deveria compreender sem julgar, entender sem discutir, ouvir sem tomar partido, isto é, desinteressar-se definitivamente da verdade.

Em virtude do seu caráter interpretativo, uma formulação da verdade só é comunicável através da simpatia, da congenialidade, da afinidade eletiva. Ela não pode contar com uma universalidade pressuposta, como seria a de uma prévia razão impessoal ou de uma dada comunidade histórica, mas sobre a força unitiva e difusiva da verdade, isto é, daquela unicidade e universalidade do verdadeiro, qual se faz valer do interior de cada formulação singular, como apelo à liberdade mais do que como constrição à evidência, como exigência de comunhão e de diálogo mais do que como obséquio a convenções habitudinárias. Não se trata por isso de uma universalidade preexistente, mas de uma universalidade a instaurar, o que só se pode fazer instituindo uma comunidade de pessoas afins entre si, acomunadas por uma mesma interpretação da verdade e, precisamente por isso, capazes de compreensão e de comunicação recíproca.

Daqui o caráter instaurativo e inovador da interpretação, a qual não conseguiria nunca modificar uma situação e, muito menos ainda, inaugurar uma época, quando se limitasse a exprimir o tempo e a ser consciência de história. Ela só consegue isso enquanto é perspectiva sobre o ser e revelação da verdade, oferecendo assim, ao mundo hodierno impregnado de ativismo e de praxismo, o exemplo de um conhecimento que, enquanto tal, é iniciador e transformador, e o é quanto mais se mantém como teoria e quanto menos se resolve em mera práxis, porque a interpretação é contemplativa, não no sentido inerte da simples consciência do passado ou da mera expressão do presente, mas no sentido eficaz da revelação da verdade, que é a própria fonte da renovação e o princípio de toda válida transformação, além de toda estéril e secundária contraposição de praxismo e teoreticismo e de toda artificiosa e derivada resolução da teoria na prática: início, mais do que conclusão de história, dominadora mais do que sequaz do tempo, suscitadora mais do que retrato de situações.

14. Conseqüências da ulterioridade da verdade

Por quanto diz respeito à ulterioridade da verdade, presente na formulação singular, é preciso notar que não haveria interpretação se a verdade estivesse completamente escondida ou completamente patente porque, tanto a total ocultação quanto a explicitação completa dissimulariam a verdade, ou aprisionando-a numa definição mais apta a falsificá-la do que a declará-la, ou perdendo-a numa inefabilidade não menos camufladora do que qualquer definição exclusiva. A revelação supõe uma inseparabilidade de patenteamento e de latência porque, de uma obscuridade tão profunda a ponto de não conter nem ao menos um presságio de vislumbre não poderia se seguir o processo de iluminação e, numa evidência tão patente, de modo a não acolher nem ao menos o mais exíguo segredo, dispersar-se-ia o caráter irrompente da verdade como origem inexaurível. Um ocultamento total que somente retivesse o silêncio falante e não concedesse à verdade outro caráter senão o de inefabilidade, se abismaria no mais denso mistério, e abriria caminho ao mais desenfreado arbítrio dos símbolos. Uma manifestação completa, que culminasse no "tudo dito" e desejasse uma evidência definitiva para a verdade, renunciaria àquele implícito que é a fonte do novo e acabaria por tender à univocidade objetiva do enunciado. De um lado, um culto do mistério que chega até ao *Schwärmerei**, isto é, a abandonar-se deliberadamente a uma fantástica mitologia, pois que o silêncio abissal e a noite sem fundo são uma falsa riqueza, que, bem diversamente do agostiniano *canorum et facundum silentium veritatis***, só se presta a fumosas alusões arbitrárias e desvanescentes. De outro, um culto da evidência que chega até à superstição, isto é, a prezar o explícito por si mesmo, o que é clara idolatria, já que a palavra completamente dita, pri-

▼

* Fanatismo. (N. da T.)
* Silêncio da verdade canoro e facundo. (N. da T.)

vada de espessura, ignara do implícito, é paupérrima, e, prezá-la como revelativa, isto é, como sede da verdade, seria valorizá-la mais do que o devido. De uma parte, a *profundidade sem evidência* e, da outra, a *evidência sem profundidade*: ambas degenerações, porque ignaras da natureza da interpretação e confiadas no irracionalismo da inefabilidade absoluta e da arbitrária alusividade da cifra, ou no racionalismo da enunciação completa e da comunicabilidade objetiva do explícito.

Mas a inseparabilidade de patenteamento e de latência reencontra todo o seu significado hermenêutico somente se supõe como próprio fundamento a inexauribilidade do ser e se implica uma radical distinção entre implícito e subentendido. Por um lado, a obscuridade de onde parte o processo de iluminação não é a ausência da luz, mas a sua abundância. É aquela da própria luz que, enquanto é fonte de visão se subtrai à vista e, antes, quanto mais foge à vista e, até cega, tanto mais intensamente ilumina. Por outro lado, a evidência promovida pela iluminação não é a supressão do implícito, mas a sua sede e também a sua guarda, não como um simples subentendido que se possa facilmente denunciar e declarar, mas como o não dito, no qual reside, com propriedade, o sentido daquilo que é dito.

Se a verdade se subtrai, faz isso somente para oferecer-se; mais do que se subtrair, ela, no fundo, se reserva; longe do esconder-se para desaparecer, ela, de preferência, se recolhe para melhor revelar-se. O seu, não é um avaro ciúme do próprio segredo, mas a generosidade de uma promessa e de um apelo, o que é sinal de plenitude mais do que de ausência. O fundamento da ulterioridade do verdadeiro é a inexauribilidade e não a inefabilidade, a riqueza e não a indigência. O que é originário é a positividade e toda negatividade é traição, degradação, olvido. Dizer que, na própria formulação, a verdade reside como origem, significa dizer que ela estimula subtraindo-se e subtrai-se estimulando: a sua ulterioridade não é tanto a irônica e negativa possibilidade de progressivamente desfazer-se das próprias formulações, abandonando-as e superando-as todas, para refugiar-se numa remota e noturna informulação quanto, de preferência, a libérrima e produtiva possibilidade de encarnar-se em formas sempre novas, com uma abundância inexaurível, pela qual não cessa de identificar-se a cada vez com cada uma delas, suscitando-as e transcendendo-as a todas. É o contrário do inefabilismo da ontologia negativa, que traz consigo, como lógica conseqüência, o louvor do silêncio, o elogio da noite, a exaltação do nada, isto é, mais concretamente, a indiferença histórica, o primado do praxismo, a prática da negação: em suma, o relativismo cético, o praxismo revolucionário, o niilismo radical, estreitamente conexos entre si pela comum origem inefabilista.

O que constitui a interpretação é, então, a diferença entre o implícito e o subentendido. O subentendido é uma margem que falta provisoriamente à perfeição do conhecimento, e que, por si só, requisita a própria supressão, sendo, de per si, destinado a desaparecer na explicitação completa e na evidência total. Pelo contrário, não existe nenhuma explicitação nem nenhuma evidência que possam exaurir o implícito, que reside nele mesmo para renovar incessantemente o seu significado, já que isso supõe que a interpretação é destinada a conter a verdade como inexaurível, e não a exauri-la numa enunciação objetiva. Tanto a "desmistificação" quanto a "interpretação" consistem no fazer falar o "não dito"; mas, enquanto a desmistificação o faz falar enquanto suprime o subentendido na evidência total, a interpretação o faz falar enquanto aprofunda o implícito mantendo sua inexauribilidade. Uma filosofia da interpretação não pode ser senão uma filosofia do implícito, consciente de que não se pode *possuir* a verdade a não ser na forma de ter de *procurá-la ainda*, já que a interpretação não é a enunciação completa do subentendido, mas a revelação interminável do implícito, onde se vê a pobreza, exigüidade, limitação do primeiro em relação com a riqueza e abundância e infinidade do segundo.

SEGUNDA PARTE

VERDADE E IDEOLOGIA

CAPÍTULO I

FILOSOFIA E IDEOLOGIA

1. Pensamento expressivo e pensamento revelativo

O termo ideologia tem mais de um século e meio de vida, durante o qual foi assumindo os mais diversos significados, freqüentemente também contrastantes, até a babel semântica em que, não tanto por natural desgaste do termo e do conceito quanto, mais precisamente, por excesso e imprecisão dos falantes, caiu nos dias de hoje. Mas, através desta mutável variedade, pode-se dizer que, dos primeiros ideólogos aos últimos sociólogos, duas concepções permaneceram relativamente constantes na longa história do termo. Em primeiro lugar, a de uma origem por assim dizer "material" das idéias e, em segundo lugar, a da destinação política da ideologia. Com o andar do tempo estas duas concepções, sem renegar em nada a sua determinação, foram-se alargando naquelas, mais gerais, de historicidade e de pragmaticidade do pensamento, propondo à filosofia, com ineludível insistência, os dois problemas da relação entre pensamento e situação e da relação entre teoria e práxis. Nestas condições, é claro que o tema em questão tem inevitavelmente um alcance político, mas não pode ter um tratamento adequado se não for rigorosamente filosófico. E é o que, precisamente, me proponho a fazer.

As duas características a que fiz menção incluem-se nas propriedades daquilo que, em outro lugar, chamei de pensamento expressivo. Há "filosofias" que não fazem outra coisa senão exprimir a sua época, da qual são, ao mesmo tempo, a conceitualização e o guia, o produto e a consciência, o retrato e o instrumento: são produtos da razão humana, por um lado, inseparavelmente ligados à situação histórica na qual nascem e na qual vivem e, por outro, desejosos de poder, isto é, de eficácia no mundo histórico. A estas pretensas filosofias históricas e pragmáticas se contrapõe o pensamento autenticamente filosófico que, com o seu caráter especulativo, tem pelo contrário o dever de revelar a verdade. Eu creio que a diferença entre ideologia e filosofia se encontra, exaustivamente explicada, se reconduzida à diferença que proponho entre pensamento expressivo e pensamento revelativo. Com esta finalidade tenciono, em primeiro lugar, examinar as duas características fundamentais do pensamento ideológico para reportá-las às duas propriedades essenciais do pensamento expressivo

2. Historicização do pensamento na ideologia

Em primeiro lugar, a historicidade. No discurso puramente expressivo, a historicidade exaure a própria essência do pensamento. Tal é, de um ponto de vista ideológico, a função das idéias, as quais não fazem senão exprimir a situação histórica, traduzindo-a em termos conceituais e aceitando serem avaliadas somente com base na sua aderência ao tempo em que surgem. Isto é historicamente encontrado nas alternativas do conceito de ideologia, de Destutt de Tracy, que concentrou a sua atenção não tanto sobre o valor e sobre o conteúdo das idéias quanto antes sobre sua origem e formação sensorialista, a Marx, que instituiu um nexo orgânico e dialético entre a base material e a superestrutura ideal que é o seu produto, até a Mannheim, com o seu conceito de uma *Seinsverbundenheit** não somente das idéias e das crenças, mas também dos princípios, das categorias e das avaliações.

O primeiro dever, que se apresenta, diante do pensamento expressivo é, portanto, a sua "historicização": individuar o seu "significado" no ser representação do seu tempo, o seu "valor" na capacidade de conceitualizar as condições de existência, a sua "verdade" na sua correspondência ou aderência ou adequação à situação histórica. Ele se presta egregiamente a este tratamento, porque já é radical e exclusivamente histórico, isto é, despojado de toda preocupação de atingir a verdade e investido apenas da idoneidade para exprimir a situação. É precisamente este o tratamento a que se costumam submeter as ideologias, das quais se trata justamente de mostrar a fundamental "historicidade", que reside não tanto na simples condicionalidade histórica do pensamento quanto, de preferência, na sua completa identificação com a situação.

Sobre este ponto, para evitar uma não menos simplista do que vã confutação do marxismo, será bom advertir que a historicização de que falo não tem nada a ver com uma explicação redutora, pela qual religar as produções espirituais à sua base material seria como volatilizá-las numa mera aparência aciden-

▼
* ...conceito de um estar em solidariedade imposta. (N. da T.)

tal e supérflua mais do que vê-las na sua essencialidade histórica e na sua inegável realidade. Identificar o pensamento expressivo com a situação histórica não significa esvaziá-lo, mas considerá-lo, na sua "expressividade", como a própria situação enquanto conceitualizada e, na sua "especificidade", como parte integrante da situação que, sem isso, não seria aquela que é: significa reconstituir uma unidade estrutural e uma totalidade orgânica que, enquanto garante a inseparabilidade da consciência da realidade, conserva as produções espirituais na sua irredutibilidade e insubstituibilidade, a ponto de ter-se podido dizer que, na superestrutura, não há nada que já não estivesse na base a não ser a própria superestrutura.

Mas se é verdade que, assim entendida, a historicização perde qualquer caráter redutor, não é menos verdade que ela confirma, precisamente, que o pensamento expressivo, justamente porque conexo com vínculos orgânicos e necessários aos outros aspectos da situação, vive nela somente enquanto dela não pode sair e é-lhe inseparável, porque é seu prisioneiro, tanto mais válido nela quanto mais vácuo em si e, mesmo sendo pleno da realidade histórica da qual é o reflexo ou a consciência, é, todavia, vazio de verdade.

3. Tecnicização da razão na ideologia

Em segundo lugar, a pragmaticidade. O pensamento expressivo tem necessariamente o caráter pragmático, porque a sua fundamental historicidade, trazendo logicamente consigo uma desvalorização do aspecto teórico do pensamento, provoca, em contrapartida, o exagero do seu aspecto prático, amplificando-o até uma extrema pragmaticidade, que se exprime no mais declarado instrumentalismo ou no praxismo mais radical. O que é atestado pela própria história do conceito de ideologia, na qual o aspecto prático e político se faz sempre mais evidente, até aos extremos resultados encontráveis na concepção meramente técnica do pensamento e no pampoliticismo. Já Destutt de Tracy reconhecia a importância da sua indagação nas conseqüências que, infalivelmente, a seu parecer, dela seriam derivadas no campo pedagógico, social e político, e o próprio e conhecidíssimo desprezo de Napoleão pelos ideólogos, tratados como meros teóricos e estéreis doutrinários, era um implícito reconhecimento da destinação política do pensamento deles, não por nada, por ele hostilizado.

Para Marx, pois, a própria relação entre ideologia e filosofia se carrega de uma eficácia prática e política. Daí, antes de mais nada, as concepções já clássicas do caráter instrumental que todas as ideologias sempre tiveram no curso da história para justificar a conservação ou a subversão de uma ordem, e da interação da superestrutura com a base, para a qual a idéia, produzida pela realidade, nela reage até o ponto de guiá-la. E, ainda: um marxismo que, acentuando o momento da luta e considerando o proletariado como classe, apresenta-se como ideologia, isto é, como uma concepção empenhada e militante, e submete a filosofia ao poder político, professando assim um explícito instrumentalismo; e um marxismo que, acentuando o momento final e reconhecendo no proletariado o homem completo, apresenta-se como a realização da filosofia, e identifica filosofia e política, culminando assim num praxismo integral. Em outras palavras: um marxismo que, reduzindo, sem resíduo, a filosofia a ideologia, e concebendo a ideologia somente como meio de ação política, nega a filosofia sem realizá-la, no sentido de que faz dela um mero instrumento do poder político; e um marxismo que, distinguindo entre filosofia e ideologia, proclama o fim das ideologias, por ter alcançado a unidade final de teoria e práxis, e, tendo abolido a filosofia, precisamente enquanto a realizou completamente, identifica-a sem resíduo com a política, no sentido de ser a filosofia a própria revolução. Por fim, um marxismo "metafísico" que, para evitar uma realização da filosofia, que a realize sem superá-la suprimindo-a, ou a supere suprimindo-a sem realizá-la, preocupa-se com realizá-la como "pensamento da técnica"; e um marxismo "profético", para o qual a consciência ideológica, nos seus cumes, contém não apenas o reflexo da realidade histórica, mas também uma "douta esperança", uma consciência ainda não clara que antecipa criticamente o ainda não acontecido.

Finalmente, em Mannheim, as diversas ideologias, sempre mais ampliadas até compreender aqueles complexos vitais, orgânicos ou sistemáticos de idéias que vão sob o nome de *Weltanschauungen*, de perspectivas, de filosofias, são consideradas na sua eficiência prática e no seu alcance político, podendo tornar-se um válido instrumento de ação, tanto conservadora e justificante quanto revolucionária e solicitante, quer para refrear quer para guiar o movimento da história.

Entre a expressividade e historicidade do pensamento e a sua destinação pragmática, existe um nexo necessário. O próprio conceito de expressão tem, de per si, um caráter tão instrumental que até um seu emprego na metafísica não pode deixar de gerar equívocos, como atesta o êxito do panteísmo. Uma metafísica que queira servir-se do conceito de expressão, de preferência àquele de revelação, encontra-se inevitavelmente obrigada a culminar numa espécie de panteísmo, onde os entes singulares são apenas instrumentos do absoluto. A expressão, de per si, é de tal forma instrumental que não se pode aplicar à relação entre finito e infinito, sem fazer do finito um instrumento do infinito: o panteísmo, substituindo o conceito de revelação pelo de expressão, suprime a transcendência do absoluto, precisamente porque concebe os finitos como expressões e, portanto, como instrumentos, do infinito.

A historicidade, pois, esvaziando o pensamento daquilo que o constitui como pensamento, isto é, de sua relação com a verdade, prepara e provoca a sua completa pragmatização. Também se o nexo entre pensamento e situação vier concebido como orgânico, não há dúvidas de que a historicidade degrada o aspecto teórico do pensamento, privando-o de uma verdadeira validade especulativa e pondo-o em condição de buscar uma compensação na sua eficiência pragmática, isto é, na sua capacidade de agir sobre a própria situação: instrumento da ação enquanto espelho da situação. Privação da verdade e pragmatização do pensamento são estreita e indissoluvelmente ligadas e procedem em proporção direta: um pensamento esvaziado de verdade não pode encontrar outra "verdade" a não ser a de subordinar-se à ação, e, inversamente, o pensamento não pode chegar à sua completa tecnicização senão na medida em que vai progressivamente afrouxando a sua relação com a verdade. O pensamento privado de verdade, se quer ter um significado racional que não se reduza a mera expressividade histórica ou a vazia e aparente racionalidade, não pode deixar de se tornar razão pragmática e técnica, não somente no sentido de estar em condição de projetar e verificar a ação enquanto sabe controlar e corrigir a si mesmo, mas sobretudo no sentido de que se submete à ação precisamente no ato de promovê-la e de guiá-la, ou, até mesmo, no sentido de que se resolve na ação e se identifica com ela.

A esta altura, nem ao menos se trata de pragmatismo, onde a verdade subsiste ainda, ou no sentido de que a verdade é critério da eficiência ou no sentido de que a eficiência é sinal da verdade: aqui, não há outra verdade senão a eficiência, seja instrumental seja praxística, isto é, não há verdade, pois a práxis exaure completamente ou o fim ou a própria essência da teoria. Perguntar-se se as ideologias são verdadeiras ou falsas, ou dizer que não são nem verdadeiras nem falsas, só tem sentido enquanto a todas consideramos falsas, isto é, viciadas pelo erro fundamental de haverem renunciado à verdade e, portanto, de terem aceitado ser exaustivamente qualificadas pela historicidade e pela pragmaticidade: produtos da história e instrumentos da ação. À historicização do pensamento corresponde a tecnicização da razão: ao pensamento sem verdade, como, no fundo, é a ideologia, corresponde a ação sem verdade, que é propriamente a técnica, de modo que, somente com base na eliminação da verdade, atinge-se à tecnicização da razão, ou em sentido instrumental, como sujeição da idéia à ação, da ideologia à política, da filosofia ao poder político, ou em sentido praxístico, como identificação de pensamento e ação, teoria e práxis, filosofia e política.

4. Inseparabilidade do aspecto histórico e do aspecto revelativo no pensamento ontológico: verdade e interpretação

Historicização do pensamento e tecnicização da razão são, portanto, as duas características do pensamento expressivo e ideológico, no qual a ausência da verdade impediu que os problemas da relação entre pensamento e situação e da relação entre teoria e práxis tivessem outra solução que não fosse a amplificação de um dos dois termos com prejuízo do outro, no sentido de que a situação levou vantagem sobre o pensamento e a práxis sobre a teoria. Duas características e duas relações completamente diversas contrapõem o pensamento revelativo, ao qual somente o da filosofia pode remontar.

A primeira diferença diz respeito à diversa função da historicidade nas duas formas de discurso. Enquanto, no discurso ideológico, a historicidade exaure a própria essência do pensamento, o qual é, portanto, *somente* expressivo, ao invés, no discurso filosófico, a situação histórica intervém na medida em que a pessoa livremente a projeta como via de acesso à verdade, o que faz com que ele seja *conjuntamente* revelativo e expressivo, porque revela a verdade no mesmo ato em que exprime a pessoa. Este pensamento parte de uma solidariedade originária entre pessoa e verdade e, portanto, é ao mesmo tempo ontológico e pessoal: tal cumplicidade originária é aquela que explica, no interior deste pensamento, a inseparabilidade do aspecto expressivo e do aspecto revelativo e os qualifica na sua relação recíproca. O aspecto histórico do pensamento filosófico é inseparável do revelativo porque o que nele se exprime é a própria pessoa enquanto projeta a própria situação como abertura histórica à verdade intemporal; e o aspecto revelativo do pensamento filosófico é inseparável do expressivo porque da verdade não há uma manifestação objetiva, como de um todo concluso e patente, sendo que ela é acessível só mediante uma insubstituível relação pessoal, e formulável só mediante a via pessoal que lhe dá acesso. Disso derivam duas conseqüências.

A primeira conseqüência é que a expressividade do pensamento não consiste mais na simples capacidade de exprimir o próprio tempo, e a sua historicidade não consiste mais no identificar-se completamente com a situação histórica, porque o que aqui se expressa é a pessoa que, por um lado, interpreta o próprio tempo e, por outro, faz de si mesma o único órgão revelador da verdade. Antes de mais nada, o tempo não é expresso diretamente, mas só através da livre mediação da pessoa, a qual não se submete aos seus problemas, como se o tempo lhos impusesse já configurados, mas faz com que ele os proponha, e é ela mesma a fazê-los nascer e a configurá-los, de modo que existe um salto entre a situação e a pergunta, antes mesmo do que entre a pergunta e a resposta. Mais. Depende da pessoa, o modo de prospectar a própria situação, fazendo dela uma limitação fatal e obscurecedora ou uma luminosa abertura para a verdade, ou isolando-a numa presunçosa auto-suficiência, que reduziria o pensamento a mero reflexo ou consciência do tempo, ou recuperando sua originária abertura ontológica, que restitui ao pensamento a sua função revelativa. E está em seu poder, ainda, o fazer da própria singularidade a via de acesso à verdade, multiplicando a sua formulação no próprio ato de deixá-la única na sua presença, não configurável mas solicitante.

A segunda conseqüência é que a verdade é inobjetivável, isto é, só se oferece no interior de uma perspectiva pessoal que já a interpreta e a determina. Quer isto dizer, antes de tudo, que não se pode colher e revelar a verdade senão *já* formulando-a, e que, portanto, é inseparável da interpretação pessoal que dela damos; e, depois, que é impossível colhê-la em uma sua imaginária independência e determinação, que nos permita compará-la *do exterior* com a nossa formulação para julgar o seu valor e, portanto, ela é inconfrontável com a enunciação que dela damos; e também, que as interpretações que dela se dão, enquanto sempre pessoais, são multíplices e, por isso, a sua unicidade, intemporalidade e universalidade é tal *somente no interior* das multíplices e históricas e válidas filosofias que a formulam. Por fim, ainda, que a sua mesma existência, *como* pensamento formulado e definido, pressupõe que, *no* pensamento, ela não pode residir senão como indefinida e informulada.

É claro que isto implica o fim da metafísica ôntica e objetiva e a sua substituição por uma metafísica ontológica e indireta, que é, hoje, o único modo de preservar o caráter universal e especulativo da filosofia e, portanto, de assegurar a sobrevivência da metafísica. O fato de que o pensamento ideológico seja somente histórico e expressivo, e que a historicização do pensamento implique a tecnicização da razão, indica, na ideologia que pretenda substituir-se à filosofia, o resultado último e coerente do historicismo, isto é, o fim da metafísica *tout court*. Se o fim da metafísica está hoje ligado à substituição da filosofia pela ideologia, e à necessidade do nexo entre pensamento somente expressivo e histórico e destinação pragmática e instrumental, a sobrevivência da metafísica está ligada à reivindicação do caráter especulativo da filosofia, o qual só se pode sustentar com o abandono da metafísica ôntica e objetiva, com a afirmação da inobjetivabilidade da verdade, com o reconhecimento da indivisibilidade de revelação e expressão.

A declarada inobjetivabilidade da verdade não compromete em nada a sua transcendência, porque o personalismo, longe de ser um subjetivismo ou um intimismo, de origem mais ou menos idealista ou espiritualista e de vocação inevitavelmente narcisista, só revela completamente a sua natureza se entendido como "personalismo ontológico", segundo o qual a pessoa é constituída pela relação com o ser, relação que é essencialmente escuta da verdade, efetivamente ativa e revelativa: a destinação da pessoa é o reconhecimento da verdade, na medida em que esta só é formulável pessoalmente. Pelo contrário, aquele subjetivismo e aquele intimismo são o exato oposto do personalismo ontológico, o qual, mais do que se preocupar com o caráter sempre subjetivo de qualquer afirmação ou com a interioridade do verdadeiro à mente humana, pretende conferir um caráter de pessoalidade não por certo à verdade, de per si suprapessoal, mas à interpretação sempre singular que dela se dá e que ela mesma solicita e suscita, e da qual ela é, cada vez mais, inseparável; e se preocupa, quando muito, com a multiplicidade das vias de acesso à verdade, entre as quais, contudo, o diálogo é garantido pela força unitiva da mesma verdade, que institui uma comunhão, igualmente distante do subjetivismo e do impessoalismo, já que se oferece a todos, dirigindo-se a cada um à sua maneira, que é o conceito de socialidade e de comunidade mais difícil de realizar, mas também o mais verdadeiro e o mais autêntico; e se detém, acima de tudo, sobre o fato de que a verdade, mesmo sendo irredutível a qualquer interpretação, só se oferece, todavia, no interior da formulação pessoal que se lhe dá. Tudo isto atesta, antes, que a verdade é originária e, precisamente como tal, inobjetivável, mais presente *no* pensamento como fonte e origem do que presente *para o* pensamento como objeto de descoberta; tão ulterior, de modo a não se identificar com nenhuma perspectiva que a revele e a formule e, também, de subtrair-se a uma consideração que pretenda falar dela como de um objeto completamente concluso e patente e possuí-la de modo único e exclusivo, e tão inexaurível, a ponto de solicitar as mais diversas revelações e de entregar-se a uma infinita variedade de formulações, sem nunca correr o risco de perder a unicidade.

Eis, pois, a primeira característica do pensamento revelativo, na qual a relação entre pensamento e situação confere ao elemento histórico o seu lugar, sem ampliá-lo mais do que o devido: ele é *interpretação*; e a interpretação é sempre caracterizada pela inseparabilidade de expressão e revelação, isto é, por um lado, pela personalidade de seu sujeito, que se exprime no ato de fazer de si mesmo o órgão da revelação e, por outro, pela inexauribilidade do seu objeto, que se revela no próprio ato de afirmar a própria inobjetivabilidade, como inseparável da interpretação que se lhe dá, sempre ulterior, contudo, às interpretações que ele suscita.

5. Unidade originária de teoria e práxis no pensamento ontológico: ser e testemunho

A segunda diferença que divide o pensamento revelativo e filosófico do expressivo e ideológico reside num diverso modo de prospectar as relações entre teoria e práxis. Como a historicidade do pensamento ideológico não se combate com o erro simétrico de eliminar todo elemento histórico do pensamento filosófico, assim a sua pragmaticidade não se confuta com a revalorização da pura teoria, ignara de todo elemento prático. Também aqui o problema não é simplesmente o das relações entre teoria e práxis mas é o próprio problema da verdade, que é tão originária que se põe além da distinção entre teoria e práxis, indicando aquela unidade primigênia dos dois termos, a única em condições de explicar e regular a sua derivada distinção e a sua genuína e recíproca relação em todos os níveis.

Ante a tecnicização da razão, tal qual aparece especialmente nas extremas concepções da pragmatização do pensamento, quer no sentido instrumentalista de fornecer idéias que sirvam à ação política, quer, sobretudo, no sentido praxista de identificar a filosofia com a mesma política, não se trata de reivindicar o caráter puramente especulativo ou contemplativo da filosofia, como se devêssemos fazê-lo *em mera antítese* a uma acentuação indébita ou a um exagero mais ou menos radical das suas eventuais características práticas, porque na base daquelas concepções não há um privilegiar da dimensão prática em antítese a um privilegiar da atitude cognoscitiva, como poderia parecer do assim chamado "marxismo vulgar", mas antes a exigência de colher e realizar a unidade de teoria e práxis, a fim de resolver o problema das relações entre filosofia e realidade histórica. Não que não seja hoje o caso de acentuar, frente ao estendido ativismo e praxismo, a precisão, melhor, a necessidade, de teoria e contemplação: antes, é preciso defender a irredutibilidade da contemplação à prática e, portanto, também da prática à contemplação, porque, num certo nível de especificação, a mescla das duas é híbrida e equívoca, mas não se deve, contudo, esquecer que, no homem verdadeiro, há em todos os níveis inseparabilidade de teoria e práxis, já que, no fundo, não há pensamento que não tenha conseqüências práticas nem ação que não pressuponha pensamento, a ponto de que tanto o teoricismo quanto o ativismo ganham relevo somente se entendidos em sentido reativo. Mas é preciso, sobretudo, reconhecer que há uma justa exigência no postular a unidade de teoria e práxis; caso contrário, para efetivamente satisfazê-la, é preciso descer a um nível mais profundo e mais originário, a saber, é preciso atingir a relação ontológica que, precisamente no ato com o qual oferece a verdade, quer à teoria, quer à práxis, ultrapassa de muito a distinção entre uma e outra, sendo antes sua raiz e norma originária.

Mas a tal profundidade originária o praxismo não chega, mesmo tendo o mérito de exigir a unidade de teoria e práxis: quando tal unidade é concebida como futura, em relação à dualidade presente, isto é, como remédio (no fundo aparente) de uma degradação (no fundo persistente), se permanece numa esfera ôntica que, longe de levar à origem, substitui o originário pelo quiliasta e, precisamente por isso, acaba por reduzir a realização da filosofia, que deveria superá-la como mera teoria, a uma verdadeira supressão dela. Em nível ôntico é bom ter bem distintas teoria e práxis e sublinhar, no caso, a sua inseparabilidade na sua distinção; mas o sentido genuíno de tais distinções e da necessidade de tê-las acuradamente distintas, sem confundi-las ou contaminá-las entre si, e, ao mesmo tempo, de projetar sua inseparabilidade como sentido profundo da mesma distinção, se obtém, todavia, somente no nível originário, porque este, justamente, é anterior à distinção entre teoria e práxis, e a unidade, para ser tal, é colhida antes da dualidade. Chegados ao nível da relação ontológica, o próprio problema da relação entre teoria e práxis é reportado àquele, mais profundo, do vínculo originário entre pessoa e verdade; e aqui o problema se ramifica em duas questões que convém enfrentar separadamente.

Em primeiro lugar, no praxismo, o que está em jogo não é tanto a teoria quanto a verdade; o que nele preocupa não é somente a redução da teoria à práxis, quanto, sobretudo, a supressão da verdade *também* na práxis; o que é posto em causa não é tanto a realização da filosofia ou a relação da filosofia com a realidade histórica quanto, de preferência, o alcance ontológico de toda a atividade humana, quer teórica, quer prática, no sentido de que nos encontramos diante de uma alternativa para a qual ou tudo se reduz a técnica, também a filosofia, ou tudo tem um alcance ontológico, também a ação prática. A verdade se pode atingir diretamente no interior de uma das atividades humanas especificadas, tanto na filosofia quanto na moralidade ou na arte, cada uma das quais tem uma verdade originária própria, podendo, a um mesmo título, serem todas igualmente revelativas: o essencial é que em todas estas atividades resida e opere o pensamento no sentido próprio, que é a relação ontológica, o vínculo primeiro entre pessoa e verdade, a revelação da verdade de modo originário, precedente à distinção entre as diversas atividades; o que importa é indicar o alcance ontológico e o caráter revelativo de toda atividade humana, o que só se pode fazer se reivindicarmos, em cada uma delas, a presença daquele pensamento originário que é a revelação da verdade.

Trata-se, conseqüentemente, de encontrar a verdade tanto do pensamento quanto da ação, de garantir a genuína dimensão ontológica tanto da teoria quanto da práxis, sem a qual tanto uma quanto a outra se reduzem à técnica, e ambas se identificam na tecnicização universal da razão, que é o que deseja o praxismo pampoliticista. Neste sentido, reivindicar o caráter especulativo da filosofia não significa abandonar a práxis ao irracional, mas restituir também à práxis uma dimensão ontológica: a alternativa não é entre uma especulação tão rarefeita de modo a desembocar na indiferença científica e uma praticidade tão opaca de modo a cair na irracionalidade, como parece ser a preocupação do historicismo sociológico, mas entre a verdade e a técnica, entre a revelação da verdade e a tecnicização da razão, entre o caráter revelativo e ontológico e o caráter instrumental ou praxista do pensamento ínsito em toda a atividade humana.

Em segundo lugar, subtrair a unidade de teoria e práxis a uma ôntica programação do futuro e restituir-lhe a originária dimensão ontológica significa lançar-se a um nível mais profundo ainda, no próprio coração da relação ontológica, que é teoria e práxis, ao mesmo tempo, no sentido de que – se assim se pode dizer de um nível anterior à distinção – teoricamente é revelação da verdade e praticamente é decisão pelo ser, nem é uma coisa sem a outra, porque a revelação da verdade, enquanto interpretação pessoal dela, é ato originário de liberdade, e não existe ato de liberdade mais originário do que a própria decisão pelo ser. Antes de mais nada, a verdade, enquanto não é acessível senão através de uma pessoal via de acesso para ela, reclama uma escolha e uma opção, pela qual o homem deve escolher se ele se identifica com a própria situação, reduzindo-se a mero produto histórico, ou se lhe confere um poder revelativo, elevando-se a perspectiva vivente sobre a verdade, se ele confere ao pensamento ínsito em toda atividade humana um caráter instrumental e praxista, fechando-o na mera técnica ou se o distingue com um alcance ontológico e uma capacidade revelativa, abrindo-o à verdade; e, enquanto é inobjetivável, exige liberdade e decisão, porque não se trata de re-conhecer um objeto definido, mas de determinar uma presença sem figura, o que coloca o homem ante a responsabilidade de formular pessoalmente a verdade. Além disso a revelação da verdade, implicando a coragem de dar a própria formulação do verdadeiro e, assumindo mais, portanto, o caráter de um testemunho do que o de uma descoberta, coincide com a decisão pelo ser, isto é, coincide com o exercício daquela liberdade radical e profunda com a qual o homem faz do ser o termo de um consenso ou de uma recusa.

Por certo, se trata daquela liberdade primeiríssima à qual o dom do ser é sempre interno, assim como a verdade é sempre interna à interpretação que se lhe dá, no sentido de que, como não existe propriamente interpretação senão da verdade, do mesmo modo não existe liberdade sem dom do ser: liberdade pela qual o homem é iniciativa iniciada, dado a si próprio como dando-se*, auto-relação e, conjuntamente, hetero-relação, coincidência de recepção e exercício de liberdade, síntese de receptividade e atividade, resposta a um apelo, obediência criadora; liberdade pela qual o homem se reduplica no seu ser, no sentido de que ele, ao mesmo tempo, é e consente em ser, ao mesmo tempo, é e acolhe o ser, simultaneamente é, em relação com o ser, e é esta mesma relação. Mas trata-se também daquela liberdade, não menos originária, pela qual o homem, em relação ao ser, escolhe entre o consenso e a recusa, com uma escolha fundamental e profunda que torna possíveis todas as escolhas conscientes e determinadas, de modo que o consenso, consistindo no reforçar conscientemente o próprio ser, é abertura revelativa à verdade e fidelidade ao ser, enquanto a recusa, freqüentemente segregando-se na inconsciência, é a via consciente e deliberada ou inconsciente e oculta do esquecimento do ser e da traição à verdade.

Eis, portanto, a segunda característica do pensamento revelativo, na qual a relação entre a teoria e a práxis acolhe o ele-

▼

---

* No original: *dato a se stesso come dantesi*. (N. da T.)

mento prático sem indevidos exageros: ele é *testemunho*; e o testemunho, decidindo a alternativa entre verdade e técnica com a escolha da verdade, e reportando a liberdade, necessariamente implícita na revelação da verdade, à decisão pelo ser, é, desse modo, unidade de teoria e práxis, mas unidade originária e anterior a toda distinção, e por isso tutelada pelo perigo de limitar-se a opor ou a reduzir um termo ao outro.

6. Falsa consciência e mistificação no pensamento ideológico

À constitutiva historicidade e pragmaticidade do pensamento expressivo e ideológico opõem-se, portanto, os conceitos de interpretação e de testemunho que caracterizam o pensamento revelativo e filosófico. Desejo agora aprofundar alguns pontos que, enquanto indicarão com nova evidência a diferença entre ideologia e filosofia, tenderão a mostrar o comportamento do pensamento revelativo nos confrontos com a multiplicidade das ideologias.

Antes de mais nada, o problema da "mistificação". À historicidade do pensamento expressivo está necessariamente conexo aquele caráter de mistificação que a história oitocentista do conceito de ideologia foi precisando até fazê-lo tornar-se típico e essencial. De fato, ao próprio conceito de pensamento expressivo é inerente uma distinção entre o pensamento consciente e explícito e a realidade profunda e escondida, donde uma conseqüente diferença entre a declaração expressa e a motivação secreta, de modo que o alcance expressivo do discurso, nos confrontos da situação, somente pode vir compreendida, com base na descoberta destas condições subentendidas e mascaradas. Como é conhecido, não se trata mais da simplista denúncia iluminista da impostura, com a inseparável e notória bagagem retórica das luzes que desmascaram as invenções dos padres ("*notre crédulité fait toute leur science*")*, porque a "mentira" é mais profunda, subtraída ao cálculo deliberado e rebaixada ao nível da inconsciência, não limitada a singulares concepções e motivações, mas estendida à própria derivação do pensamento das suas condições históricas; de modo que a explicação, que da inconsciência se dá, deve também explicar aquela contemporaneidade de expressão e mascaramento que caracteriza a ideologia nos confrontos da situação.

Para tanto, não basta a "psicologia dos interesses". No próprio campo da psicologia, a psicanálise penetrou mais a fundo, individuando as vias indiretas através das quais as exigências do instinto tendem a abrir um caminho para a consciência, como os lapsos, os atos falhos, os sonhos e, inventariando os mecanismos inconscientes de defesa do eu, como o recalcamento, a negação, a projeção, a racionalização; mecanismos todos que, pela sua inconsciência, conferem à expressão a forma de mascaramento e indicam, no mascaramento, um valor de expressão. A própria inseparabilidade de expressão e mascaramento, devida a uma inconsciência necessária, é teorizada por Nietzsche, segundo quem a função ocultante é essencial à razão, a qual, como instrumento da vontade de poder, mediante uma espontânea e inconsciente atividade efabuladora, produz ficções que, falsificando e deformando a realidade, manifestam o instinto no mesmo ato em que o cobrem, em virtude de uma substituição dos verdadeiros motivos por motivos apresentáveis, de modo que cada forma espiritual tem dois significados,

▼

* ("nossa credulidade faz toda a sua ciência"). (N. da T.)

um notório, evidente, imediato, o outro recôndito, oculto, secreto. E é com base nesta diferença que alguns psicólogos puderam propor uma interpretação esquizofrênica do discurso ideológico.

O próprio historicismo sociológico indica na *Seinsverbundenheit** a chave para explicar o processo de deformação ideológica, no sentido de que "o sujeito cognoscente é impedido (ou dissuadido) de tornar-se consciente da incongruência das suas idéias com a realidade de toda uma ordem de princípios implícita no seu pensamento, determinado histórica e socialmente"; daí o aparente paradoxo de um pensamento anacrônico, que exprime o próprio tempo, coisa que obviamente não pode fazer senão sob a forma do mascaramento, já que, enquanto anacrônico, o mascara e o deforma e, enquanto adotado por inconsciente determinação histórica, o exprime e o representa. Uma tipologia das várias formas de mascaramento, com a qual o homem esconde os próprios instintos, no ato de justificar sua satisfação com aparente racionalidade, está contida na conhecida teoria paretiana dos resíduos e das derivações; enquanto Kelsen, julgando contraditórias as ideologias porque mascaram a realidade no próprio ato em que parcialmente a refletem, reconhece ainda, como caráter essencial da ideologia, aquela inseparabilidade de expressão e dissimulação que é devida a uma inconsciência necessária.

Para Marx, pois, que é o mais profundo teorizador e o mais lúcido expositor desta problemática, a "falsidade" é mais profunda ainda do que o nível da inconsciência, e se aninha no próprio princípio do pensamento ideológico, porque re-

▼
* ...indica um estar em solidariedade imposta. (N. da T.)

monta àquela fundamental alienação, que é a causa da própria necessidade da inconsciência. Por causa da alienação, o pensamento, mesmo não cessando de ser produto da realidade histórica e, por isso, de exprimi-la e representá-la, falsifica-a e deforma-a, porque é sua "falsa consciência". O pensamento, inconsciente da própria origem material, é também inconsciente da própria natureza: crê e pretende, então, estar fundado sobre si mesmo, e apresenta como realidade o próprio produto, isto é, transforma as coisas em idéias, e depois as considera como coisas: hipostatiza os seus produtos meramente ideais e, com estes, cobre e dissimula a realidade, com um processo de escotomização tanto mais intenso quanto mais profundo foi o processo de hipostatização: ignaro da realidade, de que é o reflexo, exprime-a de modo infiel e inadequado, melhor, de modo ilusório e deformante e, por isso, é constitucionalmente mistificante. A falsa consciência é, portanto, uma espécie de má fé profunda, pela qual, precisamente, o ocultar, o cobrir e o esconder obtêm uma função expressiva e pela qual a transformação só se apresenta como deformação e a representação assume o aspecto do travestismo, de modo que se faz passar por eterno o que é histórico, por universal e total o que é particular e parcial, por racional o que é material. Daí o caráter fundamental da mistificação ideológica: a existência de uma diferença entre o explícito e o escondido, entre o declarado e o subentendido, entre o superficial e o profundo, apresentada como uma discrepância entre o aparente e o real, entre o falso e o verdadeiro, donde a necessidade da desmistificação. Inconsciência da própria origem histórica, incapacidade de declarar-se por aquilo que é, ilusão e pretensão de incondicionalidade, hipostatização dos próprios produtos e escotomização da realidade, mistificação eternizante, universalizante e racionalizante, diferença entre sentido explícito e sentido escondido: eis o complexo mecanismo da mistificação ideológica, teorizado por Marx.

Ora, que a mistificação seja uma conseqüência necessária da historicidade do pensamento expressivo fica claro no fato de que a perda de seu nexo originário com a verdade condena inevitavelmente o pensamento a uma espécie de degradação. A historicidade, privando o pensamento da verdade, que é o seu elemento natural, procede ao esvaziamento da razão, abandonando-a a sua mera discursividade e despojando-a de seu alcance ontológico, isto é, reduzindo-a a forma vazia do discurso e subtraindo-lhe a fonte dos seus conteúdos; separado da verdade, o pensamento conserva, do seu caráter revelativo, somente a aparência, isto é, uma vazia racionalidade, cujos conceitos devem reenviar, pelo próprio significado, ao outro aspecto do pensamento, isto é, ao seu caráter expressivo; o que quer dizer que o discurso se torna apto para exprimir coisas diversas das que diz, no sentido de que a expressão, escondida pelo aspecto explícito do discurso, torna-se inconsciente e oculta, enquanto o aparato racional apenas conceitualiza as condições históricas de onde deriva: então a razão, sem verdade, longe de esclarecer a situação histórica, não faz senão ofuscá-la e mascará-la e, precisamente no ato de dela depender totalmente e derivar toda a sua própria substância, não pode exprimi-la senão sob forma do mascaramento e da mistificação. Em suma, distrair o pensamento da verdade e reduzi-lo a racionalidade vazia significa convidar a procurar seu significado em alguma coisa de diferente de seu discurso explícito e destinar sua universalidade conceitual, reduzida a mera aparência, a racionalizar uma história secreta, exprimindo-a e, ao mesmo tempo, escondendo-a. Dizer historicidade em sentido radical e intensivo significa, portanto, dizer, necessariamente, mistificação e falsa consciência.

7. Falsificação do tempo no pensamento ideológico

Se as coisas estão nestes termos, poder-se-ia pensar, antes de mais nada, que o pensamento ideológico, enquanto expressivo e histórico, contém a genuína verdade do tempo e que, para encontrá-la, basta um oportuno tratamento de desmistificação a lançar luz sobre o verdadeiro significado subentendido no discurso explícito. Contudo, apesar de toda a aparência em contrário, não é o pensamento meramente histórico e expressivo que diz a verdade sobre o tempo, porque ele é privado de caráter interpretativo, e não existe interpretação a não ser no pensamento ontológico, no vínculo originário entre pessoa e verdade. Genuíno arraigamento histórico e autêntica relação ontológica são inseparáveis no nexo originário entre pessoa e verdade: por isso, a idéia esvaziada de verdade, isto é, marcada pelo esquecimento do ser, perde também o seu verdadeiro contato com a história, tornando-se assim não só princípio de mascaramento do real, mas também motivo de falsificação do tempo. Não pode haver verdadeiro contato com a história sem contato com a verdade, nem interpretação do tempo sem pensamento revelativo: vindo a faltar a radicação ontológica, também a radicação histórica se altera, e a expressão do tempo assume um caráter falsificante. O pensamento vazio de verdade não diz a verdade nem mesmo sobre o tempo; nem adianta observar que, porquanto vazio de verdade, está todavia pleno de tempo: ele está, desse modo, pleno de tempo, mas de tempo falsificado.

O pensamento ideológico, enquanto elabora e exerce um aparato conceitual com base numa vazia racionalidade e numa discursividade puramente formal, é contrafação da verdade e, precisamente enquanto contrafação da verdade, é também falsificação do tempo; mesmo identificando-se com a situação histórica, não contém a verdade sobre o tempo, porque nele, o discurso explícito mascara e, portanto, falsifica o que nele se exprime, o que acontece *precisamente porque* ele *não é senão* expressão do tempo. Nem é preciso acreditar que procurar no subentendido o verdadeiro significado do explícito signifique encontrar a verdade: a ideologia é tão radicalmente falsificadora que a sua desmistificação é denúncia, não encontro da verdade. De modo algum a distinção entre aparente e real, explícito e subentendido, declarado e secreto, evidente e oculto se pode reconduzir à distinção entre falso e verdadeiro. Com certeza, não há outra compreensão da ideologia senão a desmistificação, enquanto a reduz ao tempo, do qual ela é, ao mesmo tempo, produto, expressão e mascaramento; mas isto significa encontrar não a verdade, mas débeis e fracas sub-rogações da verdade: a "verdade" da mera historicidade, como adequação da idéia à situação; a "verdade" da falsa consciência, como desmascaramento, que denuncia a motivação profunda; a "verdade" pragmática e técnica, como eficiência da ação e operatividade experimentadora. A ideologia não pode, portanto, alcançar um conhecimento autêntico ou fornecer uma compreensão genuína do tempo, porque não pode haver interpretação do tempo senão no âmbito da interpretação da verdade, a saber, no pensamento que, por ser ontológico e revelativo, é propriamente filosófico.

Somente com a distinção entre pensamento expressivo e pensamento revelativo se pode, pois, compreender a origem da mistificação, que as assim chamadas concepções desmistificadoras, no fundo, não conseguem explicar. Que a inconsciência não baste para explicar a contemporaneidade de expressão e mascaramento, porque, por sua vez, exige um fundamento ulterior, é quanto Marx oportunamente mostrou, quando indicou tal fundamento na alienação. Marx fez bem ao denunciar a mistificação ideológica, reconduzi-la à alienação e conceber a alienação como separação do pensamento da realidade; mas a verdadeira alienação é o esquecimento do ser e a perda da verdade, ou seja, precisamente o que distingue o pensamento expressivo ou ideológico do pensamento revelativo ou filosófico. A verdadeira "alienação" é a separação do homem do ser e a cisão do nexo originário entre pessoa e verdade, o fechamento ontológico e o abandono da interpretação: com a sua liberdade, o homem recusa o ser e renuncia à verdade: deste modo, por um lado, se identifica com a própria situação e se reduz a mero produto histórico, com o que, à própria liberdade, substitui a própria "reificação" e, por outro lado, se torna incapaz de fazer da própria situação uma abertura para o ser e uma via de acesso à verdade, substituindo assim à interpretação, que é a essência profunda do pensamento, a abstração, isto é, a "exteriorização" do próprio pensamento.

Somente a oposição do pensamento revelativo ao pensamento expressivo explica, portanto, a mistificação ideológica, e somente o pensamento revelativo diz a verdade também sobre o tempo, como atesta Vico, cujo pensamento poderia hoje convidar a substituir a mistificação pelo mito, o mascaramento da realidade histórica, por parte do pensamento, pela presença da *vis veri** na fábula, a momentânea e fugaz historicida-

▼
---
* A força da verdade. (N. da T.)

de da ideologia pela constância do senso comum e da tradição, o seu travestismo e a sua dissimulação pela transfiguração e sublimação do interesse. O quanto a filosofia, como pensamento ontológico e revelação da verdade, dista da ideologia, como pensamento expressivo e como mistificação da realidade, vê-se na distância que separa Vico de Marx, já que, para Vico, na realidade histórica, a idéia não é produto mas estímulo, não reflexo mas modelo, não mascaramento mas elevação. Entre Marx e Vico, o caminho é verdadeiramente inverso porque, enquanto Marx se empenha em discernir o "irracional" *sob* a (aparente) racionalidade, Vico tenciona indicar a razão *dentro* do "irracional", o verdadeiro, operante também nas manifestações mais elementares da atividade humana; de modo que, enquanto um permanece ligado àquela filosofia do subentendido que fica, no fundo, sem desenvolvimento, o outro abre o caminho para aquela filosofia do implícito, que é tão fecunda de virtualidade, explicações e indicações para a vida do homem. A presença da *vis veri* no mito, no sentido comum, na tradição, é quanto há de mais oposto à mistificação, porque não consiste no fato de que um aparato conceitual mascara a realidade histórica e a base material, mas no fato de que, no interior das mais baixas manifestações da humanidade, já opera, de forma incoativa, mas não por isso menos eficaz, a verdade: a poesia é a primeira manifestação operante da *vis veri*; as "tradições vulgares" contêm "públicos motivos de verdadeiro", e o senso comum oferece um tal "critério de verdade" que "não tem a sabedoria vulgar regra mais certa para a prudência civil"; o ofuscamento do verdadeiro é dado não pelo pensamento mas pela ignorância, que nos faz "alcançar o verdadeiro recoberto de falso"; e não se trata de mascaramento, mas de sublimação do interesse, pois que a idéia age não para cobrir os interesses, mas para fazer do vício virtude.

8. Explicitação completa do subentendido e infinita interpretação do implícito

Poder-se-ia, além disso, pensar que a diferença entre ideologia e filosofia não é, pois, tão grande se, tanto no pensamento expressivo quanto no pensamento revelativo, existe uma defasagem entre o dito e o não dito, já que em ambos a palavra envia a alguma coisa de não explícito, que contém o significado real do discurso. Mas, a diferença não poderia ser maior, porque a distinção entre o dito e o não dito se apresenta, no primeiro, como divergência entre o explícito e o subentendido e, no segundo, como distância entre o explícito e o implícito: no pensamento expressivo, a palavra não diz tudo porque mascara a base temporal que, de modo oculto, nela se exprime e, no pensamento revelativo, a palavra não diz tudo porque a verdade que nela reside é inexaurível e só se lhe entrega sob a forma de dever ser ainda procurada.

No primeiro caso, existindo diferença entre dizer e exprimir, a palavra não revela, mas esconde, no sentido de que diz uma coisa mas significa outra: significativo não é o explícito mas o subentendido, que não tem nada a ver com o primeiro, a ponto de que compreender significa, por um lado, desembaraçar-se completamente do explícito, e, por outro, anular o subentendido como tal e chegar à sua completa explicitação. No segundo caso, havendo coincidência entre dizer, exprimir e revelar, a palavra revela a verdade, mas como inexaurível e, por isso, é eloqüente não só pelo que ela diz, mas também pelo que ela não diz: o explícito é de tal modo significante que aparece como uma contínua irradiação de significados, perenemente alimentada pela infinita riqueza do implícito, de modo que compreender significa aprofundar o explícito para nele colher a inexaurível fecundidade do implícito, sem atingir nunca a completa explicitação, pela superabundância da verdade, isto é, não pela inadequação da palavra, mas precisamente pela sua capacidade de possuir um infinito, ou seja, por uma pregnância de revelações, que, não pelo fato de aumentarem numericamente, se avizinhem de uma manifestação total, de per si impossível.

Segue-se daí que a mistificação, precisamente porque cobre o subentendido com o explícito e concebe o não dito como simples subentendido oculto, não só não se recusa à explicitação completa, mas antes a solicita e a impõe; enquanto a revelação, justamente porque torna o explícito mais significante do que a sua própria capacidade de explicitação*, comporta e concebe o não dito como a infinita riqueza do implícito, se subtrai a toda e qualquer tentativa de explicitação total. No primeiro caso, a relação entre explícito e subentendido consiste no fato de que o segundo deve progressiva e definitivamente substituir o primeiro; no segundo, a relação entre explícito e implícito consiste no fato de que a significação do primeiro é constituída pela inexauribilidade do segundo. A compreensão de uma ideologia se reduz à desmistificação, ou seja, consiste apenas no desmascarar a expressão escondida pelo discurso e no substituir definitivamente o subentendido pelo explícito; enquanto, ao invés, a compreensão de uma filosofia é verdadeiramente uma interpretação, porque consiste no aprofundamento interminável de um discurso tornado inexaurível por uma presença infinita.

Esta distinção deveria servir para eliminar ou, pelo menos, circunscrever aquela que se tornou um dos frenesis da histo-

▼

* No original "esplicitezza". (N. da T.)

riografia filosófica de hoje, quase toda baseada sobre aquela "técnica da desconfiança" e sobre aquela "escola da suspeita", isto é, sobre as nietzschianas *Kunst des Misstrauens* e *Schule des Verdachtes*,* que impedem o intérprete de levar em consideração o discurso explícito e o induzem a submeter as teorias filosóficas a uma espécie de tratamento psicanalítico, pelo qual nenhuma teoria é considerada por aquilo que diz, mas por aquilo que se presume que inconsciente e ocultamente exprima. Este tratamento, apropriadíssimo ao pensamento ideológico e ao pensamento expressivo em geral, não se presta, absolutamente, ao genuíno pensamento filosófico, no qual, a presença do não-dito, longe de autorizar aquela explicitação do subentendido que, no fundo, é a demonstração da falsidade do pensamento expressivo, impõe, antes, aquela interpretação do implícito, que é um sinal seguro da profundidade do pensamento revelativo. Com uma adequada preparação filológica e histórica, mas sem complexos historicistas, preocupações sociológicas, ou preconceitos culturalistas, seria necessário pôr-se a ler os filósofos como se lê a bíblia**, isto é, por aquilo que dizem explícita e declaradamente, cuidadosos apenas de não ser inferiores à infinita profundidade da sua palavra; isto é, estando atentos *simultaneamente* à letra e ao espírito, à explicitude e à profundidade da palavra, àquilo que ela diz explicitamente e à infinita mensagem que ela contém e anuncia; e não, pelo contrário, dissociar um do outro, relativizando a palavra ao seu tempo e não lhe dando outro sentido a não ser o de tal relativização.

▼

* *Arte da desconfiança* e *escola da suspeita*. (N. da T.)
** No original "bibbia", com minúscula. (N. da T.)

A esta altura se impõe uma precisão que eu considero importante para quem, atento ao discurso feito por Heidegger, julgue dever continuá-lo além do *impasse* da ontologia negativa no qual, inoportuna e esterilmente, ele o lançou: é que, não pelo fato de subtrair-se a uma explicitação completa, a verdade se deva considerar inefável, como se a sua sede natural fosse o silêncio e o seu único modo de entregar-se à palavra fosse o de subtrair-se a ela, e que não se possa revelar sem ocultar-se, seja porque não teria outro modo de estar presente senão a ausência, seja porque cada aparição sua seria, no fundo, uma traição. A palavra é sede inadequada da verdade somente se for entendida racionalisticamente como explicitação total; mas, quando se mede sua infinita capacidade, ela aparece, antes, como a sede mais apta para acolher a verdade e conservá-la como inexaurível.

Estou bem consciente da importância que teve, na história da filosofia, o conceito da inefabilidade da verdade, mas sustento que ele tinha em mira não tanto a exaltação do silêncio como única manifestação adequada do ser, quanto, de preferência, o sentido da inexauribilidade da verdade. E, de fato, se acentuei a ulterioridade do ser e a inobjetivabilidade da verdade, eu o fiz não para asseverar sua inefabilidade, mas para afirmar sua inexauribilidade, isto é, a capacidade de residir na palavra sem identificar-se com ela, mas reservando-se sempre de entregar-se a cada formulação sem nela exaurir-se, de curvar-se ao discurso somente para irradiar seus significados sempre novos; bem consciente de que a inefabilidade seria apenas a inversão pura e simples da explicitação completa e, conseqüentemente, não evitaria suas dificuldades. É necessário dar-se conta de que o único modo de possuir e conservar a verdade é justamente o de acolhê-la como infinita: não pode ser verdade aquela que não seja colhida como inexaurível. A revelação da verdade resiste tanto ao ideal racionalista da explicitação total, porque, de outro modo, não se trataria mais da verdade, que é inexaurível, quanto ao êxito irracionalista da inefabilidade, porque, de outro modo, não seria mais uma revelação, isto é uma posse: o pensamento revelativo não supõe o misticismo do inefável, mas a ontologia do inexaurível.

9. O problema do fim das lutas ideológicas não se resolve nem pelo historicismo sociológico nem pelo materialismo histórico

Um segundo e último problema que fica para ser enfrentado é o do fim da luta das ideologias que, ao ver de muitos, deveria constituir um fato positivo na vida hodierna. Nos dias de hoje este conceito parece assumir essencial e principalmente duas formas: a do historicismo sociológico e a do materialismo histórico. O primeiro, baseado num perspectivismo, no fundo relativista, propõe uma desmistificação e particularização das ideologias que tornaria possível sua integração e síntese; o segundo, baseado na identificação da filosofia com a política, confinaria a multiplicidade das ideologias no passado alienado: num caso e no outro, a multiplicidade das ideologias históricas seria substituída pela totalidade da sua desejada integração ou pela unidade da filosofia finalmente real.

No historicismo sociológico, não se entende bem o nexo entre particularização e integração. A particularização das ideologias, ou seja, a tomada de consciência da historicidade não só das ideologias alheias, mas também da própria, requer a passagem a um ponto de vista que, eliminando as ideologias como tais, é logicamente superior ao das próprias ideologias; mas aqui perguntamos, então, que sentido possa ainda ter, deste ponto de vista superior, que o historicismo sociológico não se preocupa em precisar ulteriormente, nem em tornar criticamente consciente de si, a integração das ideologias. Antes de mais nada, a tomada de consciência da historicidade da própria ideologia pode ser útil praticamente, enquanto submete as motivações e as crenças inconscientes ao controle da consciência; mas, longe de confirmar sua veracidade, destrói a própria ideologia, para a qual é essencial a inconsciência ou a falsa consciência. A ideologia deve ser crida como verdade; de outro modo, se torna brinquedo de doutos ou expediente de cínicos. Desmascarada, a ideologia, longe de permanecer numa sua presumida nova verdade e genuinidade, desaparece, e não cumpre mais a sua função, que é ser instrumento de ação precisamente enquanto expressão inconsciente de condições históricas. Isto significa, exatamente, que a tomada de consciência da historicidade das ideologias só pode ser feita de um ponto de vista externo e superior ao das ideologias; mas, qual seja este ponto de vista, o historicismo sociológico não diz, nem pode dizê-lo, porque, privado de uma justificação crítica do próprio ponto de vista, dá relevo somente aos resultados da desmistificação: de um lado, as condições históricas, na sua grosseira praticidade, e do outro, o aparato conceitual, na sua vazia racionalidade. De que então, se deseja a integração? Dos interesses nus, declaradamente em conflito, e suscetíveis de serem dirigidos somente por uma *Realpolitik*? Das idéias vazias, tornadas inúteis e supérfluas? Falta a própria possibilidade da integração, da síntese, do diálogo, porque faltam os elementos integráveis, abertos, comunicantes.

O marxismo, mediante a realização da filosofia, nega que as perspectivas conscientes da própria historicidade possam ainda ter tanto valor positivo de modo a tornar desejável a sua integração e, além disso, oferece um ponto de vista crítico de onde explicar, ao mesmo tempo, a multiplicidade histórica das ideologias, a necessidade de as desmistificar, a inevitabilidade de seu fim, ponto de vista que é o advento da desalienação, isto é, a identidade de teoria e práxis, a unidade de consciência e realidade, a realização-supressão da filosofia, a sua identificação com a política. Mas cai, depois, na dificuldade de afirmar a unicidade e definitividade de uma filosofia, mesmo que seja da filosofia praxistamente realizada e definitivamente tornada "mundo", identificada com o processo da história e com a ação política, com o que, eliminada a pluralidade das perspectivas, fica, ao mesmo tempo, suprimida a possibilidade de um diálogo.

Historicismo sociológico e materialismo histórico ainda permanecem ligados, portanto, a soluções filosoficamente arcaicas, porque o primeiro não justifica o ponto de vista em que se coloca para abraçar a multiplicidade das perspectivas, e o segundo não sai do conceito da unicidade e definitividade da filosofia. O primeiro identificou, no conceito de perspectiva, tanto as ideologias quanto as filosofias, e operou esta identificação de modo que lhe acabou faltando o ponto de vista crítico sobre a multiplicidade das perspectivas, ponto de vista que não lhe poderia ser oferecido senão pelo pensamento filosófico, acuradamente distinto do ideológico. O segundo operou a distinção entre ideologia e filosofia e, portanto, alcançou criticamente o ponto de vista de onde olhar para a multiplicidade das ideologias, mas não o pôde fazer senão identificando filosofia e práxis, ou seja, resolvendo a filosofia na práxis e considerando a própria práxis *como* filosofia; o que significa ainda, mesmo de modo involuntário, conceber a filosofia como única e definitiva e, portanto, trair, em nome do pensamento praxista, a natureza do pensamento filosófico que, enquanto tal, requer a pluralidade das filosofias. Ou por confusão acrítica entre ideologia e filosofia, ou por extrema pragmatização da filosofia, ambos, na prática, acabaram por reduzir o pensamento revelativo e ontológico a pensamento histórico e técnico, comprometendo assim a esperança de que o fim das ideologias comportasse um diálogo no qual se compusessem os conflitos e a luta.

10. A tecnicização do pensamento aumentada pelo fim da luta das ideologias

De fato, as ideologias permanecem e continuam a, galhardamente, lutar umas contra as outras. A própria idéia de uma integração das perspectivas se torna uma ideologia, pelo menos no sentido de que se serve do próprio programa para rechaçar a ideologia que não o adota. O próprio marxismo acaba por apresentar-se como ideologia, melhor, se refrata numa multiplicidade de ideologias que até se contrariam umas às outras. Mas esta é a função e o destino das ideologias. Elas são sistemas fechados e exclusivos, por isso, essencialmente em conflito. Não toleram uma crítica especulativa, só reconhecem erros externos, ignoram qualquer outra refutação que não seja a luta. Apresentam como indiscutível o próprio princípio e não admitem a possibilidade de outros princípios, cuja existência é, para elas, não um convite à busca de uma compatibilidade, mas causa de crítica negativa. A multiplicidade das ideologias não ensina o diálogo, a comunicação, a colaboração, mas, quando não aconselha o compromisso, a transação e a cumplicidade, admite somente a luta, a oposição, o conflito.

E isto sucede porque as ideologias são, por natureza, totalizantes, isto é, pretendem ser uma visão completa e total do mundo. Isso é inerente, de forma necessária, ao seu modo de conceber e de exercitar o pensamento, no sentido de que todas obedecem a um ideal de explicitação completa e, portanto, consideram a verdade como totalmente explicitável, isto é, como possível objeto de uma posse exclusiva; daí, o espetáculo de que, no campo ideológico, cada um se considera o único detentor da verdade e acusa a todos os outros de ideologia. O que é, evidentemente, uma contrafação e uma paródia da interpretação da verdade, a qual, mesmo sendo única, bem pode reunir, na sua inexauribilidade, todas as perspectivas, por mais diversas que sejam, e instituir uma multiplicidade que, igualmente distante do simples compromisso ou da luta declarada, é compossibilidade, diálogo e comunicação.

Pode-se pensar que, para conseguir uma sã colaboração, bastaria privar as ideologias daquele caráter totalizante que faz delas a contrafação e, ao mesmo tempo, a sub-rogação da filosofia ou da religião. E é bem esta a tentativa do sociologismo hodierno quando, por um lado, partindo da concepção da ciência como pensamento neutral, auspicia que os programas políticos se conformem a uma teoria política ou a uma sociologia de caráter científico e, por outro lado, descortinando, no caráter sempre mais tecnológico da sociedade hodierna, um abrandar das lutas ideológicas, preconiza uma tecnicização também da vida política, acreditando instaurar, de tal modo, sob a égide da ciência, uma espécie de vago liberalismo que assegure um primado aos intelectuais e, sob os auspícios da técnica, uma vida política privada de mitos e de idéias, mas experta em autocontroles e averiguações.

Ora é bem certo que, numa sociedade inspirada por esta neutralidade científica e por esta tecnicização da política, viriam a enfraquecer-se e extinguir-se as ideologias como concepções totalizantes e sub-rogatórias, atenuando-se e extinguindo-se, portanto, a luta ideológica; mas é preciso ter em conta o fato de que toda teorização parte sempre de um intento especulativo, mesmo que seja em forma incoativa e com resultado contrário e, portanto, também se contrafeita, é suscetível, sempre e ainda, de uma redenção especulativa, e que até o pensamento ideológico e histórico se serve sempre de asserções filosóficas, mesmo se degradadas, esvaziadas e instrumentalizadas. Mais. À luz desta consideração, ver-se-á que aquele programa sociológico, inspirado pela "neutralidade" da ciência e da técnica, só levaria a cabo aquela tecnicização da razão que, juntamente com a historicização do pensamento, é o resultado extremo do esquecimento do ser e do ofuscamento da verdade. Do que, claramente, se deduz que o ponto a atingir é mais profundo, e que, se a força de sedução das ideologias é aumentada, se não verdadeiramente instituída pelas suas pretensões totalizantes, é necessário evitar, sobretudo, que surjam equívocos acerca do caráter ontológico da verdade e confusões entre pensamento revelativo e pensamento expressivo.

11. Somente a filosofia como guardiã da verdade torna possível o diálogo

Deixemos, pois, que as ideologias sepultem as ideologias, e preocupemo-nos, antes, da guarda da verdade. Para fazer isso é necessário não autorizar nem mesmo indiretamente que o nome ideologia seja, de qualquer modo, adotado para qualificar o pensamento revelativo e, sobretudo, não atribuir ao pensamento revelativo nenhuma função ideológica.

Em primeiro lugar, se a ideologia é um simples sub-rogado da filosofia, lá onde existir filosofia não existe necessidade alguma de ideologia. O guardião da verdade não tem necessidade dela e não deve adotar o seu nome nem mesmo para denunciar a diferença que o divide dos seguidores de qualquer ideologia, como quando, incautamente, fala de "diferenças ideológicas" que os separariam deles. Não se trata de "diferenças ideológicas", mas de um modo radicalmente diverso de entender o pensamento, expressivo para uns e revelativo para outros. Aceitar o nome de ideologia como plataforma comum de discussão é como perder a partida, porque significa renunciar *a priori* a defender um ponto fundamental da divergência.

Em segundo lugar, o guardião da verdade não deve, de modo algum, permitir a ideologização da filosofia. Para combater as ideologias não basta ideologizar posições de per si não ideológicas, como a filosofia ou a religião, como se, desse modo, fossem mais eficazes na luta; e, em geral, uma ideologia não se combate com uma outra ideologia. A filosofia não somente não é ideologia mas, pelo contrário, se ela se torna, cessa de ser o que é. Já os historicistas e os sociólogos reduzem todo o pensamento a pensamento expressivo e ideológico, quer o façam por motivos científicos e historiográficos, como os vários historiadores das idéias e da cultura, quer o façam por motivos puramente políticos, como os teóricos e os práticos da política. A este desnaturamento do pensamento filosófico devemos, portanto, acrescentar, com a finalidade de combater as ideologias, uma programática ideologização da filosofia? Se acontece que o pensamento expressivo quer substituir o pensamento revelativo e que as ideologias se tornam sub-rogados de filosofias, não é uma boa razão para que a filosofia desça ao nível de ideologia, ou se pretenda ideologizar o pensamento revelativo. Somente se a ideologia política não quiser suplantar a filosofia e somente se a filosofia não intervier *diretamente* na política, isto é, somente se a cada coisa vier restituída sua função, sem mútuas invasões ou confusões de planos, somente assim o organismo recupera a saúde.

Não existem boas ideologias com as quais devamos combater as más ideologias: as ideologias são todas más e todas falsas, porque traíram a essência do pensamento. A luta contra as ideologias não se faz no plano ideológico mas no plano da filosofia, a qual para vencê-la não tem nenhuma necessidade de ideologizar-se, porque, em tal caso, inevitavelmente a perderia: o que se trata de combater não é a singular ideologia, mas o que está na base do próprio conceito de ideologia, isto é, a substituição do pensamento revelativo e ontológico pelo pensamento histórico e pragmático, expressivo e mistificante, instrumental e técnico. A filosofia não tem necessidade de ideologia porque é radicalmente incompatível com as ideologias. Neste sentido entre ideologia e filosofia não há passagem: como a ideologia não pode e não consegue transformar-se em filosofia, mesmo tentando sub-rogá-la, assim a filosofia não pode e não deve transformar-se em ideologia, mesmo empenhando-se em combatê-la.

Mas a filosofia, não pelo fato de subtrair-se à tentativa de ser ideologizada, renuncia a agir no mundo. O filósofo, como tal, não é teórico do desengajamento, como desejaria quem o acusa de evasão: decidir-se pela verdade exige muito mais coragem do que escolher o sucesso; o pensamento revelativo exige um engajamento originário, com o qual se consente no ser, ao invés de refutá-lo, e se aceita dar testemunho dele, ao invés de sacrificá-lo à história; exige a clara consciência de que é ao tempo que toca fazer-se digno de escutar o eterno, não ao eterno de fazer-se ouvir pelo tempo; exige uma decisão radical, com a qual se faz da própria pessoa o órgão para afirmar a verdade de modo aceitável ao próprio tempo, em vez de ser o gerente da idéia-força que guia o tempo de que é o produto, o anunciador de uma renovação antes de tudo pessoal, em vez de o profeta de uma palingenesia somente terrestre. Certamente, se para combater a ideologia é preciso ideologizar a filosofia – isto é, renunciar ao filósofo como tal e considerá-lo verdadeiro filósofo apenas se e enquanto milita como homem político –, a batalha está perdida, porque se comprometeu a verdade, arriscando-se a antepor-lhe o pensamento adequado ao momento e a ação dirigida ao sucesso. A batalha só se vence sobre o plano filosófico, tanto é assim que os melhores aliados do praxismo pampoliticista são os assim chamados teóricos do "engajamento" que, precisamente acusando de evasão os reivindicadores da função revelativa e ontológica do pensamento, acabam por preparar aquela tecnicização da razão que é precisamente o escopo dos praxistas.

Além disso, é justamente a filosofia, como pensamento revelativo e ontológico, que torna possível aquele diálogo que o pensamento mistificante e instrumental das ideologias, pelo contrário, não só não permite mas antes exclui; aparece daí a força exclusiva e polêmica da razão histórica e técnica e a força unitiva e colaboradora do pensamento ontológico e revelativo. A verdade, enquanto inexaurível, se oferece a infinitas interpretações, a todas pessoalmente estimulando e a todas, igualmente, abrindo ao diálogo; o particular, porquanto consciente da própria historicidade e parcialidade, não se oferecerá nunca à compatibilidade de um acordo ou à abertura de uma comunicação. Há aqui um aparente paradoxo: *parece* que as filosofias devam ser exclusivas e estar em luta porque totais, mas, ao invés, são compossíveis justamente porque atingem a verdade que, enquanto infinita, torna dialogantes todas as interpretações; *parece* que as ideologias podem ser compossíveis enquanto parciais e, por isso, integráveis, mas, ao invés, precisamente a sua parcialidade mascarada de totalidade é a causa da sua contínua luta recíproca.

A ação que a filosofia pode exercitar no mundo é justamente a realização daquele diálogo, que não é possível no plano ideológico, onde, por um lado, o reconhecimento da multiplicidade das perspectivas torna impossível adotar uma delas, e, por outro, a adoção de um ponto de vista exclui o reconhecimento daqueles outros. Criticar as pretensões "totalizantes" da filosofia e contrapor-lhes uma "abertura" é permanecer vinculados a um ideal, mesmo que renegado, de metafísica ôntica e de explicitação racionalista: o conceito de pensamento revelativo, como interpretação pessoal da verdade inexaurível, retifica um extrínseco conceito de multiplicidade num mais profundo conceito de singularidade, em que totalidade e pluralidade encontram-se conciliadas. Assim, no plano da filosofia, é possível fazer a filosofia da filosofia, enquanto, pelo contrário, no plano das ideologias é impossível fazer uma *Ideologienlehre**. De fato, a filosofia nasce como consciência da relação ontológica, na qual o nexo com a verdade é *total* e a formulação que

▼

* Teoria da ideologia. (N. da T.)

se lhe dá é *pessoal*; o pensamento ontológico é o único que permite ao pensamento filosófico ser ao mesmo tempo *filosofia da filosofia*, ou seja, ponto de vista crítico, consciente e justificado sobre a multiplicidade das filosofias e, portanto, reconhecimento de pessoalidade, alteridade e intersubjetividade das perspectivas, e *filosofia*, ou seja, tomada de posição, repúdio de uma neutralidade pseudocientífica, formulação pessoal e responsável da verdade; e é assim que só na filosofia é possível admitir as outras adotando uma delas, e conseqüentemente, abrir de fato as perspectivas ao diálogo.

CAPÍTULO II
DESTINO DA IDEOLOGIA

1. Equivocidade do significado neutro ou positivo da ideologia

Em todas as discussões sobre a ideologia, reina o maior desacordo sobre o significado do termo. Haveria, sim, um significado primário e constante, consagrado por um uso agora mais que secular e que se poderia chamar de depreciativo, particularmente adequado a uma forma de pensamento degradada e inferior, como é de fato a ideologia, quando entendida como abstração conceitual destinada a encobrir e, ao mesmo tempo, a exprimir determinados interesses, ou quando considerada como teoria completamente submetida à política ou nela inteiramente resolvida. Mas, ao lado desse significado depreciativo, vem se consagrando, cada vez mais, pelo uso, um significado neutro ou tendencialmente positivo, que não só não considera perniciosa aquela atenuação do aspecto teórico do pensamento que ocorre na ideologia, mas antes encoraja ou verdadeiramente exalta aquela destinação prática e política que é essencialmente inerente ao pensamento ideológico.

Os defensores desses novos significados, para dar crédito à sua reivindicação, devem manter que a ideologia é a demonstração da fecundidade prática do pensamento e da potência das idéias no mundo humano, contrapostas à esterilidade de um pensamento abstrato e isolado da realidade e à inutilidade de uma filosofia acadêmica e esquecida da vida. No que me diz respeito, permaneço fiel ao primeiro significado, e penso que a ideologia não é senão um caso particular do fenômeno mais geral – e infelizmente sempre mais difuso – da historicização e tecnicização do pensamento, cujo êxito é o ofuscamento da verdade e o abandono do pensamento especulativo, em prol de uma razão puramente técnica e instrumental, ou de uma híbrida mistura e confusão de teoria e prática.

Seja como for, é claro que do multiplicar-se de significados tão diversos e equívocos referidos a um mesmo termo não podem nascer senão mal-entendidos e confusões. Ocorre, por exemplo, que o aparato conceitual das "ideologias" é considerado como um sistema de "idéias", e que a sua destinação prática é considerada como uma realização de "ideais": as ideologias seriam substancialmente *Weltanschauungen* que se traduzem em esquemas práticos ou em programas de ação política; e não há quem não veja o quanto é sumária e confusa essa apressada assimilação de termos tão heterogêneos como "idéias", "ideais", *Weltanschauungen*, esquemas práticos, programas de ação, e por aí afora. Em tal situação, a filosofia é chamada a definir e aclarar os termos da questão, e os filósofos faltariam a um seu preciso dever se, ao invés de trazerem um contributo de precisão e esclarecimento, não fizessem senão aumentar a confusão, permitindo o abuso das palavras, até com o especioso protesto de que o significado de um termo deriva do uso que dele se faz, e que o uso não se pode contrariar, mas apenas aceitar e ratificar.

E, de minha parte, o esclarecimento que nesta situação a filosofia deve fazer é, precisamente, o de distinguir entre o pensamento especulativo e o pensamento técnico. O primeiro está bem distante de ser abstrato, isolado da vida, "acadêmico", "professoral", porque é pensamento ontológico e revelativo, radicado no ser e na verdade; e se o seu caráter especulativo lhe deriva do ser veritativo, não é menos certo que, precisamente enquanto tal, ele é e consegue ser guia para a ação. O pensamento técnico, pelo contrário, é pensamento só em aparência, porque não faz senão exprimir o seu tempo e submeter-se à ação ou nela se resolver, isto é, o seu aparato conceitual não tem outro valor senão o expressivo e estrutural, histórico e técnico e, por conseguinte, por um lado não conhece nem revela coisa nenhuma, mas apenas exprime situações temporais e, por outro, não é guia para a ação, mas somente instrumento, ainda que técnico e operativo, da mesma.

O primeiro tipo de pensamento é o filosófico, enquanto o segundo é o ideológico; e para a filosofia, a ideologia não é absolutamente uma alternativa válida, quando se quer reprovar à filosofia um presumido caráter abstrato e um pretenso desligamento da vida. É claro que uma filosofia que seja de fato tão abstrata e desligada não é digna do nome filosofia, e nem ao menos se pode dizer que tenha verdadeiramente um caráter especulativo. Com efeito, a filosofia alcança a concreção e o vínculo com a vida através da verdade, da qual ela é, se digna do nome, revelação sempre histórica e pessoal; assim sendo, bem mais concreta e fecunda para o homem é a filosofia que, em virtude da verdade, merece ser guia da ação, e não a ideologia que, por haver traído a verdade, não consegue ser senão instrumento da ação. Ou melhor, pode-se dizer alguma coisa a mais, e é que o pensamento chamado professoral e acadêmico não pode senão reentrar no pensamento ideológico, porque na sua conceitualidade abstrata e vazia, destituída de conteúdo, não pode ter outra sustentação a não ser a situação histórica que ele, a seu modo, inconscientemente exprime, nem outra função a não ser a de racionalizar interesses que permanecem ocultos e incônscios, mas nem por isso menos presentes e operantes: a característica mais vistosa do pensamento "acadêmico" é precisamente a sua vacuidade e o seu caráter abstrato, e o modo mais evidente de preencher esse vazio e esse caráter de abstração é considerar o seu aparato conceitual como mascaramento de uma assim chamada "vida secreta".

À luz desta distinção fundamental entre pensamento especulativo e pensamento técnico, parecerá claro que não se podem facilmente assimilar à ideologia as idéias e os ideais, as *Weltanschauungen* e os projetos de ação. Só mediante uma sua prévia degradação as idéias e as *Weltanschauungen* podem se revestir de um caráter ideológico, e só através de uma tendenciosa exaltação pode-se pensar que as ideologias se elevam até à riqueza de um ideal e até à pregnância de um esquema prático. O que caracteriza a ideologia enquanto tal é o seu caráter radicalmente historicista e tendencialmente praxista, o que não se pode univocamente dizer nem das idéias e das *Weltanschauungen*, nem dos ideais e dos programas de ação. Querer diluir a distinção que propus introduzindo, ao lado de um sentido negativo da ideologia, também um sentido neutro ou absolutamente positivo e assimilando à ideologia realidades dela tão distantes como aquelas que mencionei significa atenuar a urgência do problema posto pela realidade das ideologias, deixar escapar o interesse de um problema verdadeiramente filosófico e ademais concretíssimo, emergente da inquieta realidade do nosso tempo; significa, em suma, substituir conceitos carregados de uma problemática genuinamente especulativa por noções demasiado neutras e sem viço para que possam interessar à filosofia.

2. O problema da distinção concreta entre ideologia e filosofia

Se alguém me pergunta – o que freqüentemente ocorre – como se pode fazer, em concreto, para distinguir se um determinado pensamento é filosófico ou ideológico, ou seja, revelativo e ontológico, ou expressivo e técnico, respondo que essa pergunta não é filosófica. Antes de mais nada, de uma definição, por exemplo de uma definição da arte, não se espera de modo algum que dela derive automaticamente uma divisão das obras em belas e feias, ou em bem-sucedidas e malogradas. Essa distinção, a se fazer caso a caso e a cada vez, é um ato singular de juízo, cuja responsabilidade não é imputável à definição assumida como critério, mas à pessoa que o pronuncia, e que precisamente por isso é objeto de contínuas revisões e discussões e de freqüentes contestações e desmentidos. Nesse sentido, é absurdo pretender derivar da distinção *filosófica* entre filosofia e ideologia um critério infalível para distinguir concretamente uma da outra em casos determinados, e fazer remontar a ela a atribuição *histórica* deste ou daquele pensamento determinado como filosofia ou como ideologia.

Além disso, a realidade histórica é sempre muito complexa, de modo que, nela, a distinção nem sempre é operável em termos claros e precisos. Nela se encontram misturados e indistintos intentos especulativos e intentos pragmáticos, tão intimamente entrelaçados que dificilmente podem ser separados e distinguidos, pois toda teorização, mesmo se voltada para fins declaradamente e simuladamente práticos, parte sempre, todavia, de uma intenção especulativa, e também o pensamento ideológico consta de elementos conceituais, mesmo se degradados e instrumentalizados. Os conceitos e as distinções elaboradas pela filosofia têm precisamente a tarefa de esclarecer e iluminar a realidade histórica, na medida em que isso é possível no estado caótico e confuso em que, pela sua extrema complexidade, a realidade histórica se encontra.

De resto, não é propriamente a definição que deve servir de critério, mas a própria verdade, que se consigna ao pensamento revelativo e se subtrai ao pensamento meramente expressivo, e nesse sentido é *index sui*; mas não se trata – é claro – de um critério *externo*, que possa, de fora, avaliar e comparar com exatidão as diversas teorias, confiando incontestavelmente umas ao campo do pensamento ontológico e filosófico e outras ao do pensamento ideológico e pragmático; pois a verdade se apresenta sempre e unicamente no interior de uma interpretação, e só aí pode ser *index sui*. A verdade se mostra apenas a quem sabe vê-la, e vê-la já significa dar-lhe uma interpretação própria; de maneira que ela não pode agir senão como um critério *interno* e, digamos mesmo, duplamente interno, ou seja, eventualmente inserido na coisa mesma que se trata de julgar, e presente somente na interpretação da própria pessoa que deve julgar, em suma, inseparável tanto do "objeto" quanto do "sujeito" do juízo; o que, evidentemente, não é só a posição mais incômoda para alcançar e assegurar a incontrovertibilidade de uma avaliação, para a qual requer-se, ao invés, uma nítida distinção e separação entre objeto julgado, sujeito judicante e critério de juízo; mas é antes uma ocasião, até mesmo um convite, e verdadeiramente uma instância à mais aberta discussão e à mais declarada contestação.

Estamos bem longe, como se vê, da disponibilidade de um critério que seja rigoroso enquanto rígido, ou infalível enquanto externo; e nem sequer dispomos daquela "regra lésbia", de que tanto fala Vico, ou seja, de um critério dúctil e flexível, que só consegue obter a precisão evitando a rigidez e aceitando a maleabilidade. Estamos aqui em um nível bem mais profundo, onde a própria verdade encontra a liberdade humana, ao mesmo tempo suscitando-a e a ela se oferecendo, e onde a liberdade do homem se mostra impossível, a não ser como sede da verdade: estamos na raiz mesma da interpretação, que é como dizer da "revelação" e da "contestação", *ao mesmo tempo*. Sem dúvida, o homem tem o grande subsídio de estar sempre, de um certo modo, *na* verdade, ligado a ela por um vínculo originário, que se concretiza sempre historicamente, ou através da situação, desde que ontologicamente orientada, ou através de uma tradição, desde que continuamente renovada e revigorada; mas a possibilidade que ele tem de vir a faltar a essa relação, mediante essa mesma liberdade que a confirma, expõe-no àquela problematicidade que nada tem a ver com o dúbio, àquela incerteza que nada tem a ver com a equivocidade, e que, pelo contrário, derivam daquele nexo que, como se viu, conjuga indissoluvelmente, na interpretação, revelação e contestação, a um só tempo.

Mas quem pergunta como se faz, em concreto, para distinguir se um determinado pensamento é filosófico ou ideológico, talvez possa ser levado a tal pergunta por uma razão mais sutil e mais precisa. Ou seja, pode-se dar que, nas definições e nas distinções elaboradas pela filosofia, ele procure não tanto um conteúdo de verdade, quanto mais propriamente a operatividade, e, por conseguinte, declare-se disposto a aceitar a distinção acima proposta, entre pensamento revelativo e pensamento expressivo, somente na medida em que ela seja operativa, ou seja, facilite a formulação de adequados juízos históricos. Mas é claro que essa reserva é já uma patente e flagrante violação da distinção proposta, porque aceita como essencial ao pensamento somente o caráter da operatividade e da pragmaticidade. Submeter a distinção entre filosofia e ideologia ao critério da operatividade significa já anulá-la e repudiá-la, porque significa negar à filosofia um caráter revelativo e veritativo, e reconhecer-lhe apenas um caráter técnico e pragmático. A distinção entre filosofia e ideologia somente é possível do ponto de vista da filosofia, não do ponto de vista da ideologia; e dessa maneira, o caráter revelativo do pensamento não aparece senão a quem sabe distingui-lo do caráter expressivo; o que significa que, no nível da ideologia e da concepção tecnicista do pensamento, a questão da operatividade daquela distinção nem sequer surge, e que quem a faz surgir, uma vez proposta a distinção, só pode fazê-lo para dar a ela, ou dela receber, uma resposta negativa.

3. Deliberada confusão entre filosofia e ideologia

Diante da multiplicidade dos significados do termo ideologia, em vez de se recorrer à filosofia para alcançar os devidos esclarecimentos, poder-se-ia assumir a posição de dizer que se trata, no fundo, de uma simples questão de palavras. Mas, usar uma mesma palavra para significados diversos, quando não inteiramente opostos, é sempre desaconselhável, porque gera uma confusão inútil e prejudicial e, além disso, nada resolve, dado que a tarefa da distinção não só não resulta evitada, mas antes se torna ainda mais urgente e ineludível. Menos ainda se pode dizer, nesse caso, que se trata apenas de uma questão de termos: aqui está em jogo nada menos que o modo de se entender a filosofia; se a filosofia deve ser concebida como única e definitiva, ou se deve ser reduzida a pura metodologia ou a simples técnica, ou se, ao invés, pode ser concebida como plural e veritativa *conjuntamente*.

Mas, precisamente por isso, tampouco se pode negligenciar a possibilidade de que, depois de bem examinada a questão, se queira indicar com a mesma palavra duas coisas que, à primeira vista, pareçam iguais, e são pelo contrário *toto coelo* diversas, se não diametralmente opostas. Em tal caso, a plurivalência do termo "ideologia" teria uma intenção mais profunda e um significado decisivamente filosófico, porque se trataria agora de pesquisar que problema se oculta por trás da possibilidade ou intenção de usar uma mesma palavra para designar coisas opostas, uma de caráter claramente negativo e a outra de caráter ao menos tendencialmente positivo. Um exemplo ilustre de como uma mesma e idêntica palavra pode servir para indicar, a um só tempo, uma realidade negativa e uma positiva é o uso do termo "idéia", em Dostoiévski. De fato, para Dostoiévski, as idéias podem ser ou divinas ou demoníacas, ou seja, podem ser, como diz o monge Zosima, em *Os irmãos Karamazov*, aquelas "sementes de outros mundos", que "Deus semeou sobre esta terra cultivando o seu jardim", ou as idéias que se apossam dos homens, semelhantes aos demônios que saindo do endemoniado entram nos porcos, e a vara inteira se precipita no lago, ali se afogando, como soa o passo do Evangelho que serve de mote a *Os demônios* e que Stepan Trofimovic comenta antes de morrer. Para Dostoiévski, as idéias divinas são verdades originárias e profundas, aptas a ser a inspiração constante de um homem e a constituir a missão de toda a sua vida, capazes de suscitar uma dedicação em que uma pessoa se empenha construtivamente, afirmando-se na própria coerência e no próprio vigor; enquanto as idéias demoníacas são ilusões do homem errante e decaído, construções artificiais que melhor seria chamar "ideologias", de preferência a "idéias", opiniões dispersas e dispersivas, em que a personalidade do homem se dissipa e se anula, quando não se enrijece em uma individualidade obstinada e arrogante. E se Dostoiévski designou com uma só palavra duas realidades tão diversas, da vida espiritual e histórica, não é por desatenção ou incúria, mas é precisamente para mostrar a natureza ambígua e contraditória de todas as coisas humanas, nas quais, sob uma única aparência, freqüentemente se ocultam realidades opostas, e cada coisa pode assumir o aspecto do próprio contrário: expressão, esta, das mais profundas concepções de Dostoiévski sobre o caráter dialético da realidade, sobre a natureza antinômica do homem e sobre o exercício humano da liberdade.

Ora, a presença conjunta de significados opostos no mesmo e idêntico termo "ideologia", embora não ocultando um problema tão profundo como aquele exposto por Dostoiévski, poderia, todavia, ser o sinal de uma deliberada vontade de equívoco, que manifesta uma tendência infelizmente bastante difundida nos dias de hoje: a saber, a vontade de elevar a ideologia a filosofia e de rebaixar a filosofia a ideologia; a vontade de sacrificar o caráter revelativo do pensamento ao seu caráter meramente histórico e expressivo, ou seja, o seu nexo com a verdade à sua situação no tempo; a vontade de misturar pensamento e ação a ponto de confundi-los entre si, subordinando o primeiro à segunda, ou até resolvendo-o nela; a vontade de politizar o pensamento, não só no sentido de dissolvê-lo em uma forma de praxismo pampoliticista, mas também no sentido de apenas valorizá-lo na medida em que ele se erija – ou pretenda erigir-se – em norma e guia da ação política.

Infelizmente, é preciso reconhecer que essa vontade de equívoco se insinua por toda parte, até mesmo onde menos se esperaria encontrar uma qualquer concessão a essas formas de historicismo, sociologismo, praxismo, ou seja, até nos defensores do caráter especulativo e revelativo do pensamento filosófico. E chega até a impor-se, ainda que inconscientemente, a quem, por coerência, não deveria nunca aceitá-la, como por exemplo, ao cristão, que, se fosse verdadeiramente fiel aos próprios princípios, nunca deveria falar de "diferenças ideológicas" que o separariam dos seguidores de qualquer ideologia, como por exemplo, dos comunistas ou iluministas, e deveria antes falar, quando muito, de "diferenças doutrinais", uma vez que a religião não só não é uma ideologia, não só não tem necessidade de se ideologizar para tornar mais eficaz a própria luta com as ideologias, mas, antes, é radicalmente incompatível com uma ideologia qualquer, ou seja, com uma forma de pensamento que renunciou a toda verdade para não se revestir senão de um caráter histórico, técnico e pragmático. E se o cristianismo é chamado a se inserir no mundo, onde deve animar uma filosofia, uma moralidade, uma arte, nem por isto se ideologiza, porque somente o faz instalando-se nas consciências, onde não deixa de se operar uma renovação total, que em todos os movimentos de intensa experiência religiosa foi chamada "renascimento"; e tal renascimento pessoal, longe de reduzir a mera técnica ou a pensamento puramente expressivo a filosofia, ou a arte, ou a moralidade, antes as exalta e as revigora na sua natureza.

Ocorre igualmente que se termine por condenar Croce até naquilo que constituiu o seu maior título de mérito durante a sua longa presença na filosofia italiana, a saber, na sua dúplice, e no fundo única e indivisível batalha, que corajosa e incansavelmente ele empreendeu, por um lado, contra a filosofia abstrata e vazia, e, por outro, contra a filosofia pragmática e empírica, quando, com louvável e categórica determinação, dizia: de um lado, que "o estudioso de filosofia, para ser verdadeiramente tal, não deve ser puro filósofo, mas exercitar algum mister, e antes de tudo o mister de homem", e do outro, "experimentar desgosto, e às vezes ódio, por aquelas filosofias que dão à luz imediatamente do seu ventre corrupto, as ações e os programas de ação prática".

4. Caráter não filosófico da ideologia

É possível objetarem-me que onde há pensamento, há, ao menos potencialmente, filosofia e, por conseguinte, há filosofia também na ideologia, que é sempre pensamento, mesmo que histórico e expressivo. A minha resposta é: posso admitir que a ideologia é uma tentativa de filosofia, mas trata-se de uma tentativa completamente falida, que se resolve em uma verdadeira traição daquela que é a essência do pensamento filosófico, no sentido de que o pensamento ideológico é pensamento inautêntico e falsificador.

De certo, na origem de toda teorização, há um intento especulativo, e são efetivamente sempre idéias e conceitos aqueles que constituem o aparato conceitual de uma ideologia; a tal ponto que se chega mesmo a reconhecer que o fim das lutas ideológicas levaria a cabo a tecnicização da razão e, por conseguinte, implicaria a completa extinção do culto da verdade e a queda o descrédito de idéias, ideais e valores essenciais ao significado da vida. Mas, na impostação ideológica, o primitivo intento especulativo se dispersa na substancial e exclusiva historicidade e pragmaticidade atribuídas a cada afirmação; o aparato conceitual das ideologias é composto de idéias degradadas, conceitos esvaziados e raciocínios instrumentalizados; e o fim das ideologias implica o fim da especulação só na medida em que ideologia é estreitamente conexa com a filosofia, enquanto representa a sua possibilidade negativa, e somente no sentido de que o pensamento técnico e pragmático faz parte daqueles impedimentos, errâncias e desvios que tornam tão vário e aventuroso, mas sobretudo acidentado e difícil, e mesmo impossível, o caminho para a verdade. Apesar disso, pode-se igualmente dizer que o primitivo intento especulativo que está na origem de uma ideologia é ainda reencontrável e resgatável; e que, com um oportuno tratamento, seria mesmo possível remediar aquela decadência e aquele esvaziamento da idéia, que ocorre na ideologia; sempre se poderia fazer reviver aquela exigência de verdade, à qual, de algum modo, ainda que em sentido negativo, está conexo até mesmo o erro, uma vez que, na condição humana, a verdade está a tal ponto ligada ao erro que não é possível eliminar a possibilidade do erro, a não ser com a eliminação pura e simples da busca da verdade.

Seja como for, a ideologia, mesmo se entendida como uma tentativa de filosofia, é uma tentativa falida e, por conseguinte, é, como disse, pensamento inautêntico e falsificador. Ela não chega a ser senão contrafação e paródia da filosofia: filosofia sob veste caricatural e, portanto, em forma negativa. E precisamente por essa sua natureza mimética e parodística, ela não é outra coisa senão um sub-rogado da filosofia: filosofia simulada e falsificada, filosofia maquiada e abusiva, e, portanto, ainda filosofia em forma negativa. Se é filosofia, o é não em forma germinal e incoativa, mas em forma apenas conativa, ou antes, falimentar: filosofia apócrifa e não autêntica, pseudofilosofia, e portanto, mais uma vez, filosofia em forma negativa.

5. *Weltanschauung*, filosofia, ideologia

A filosofia em forma incoativa não é propriamente a ideologia, mas a *Weltanschauung*, a qual já contém, germinalmente e potencialmente, toda aquela plenitude e riqueza que o pensamento filosófico desenvolverá em uma madura e completa consciência. A *Weltanschauung* precede o exercício consciente e intencional do pensamento, enquanto a ideologia, pelo contrário, é um seu resultado. Isto significa que a *Weltanschauung* se encontra naquele ponto em que relação ontológica e situação histórica se encontram e se conectam indissoluvelmente, no sentido de que o vínculo com a verdade se concretiza e se individua em uma singular e pessoal interpretação, e a situação histórica se confirma na própria irrepetibilidade, abrindo-se a uma dimensão ontológica; como ocorre no "senso comum", quando não é indulgentemente destemperado em uma forma de plácido bom sensismo, mas vichianamente colocado naquela convergência de singularidade e semelhança, individualidade e comunicação, que indica a fecunda presença conjunta da dimensão pessoal e da dimensão ontológica.

O mesmo ocorre no "mito", quando entendido não como somente primitivo e primordial, mas, pelo contrário e antes de tudo, como primigênio e originário, ou seja, como uma primeira e nascente captação do verdadeiro, que é indistinta e confusa, não tanto porque seja elementar e incoativa, quanto, de preferência, porque é fecunda e pregnante, e nesse sentido, raiz comum das mais altas atividades humanas, tais como a arte, a filosofia, a ética, a religião, que o alcançam sem nunca exauri-lo, que dele se desdobram sem nunca suprimi-lo, e que, longe de visar substituí-lo, antes invocam a sua contínua presença, que é para elas a única garantia de uma alimentação constante e de uma inspiração segura. E assim, na verdade, ocorre no "coração", enquanto este termo é pascalianamente despojado de todo caráter psicológico, afetivo, emotivo, sentimental, mas alude, pelo contrário, àquela "faculdade do infinito", que só tem aspectos obscuros e latentes enquanto é visão total e global, e como tal particularmente iluminadora e esclarecedora; que só se subtrai a um raciocínio discursivo enquanto está para além da distinção das faculdades, e portanto em condição de alimentar indefinidamente todo discurso racional; que só é a consciência que temos de nós mesmos enquanto é posse originária do infinito e, portanto, relação direta com o ser: em uma palavra, que é a dimensão ontológica do homem e o seu acesso pessoal à verdade.

Assim entendida, a *Weltanschauung* possui não só a riqueza do que é incoativo, germinal, virtual, mas também a autenticidade e a pureza do que é originário, primigênio, nascente; e uma filosofia não é outra coisa senão uma *Weltanschauung* traduzida intencionalmente e conscientemente em termos verbais e especulativos. A ideologia, pelo contrário, é contemporânea da filosofia, e representa a sua alternativa negativa e degenerada: enquanto a filosofia traduz em termos especulativos aquela interpretação pessoal da verdade, que é uma *Weltanschauung*, isto é, enquanto a filosofia reforça o vínculo que liga pessoalmente o homem à verdade e confirma a dimensão ontológica de todo o ser humano, a ideologia, pelo contrário, nasce precisamente como esquecimento do ser, ofuscamento da verdade, repúdio da relação ontológica, traição do vínculo originário. A ideologia não se limita a ser filosofia dimidiada, atenuada, degradada, mas é a própria negação da filosofia: por sua essência, ela surge como sub-rogado da filosofia, de modo que onde ela está não pode estar a filosofia, e onde está a filosofia não pode haver lugar para ela. Filosofia e ideologia são dois termos de uma escolha, duas possibilidades de uma alternativa: o pensamento, no seu exercício, se encontra logo, desde o início, frente ao dilema de ser uma revelação pessoal da verdade, uma confirmação da dimensão ontológica do homem, uma afirmação do caráter veritativo da filosofia, ou uma simples expressão do tempo, uma instrumentalização completa da razão, uma sua redução a técnica, metodologia, ideologia.

Diante da *Weltanschauung*, o pensador tem então a possibilidade de elevá-la a filosofia ou pervertê-la em ideologia, conforme a originária relação ontológica que ela contém seja confirmada pelo caráter especulativo do pensamento filosófico, ou renegada pela completa tecnicização própria do pensamento ideológico. Diante da *Weltanschauung*, o filósofo é o "douto" que, longe de amantar-se na sua "vaidade", não faz senão recuperar com as palavras e com o pensamento o que o homem mais simples já sabe, e que o homem comum pode dizer só com a vida, demonstrando com oportuna evidência aquilo que Pascal enunciou profundamente a propósito das "ciências cujos extremos se tocam", no sentido de que "as grandes almas, tendo percorrido todo o saber", retornam doutamente àquela ignorância, grávida de saber, de onde tinham partido. Ante a *Weltanschauung*, a ideologia parece, inversamente, representar a atitude do "semidouto", de que fala Pascal: "Entre os dois extremos, encontram-se aqueles que saíram da ignorância natural, mas não puderam chegar à outra: possuem um certo verniz de ciência presunçosa e se fazem de entendidos. Esses perturbam o mundo e julgam tudo despropositadamente."

E não é por acaso que, precisamente em *Os demônios*, que em realidade se pode considerar como o romance-tragédia da ideologia, e que, como tal, não pode ser desconsiderado por ninguém que se ocupe seriamente do problema da ideologia de um ponto de vista filosófico, Dostoiésvski condena a "semiciência": "A semiciência é o mais terrível flagelo da humanidade, pior que a peste, que a fome e que a guerra, desconhecido antes do nosso século. A semiciência é um déspota, como nunca até agora tinha aparecido. Um déspota que tem os seus sacerdotes e os seus escravos, um déspota diante do qual todos se inclinaram com amor e com uma superstição até hoje inconcebível, diante do qual treme até a própria ciência; treme e o desculpa vergonhosamente."

O filósofo, portanto, é o douto que reencontra o que o não douto sabe originariamente, e o ideólogo é o semidouto que renega, trai, degenera. A ideologia é, em suma, traição e esquecimento: da verdade, ela não conserva mais nada, nem ao menos a exigência. Dizer que onde há pensamento há filosofia, e por conseguinte também na ideologia, é otimismo a qualquer custo, porque significa não se dar conta de que na ideologia o pensamento é assumido precisamente *para negar* a filosofia, do momento em que ela parte do pressuposto de *denegar* o ser e *renegar* a verdade. Este é um ponto onde o filósofo deve abandonar toda atitude irênica e todo espírito conciliador, porque aqui nos encontramos verdadeiramente diante do *erro*.

6. Realidade positiva do mal e do erro

Otimismo e irenismo induzem, com freqüência, a acentuar no homem só os aspectos positivos, ou melhor, a afirmar que no homem há sempre positividade. Donde, em todos os tempos, as notórias teorias interessadas em fazer desaparecer, como em um jogo de prestidigitação, o erro e o mal; ou porque seriam momentos dialéticos necessários à verdade e ao bem, ou porque não se sustentam por si e devem ser sustentados, de algum modo, pela verdade e pelo bem, senão tomando a sua aparência ou assumindo o seu intento, já que não parece seriamente verossímil que o homem possa querer, conscientemente e intencionalmente, o mal e o erro. Aqui se abriria o caminho para uma discussão sobre a realidade do erro e do mal, que, por ser não digo exaustiva, mas apenas suficiente, exigiria de per si um interminável tratamento. Limitar-me-ei às seguintes observações.

No que diz respeito à possibilidade de eliminar o erro e o mal, fazendo deles momentos dialéticos necessários à verdade e ao bem, é de se observar, antes de mais nada, que o êxito positivo que eles podem ter é de todo externo ao seu caráter de falsidade e de maldade, não sendo de modo algum o resultado de um seu processo interno ou a coerência de uma lógica a eles imanente, a ponto de que, nas concepções transcendentalistas, a possibilidade de extrair o bem do mal, além de estar completamente fora do alcance do homem, é em Deus uma demonstração eloqüente como nunca da sua onipotência. É de se observar, em segundo lugar, que não se pode trocar por uma integração dialética o fato de que a formulação humana do verdadeiro contém sempre a possibilidade do erro, e a prática humana do bem supõe sempre a possibilidade do mal, porque isso faz parte daquela situação de *insecuritas*, de precariedade e de risco em que consiste o caráter essencialmente trágico da condição humana, incapaz de realizar o positivo, a não ser com um ato que contém a constante e efetiva possibilidade do negativo, a ponto de que a supressão da possibilidade do mal não seria possível senão como supressão da própria liberdade, ou seja, da única fonte da qual o homem dispõe para realizar o bem e alcançar um mérito.

No que diz respeito à possibilidade de eliminar o erro e o mal, com base na necessidade em que eles se encontram de se fazerem sustentar pela verdade e pelo bem, tomando o seu aspecto ou distorcendo o consenso da mente ou da consciência, bastarão as duas observações que se seguem. Em primeiro lugar, isso faz parte do caráter necessariamente paródico e simulador do erro e do mal, que são por constituição contrafações e caricaturas da verdade e do bem e, precisamente por isso, tanto mais destrutivos e degenerativos; e tal travestismo demonstra, uma vez mais, a sua negatividade, porque não há nada mais diabólico do que negar a existência do diabo, e portanto nada mais negativo do que instrumentalizar o bem e a verdade como máscara e álibi do mal e do erro, que se servem dessa dissimulação para melhor se introduzirem e para se tornarem aceitáveis, do mesmo modo que o Anticristo deve assumir o aspecto do Cristo, e que o poder das trevas se apresenta como o anjo da luz. Em segundo lugar, tal caráter paródico do erro e do mal depende ainda da tragicidade da condição humana, tal como se exprime na natureza vacilante e contraditória do homem, preso entre os opostos e distendido entre os extremos, sempre prisioneiro da dilaceração que eles lhe impõem e, todavia, sempre, ao mesmo tempo, tentado a confundi-los e a mascará-los uns com os outros: a natureza humana é de per si ambígua, capaz de esconder o bem sob as aparências do mal, de camuflar o mal com as feições do bem, ou melhor, de misturar bem e mal na motivação de um mesmo ato, que portanto não é menos bom que mau nem menos mau que bom, conforme seja o ponto de vista; e até de transformar não só o bem no mal, fazendo degenerar até mesmo os impulsos originariamente autênticos e generosos, mas também o mal no bem, como quando a irresistível força da conversão se revela e se anuncia precisamente no ânimo do mais obstinado pecador, ou como quando, barthianamente falando, ocorre encontrar o êxtase no trivial.

7. Irremediável negatividade da ideologia

Pois bem, com a ideologia nos encontramos precisamente defronte ao erro e ao mal, em toda a efetiva realidade da sua força negativa: na falta de tudo o mais, bastaria a presença da ideologia na idade contemporânea para nos convencer da realidade ineludível do erro e do mal, e da sua terrível eficiência no mundo do homem. Deixemos por ora o aspecto de mal para concentrar a atenção sobre a ideologia como erro. A tentação de negar o erro surge, antes de tudo, da exigência de ter em conta a história, a tal ponto que, para o historicismo e o sociologismo, o erro não existe, já que toda forma cultural é considerada sob o único critério da sua adequação ao momento e ao ambiente histórico em que vive e do qual nasce; e, em segundo lugar, da exigência de acentuar a positividade do homem, a tal ponto que, para o otimismo, o erro acaba por ter uma existência, quando muito, material e objetiva (admitindo-se que isto possa ser dito), porque subjetivamente ele não pode ser afirmado senão como verdade e, racionalmente, bastaria a fundamental exigência humana de verdade para redimi-lo através de uma alternância de correções e integrações. De tal modo, o erro desaparece totalmente, e no máximo se apresenta como o inadequado, o anacrônico, o parcial, o provisório, ou qualquer outra coisa que seja.

Decerto, nada mais cômodo e mais confortante do que afirmar a inexistência do erro; a tal ponto que, se verdadeiramente existe uma "filosofia consoladora e edificante", digno objeto das flechadas irônicas do espírito hodierno, tão crítico e desencantado, ela consiste precisamente no otimismo racionalista, e sobretudo naquele historicismo tendencialmente ou declaradamente sociologista, que é a base mais ou menos consciente de grande parte da cultura contemporânea. Mas o erro existe, e é o pensamento inautêntico, o pensamento que se exercita como pensamento precisamente para negar-se como tal, o pensamento puramente expressivo, histórico, técnico, instrumental, tal como acima defini e tal como se apresenta, entre outros, na ideologia. Seja-me permitido, portanto, considerar o meu modo de conceber a dimensão ontológica do homem — como vínculo originário entre pessoa e verdade e, portanto, como pensamento que é conjuntamente revelativo e expressivo, ontológico e histórico – como o único modo de ter em conta a história, sem faltar à necessidade de reconhecer a existência do erro, ou como o único modo de admitir a realidade do erro, sem por isso esquecer a mutabilidade e variedade das situações históricas, ou como o único modo de conciliar a pluralidade das interpretações com a distinção entre verdadeiro e falso.

De fato, o pensamento puramente expressivo, histórico, técnico, instrumental, é verdadeiramente erro, em sentido radical e profundo. Não que seja erro enquanto uma simples aproximação parcial e provisória do verdadeiro, uma pura tentativa, mais ou menos bem conseguida, de colhê-lo ou formulá-lo, um mero falimento no caminho de uma pesquisa de per si precária e incerta. Nem que seja erro como atenuação e enfraquecimento, fragmentação ou dissipação da verdade, como se fosse uma verdade já possuída, mas agora debilitada, empalidecida ou em via de decomposição. Esse tipo de pensamento é, pelo contrário, franca e resolutamente, ofuscamento e olvido, negligência e abandono da verdade, distanciamento desta e aversão a esta: é pensamento que se exercita *como pensamento* precisamente para trair, renegar, abolir a verdade, precisamente para substituir-se a esta, precisamente para declarar o seu fim e a sua inutilidade. Tampouco se diga que ele é erro apenas enquanto não é mais pensamento, não parecendo digno do nome de pensamento um discurso puramente histórico, técnico e instrumental; com isso não se faz outra coisa senão reduzir o erro, ainda outra vez, a uma simples debilitação da verdade. Certamente, o nome de pensamento só se pode atribuir, em sentido próprio e completo, ao pensamento ontológico e revelativo; mas também esse pensamento, expressivo e histórico, técnico e instrumental, é pensamento e, mais ainda, pensamento exercitado precisamente para negar o pensamento ontológico e revelativo, para negar a verdade que é originariamente vinculada à pessoa, para negar a filosofia como recuperação verbal e especulativa daquele pensamento revelativo e daquele vínculo originário.

Em suma, o erro e o mal não são meras aproximações, tentativas do verdadeiro e do bem, ou simples degenerações e enfraquecimentos destes, mas são, respectivamente, pensamento, ainda que degenerado, exercitado de propósito para negar o verdadeiro, e liberdade, ainda que diminuída, exercitada de propósito para negar o bem: instauração positiva de uma realidade negativa e uso negativo de faculdades positivas; eficiência de forças negativas e perversão de possibilidades positivas; em suma, tal entrelaçamento de positividade e negatividade, pelo qual ambas, em vez de se elidir, se potenciam, de modo que a negatividade, longe de ser positividade incompleta e dimidiada, recebe da positividade uma ulterior carga de eficiência, e a positividade, invertendo o próprio sinal, serve somente para mudar a negatividade, quando é débil e pávida, em aberta e declarada destrutividade.

Contra o irenismo (e o ecletismo que dele deriva logicamente) do otimismo racionalista, e contra o tecnicismo em que desemboca necessariamente o historicismo sociológico, a posição que propus é dramática e, por conseguinte, mais consonante à tragicidade da condição humana: o homem tem a ver com a realidade do mal e do erro e com a destrutividade demoníaca que dele decorre, e a situação incerta e precária em que ele se encontra não é sanada pela vicissitude impessoal em que o pensamento técnico se prova e se corrige a si mesmo, mas requer empenho pessoal, luta deliberada, decisão consciente, que só pode conduzir à conquista e à vitória mediante o risco constante da perda e da derrota.

8. Aspectos falsamente positivos da ideologia e sua denúncia

Se as coisas estão nesses termos, não interessa ficar buscando instâncias e aspectos positivos nas ideologias. É claro que, de fato, na realidade histórica da convivência humana, bem e mal se mesclam, tentativa e êxito se misturam, pesquisa e falimento se confundem, de modo que é sempre possível à mente compreensiva do histórico ver germes de bem na realidade do mal, e vice-versa, como já o tenho ressaltado. O que aqui importa esclarecer é que a translucidez da definição filosófica é a única que está em condição, justamente pela sua precisão destituída de confusões, de lançar um pouco de luz na complexidade do mundo humano. E então se verá que, de fato, também o pensamento ideológico atesta de algum modo a verdade à qual está ligado por um vínculo, ainda que negativo; mas, precisamente por isto, atesta-a da mesma forma como até o próprio mal pode ser, de alguma maneira, e se não por outro motivo pelo menos por contraste, testemunho do bem; e sobretudo se verá que é ainda otimismo atribuir ao verdadeiro a eficiência das ideologias e, ao pensamento, a sua força de atração, como se onde houvesse eficiência e sedução, devesse haver, necessariamente, algo de positivo, de verdadeiro e de genuíno. Não é preciso crer que a eficiência e a sedução sejam apenas do verdadeiro e do bem; antes, a bem se ver, elas são próprias do pensamento técnico e instrumental, que visa precisamente o sucesso e a difusão; enquanto, pelo contrário, ao verdadeiro e ao bem se consagram mais propriamente a eficácia e a persuasão, ou seja, o valor, mesmo se renegado e desconhecido, e a convicção, que é sempre estreitamente pessoal e insubstituível.

Uma idéia pode ser potente, mesmo se não é palavra de verdade, e os filhos das trevas são mais sagazes que os filhos da luz; donde o maior sucesso, mesmo se passageiro e momentâneo, das ideologias em relação à filosofia genuína, que exercita o seu influxo mais sobre cada um do que sobre as massas, sobre a cultura desinteressada mais do que no mundo técnico e político, sobre o longo curso do tempo mais do que na efêmera incandescência do instante. E assim como a eficiência e a sedução são a paródia da eficácia e da persuasão, do mesmo modo estas derivam da natureza simuladora do pensamento ideológico: não da verdade, mas da contrafação da verdade; não do pensamento, mas da perversão do pensamento. O pensamento ideológico é eficiente e sedutor sobretudo enquanto segue os tempos, enquanto visa o sucesso, enquanto é uma concepção completamente explicitada e tendencialmente totalizante. Mas esses três traços nada mais são que a contrafação de três traços do pensamento revelativo, o qual leva em conta os tempos não para segui-los, mas para torná-los uma via de acesso à verdade, ou seja, uma sua interpretação sempre nova e diversa; e empenha-se em uma decisão, não para escolher a via do sucesso, mas para prestar testemunho da verdade; e mira a totalidade, não para transformá-la em resultado de uma explicitação completa, mas para considerá-la como uma fonte inexaurível de onde tirar os próprios conteúdos.

Nem se pode dizer que seja elemento positivo do pensamento ideológico a sua racionalidade, embora vazia, ou a sua universalidade, embora aparente, isto é, aquele caráter de coerência racional e de experimentação técnica que lhe conferem, necessariamente, o seu indispensável aparato conceitual e a sua constitutiva intencionalidade pragmática. Essa racionalidade vazia e puramente pragmática não é um elemento positivo, porque, antes, é o que torna o pensamento ideológico ainda mais mistificante, limitando sua função a racionalizar uma história secreta e a dissimular uma destinação prática. O que conta não é a razão, mas a verdade: sem verdade, a razão se torna pura expressão ou mera técnica; o que significa que permanece prisioneira da estéril antítese de racionalismo e irracionalismo. De fato, se racionalismo é a pretensão da explicitação completa do discurso, a ideologia reclama necessariamente um êxito racionalista, porque compreendê-la significa desmistificá-la, quer dizer, declarar o seu subentendido e, portanto, anular a sua história secreta, levando-a à completa explicitação; e se a razão destituída de verdade desemboca em uma utilização puramente pragmática ou em um exercício meramente técnico do pensamento, ela tem um êxito inevitavelmente irracionalista, e este é justamente o caso da ideologia que, precisamente como expressão do tempo, torna-se instrumento de ação.

Em suma, a razão sem verdade, depois de ter passado rente ao extremo racionalismo da explicitação completa e da capacidade de autocorreção do pensamento, não tarda a desembocar no irracional, porque é pensamento apenas histórico ou técnico, no qual não basta a criticidade da desmistificação e da experimentação para preservá-lo do potente irracionalismo do historicismo sociológico, do praxismo pampolítico e do empirismo radical.

Tampouco se diga que também o pensamento ideológico possui um caráter revelativo, no sentido de que revela ao menos o tempo do qual é expressão. Admitir que a ideologia possa revelar, ou apenas iluminar o tempo do qual é, ao mesmo tempo, retrato e consciência, produto e instrumento, significa não se dar conta da natureza exclusivamente expressiva e pragmática, e portanto não veritativa, da ideologia. Antes de tudo, da verdade só há revelação, e do tempo só há expressão; e a revelação só pode ser da verdade, assim como a expressão só pode ser do tempo; os termos nem se podem permutar, porque falar de revelação do tempo significaria considerá-lo não como via de acesso, como unicamente pode ser, mas como origem, como certamente não é, e falar de expressão da verdade significaria rebaixá-la ao nível de uma base humana ou infra-humana, sociológica ou psicológica, ou mesmo natural, obtendo como resultado a onticização da metafísica em uma forma de panteísmo ou de naturalismo.

Além disso, a verdade sobre o tempo não pode aparecer senão no pensamento revelativo, ou seja, naquele pensamento que no ato em que acede à verdade também exprime o tempo. A verdade *sobre* o tempo só se consegue se *do* tempo se faz a via de acesso à verdade. O pensamento somente expressivo é necessariamente falsificador e mistificante: só exprime o tempo enquanto o dissimula, ou antes, não tem outro modo de exprimi-lo senão o de dissimulá-lo. Não se trata aqui daquela ocultação, que é acompanhamento necessário da revelação: quando se trata do inexaurível, e portanto do implícito, deve-se certamente dizer que não há revelação sem latência, nem aparição que não tenha um caráter de iluminação, dirigida a dissipar a obscuridade no próprio ato em que dele emerge. Trata-se mais do fato de que a expressão mesma toma a forma da dissimulação, e de que a própria dissimulação conquista um caráter de expressão; de modo que a ideologia só exprime o tempo falsificando-o, e a sua expressividade só se manifesta com uma oportuna desmistificação. A desmistificação pode certamente ter o seu ponto de partida em uma ideologia contrária àquela em questão, que precisamente para combatê-la denuncia o seu subentendido; mas só pode encontrar um adequado aprofundamento em um ponto de vista superior ao plano das ideologias e da sua luta recíproca; e quanto ao seu acabamento, ela só pode alcançá-lo no pensamento ontológico, que abandona a limitação da desmistificação pela profundidade da interpretação. Só se obtém um conhecimento verdadeiramente penetrante com a interpretação; mas onde há interpretação há pensamento veritativo, dimensão ontológica, vínculo entre pessoa e verdade.

Nem a expressão pura e simples nem a desmistificação podem, por conseguinte, ser conhecimento, compreensão, penetração do tempo, porque a expressão é necessariamente dissimulação e mascaramento, e a desmistificação é apenas denúncia da irracionalidade da vida secreta e subentendida, e tentativa de alcançar a totalidade da explicitação; só a interpretação pode dizer a verdade sobre o tempo, e pode fazê-lo porque é uma forma de conhecimento revelador, que tem a ver com a verdade, ou seja, com a inexauribilidade da origem e com a infinidade do implícito.

9. Caráter não ideológico da filosofia

A objeção precedente também pode ser expressa de outra forma, que é a seguinte. A ideologia está, assim, distante de ser uma realidade apenas negativa pois, como onde quer que haja pensamento há filosofia, e portanto há filosofia também na ideologia, do mesmo modo, a própria filosofia tem um caráter e um aspecto ideológico: assim como há um momento revelativo na ideologia, igualmente há um momento ideológico na filosofia. Em suma, se é verdade que o pensamento revelativo é também sempre expressivo e histórico, multíplice e pessoal, situado e interpretante, é preciso admitir que a filosofia, na historicidade que lhe deriva da condição humana de investigação, tem sempre inevitavelmente um aspecto ideológico. O espírito dessa objeção, se bem entendo, é o seguinte: quer se considere tanto o caráter expressivo da filosofia quanto o seu caráter ideológico como algo substancialmente positivo, que qualifica o pensamento enquanto tal, quer se considere tanto o caráter ideológico da filosofia quanto o seu caráter expressivo como algo defeituoso e insuficiente, que melhor seria não existir, o que se quer evidenciar, em ambos os casos, é, antes de tudo, que o homem não alcança a filosofia como pura racionalidade e, em segundo lugar, que o aspecto ideológico do pensamento se identifica sem resíduo com seu aspecto expressivo e histórico.

Ora, devo dizer que tal objeção negligencia um ponto central da posição que proponho e sustento, ou seja, a afirmação do vínculo originário entre pessoa e verdade, do caráter inseparavelmente revelativo e expressivo do pensamento filosófico, da natureza indivisivelmente pessoal e ontológica do discurso sobre a verdade. Do que proponho resulta, em primeiro lugar, que a filosofia, enquanto sempre pessoal, e por conseguinte *também* histórica e expressiva, além de revelativa e ontológica, de fato não tem o caráter de uma pura racionalidade e de uma exclusiva logicidade; e por isso, a polêmica que dirijo contra a ideologia não é feita, de modo algum, em nome de um "angelismo intelectualista", ou com base no mito racionalista do pensamento puro e impessoal, ou despersonalizado; pois levei em grande conta as exigências da situação histórica e das pessoas viventes, ao conceber a própria filosofia, considerando-a como uma revelação pessoal da verdade, a qual depende do modo com que livremente a pessoa singular prospecta a própria situação histórica. Do que proponho, resulta, em segundo lugar, que de modo algum podem ser considerados como sinônimos os termos "ideológico" e "expressivo", porque a expressividade, e portanto a historicidade e a multiplicidade, são inerentes também à filosofia, que é pensamento ontológico e revelativo, e adquirem um significado ideológico somente quando são isolados em si mesmos, esvaziados da verdade e privados da dimensão ontológica; por conseguinte, onde é oportuno o uso dos termos "histórico" e "expressivo" não é possível substituí-los pelo termo "ideológico", senão depois de ter excluído que a historicidade e a expressividade de que se trata é aquela que é livremente assumida pela pessoa como via de acesso à verdade, ou seja, é a situação histórica na sua abertura ontológica e na sua possibilidade revelativa; em suma, somente depois de ter comprovado que se trata daquela historicidade em que a pessoa permanece fechada no seu tempo, e daquela expressividade em virtude da qual o pensamento se identifica com a própria situação histórica.

A distinção que proponho, entre pensamento revelativo e pensamento expressivo, é, para falar de modo mais preciso, entre pensamento que é *antes de tudo* revelativo e pensamento que é *apenas* expressivo: o primeiro é *conjuntamente* ontológico e pessoal, e portanto genuinamente filosófico, enquanto o segundo é *meramente* histórico e pragmático, e portanto ideológico ou técnico. O pensamento revelativo não pode não ser *também* expressivo; e isto ocorre em virtude da solidariedade originária entre pessoa e verdade, com base na qual a verdade só é acessível e formulável mediante uma insubstituível relação pessoal; o que implica que o pensamento revelativo contém, necessariamente, um elemento histórico e prático, mas nem por isso historicista e praxista, tal como só um pensamento não ontológico e não revelativo poderia ter, enquanto meramente temporal e declaradamente pragmático. E, de fato, pode haver um pensamento *somente* expressivo, ou seja, um pensamento que renuncia deliberadamente à verdade e aceita deixar-se qualificar exaustivamente pela historicidade: nele, o elemento histórico e prático não é mais via de acesso à verdade ou possível abertura ontológica, mas é absolutizado em si mesmo, tornando-se desse modo declaradamente historicista e praxista, e portanto típico do pensamento ideológico e técnico.

Desta impostação derivam algumas conseqüências, dentre as quais, para o momento, desejo sublinhar particularmente duas. A primeira conseqüência é que só no pensamento filosófico, ou seja, no pensamento que é, de per si, ao mesmo tempo ontológico e pessoal, expressividade e capacidade de revelação são inseparáveis e indivisíveis, enquanto, pelo contrário, o pensamento ideológico e técnico deriva precisamente de uma abusiva separação dos dois aspectos, resultante de uma explícita renúncia ao aspecto revelativo. A segunda conseqüência é que o elemento histórico e prático, situacional e multíplice, individual e social, não é de per si negativo, porque, enquanto pode ser, por um lado, positivamente assumido em uma dimensão ontológica, como possível abertura à verdade e, portanto, como ponto de partida para uma interpretação pessoal do verdadeiro, o que ocorre precisamente no pensamento filosófico, por outro lado, torna-se negativo somente se aparece como uma limitação inevitável ou como um fechamento intransponível, o que ocorre precisamente no pensamento ideológico, que se esvazia da verdade apenas para se preencher de tempo, que se libera do ser apenas para se tornar escravo da situação, que renuncia à origem apenas para se perder no instante; que, em suma, incapaz de compreender como ao estímulo originário apenas a liberdade possa dar resposta, e de compreender o quanto de instável e de incerto contém essa consciente e responsável relação com o ser, vê na verdade nada mais que o extremo da constrição e da opressão e, por isso, prefere por tabela o outro extremo, ou seja, o efêmero e o arbitrário.

10. Concretude da filosofia autêntica

Não pretendo, portanto, fazer polêmica contra a ideologia em nome de uma filosofia racionalista e impessoal, "angelista" e esquecida da vida humana, precisamente porque não posso conceber a filosofia senão como pensamento que tem somente um modo de ser revelativo e de aceder à verdade: o de converter a situação histórica em trâmite para atingir a verdade, de transformar a substância histórica da pessoa em farol revelador da verdade, de imprimir à vida mesma da pessoa, no seu tempo e no seu ambiente, uma abertura ontológica e um alcance de verdade; ou seja, em sentido contrário, de considerar a verdade como acessível somente dentro de uma interpretação que, forçosamente, é sempre histórica e pessoal, pois arrasta consigo o que a pessoa é, faz, pensa, sente, diz, o todo transformado em lente reveladora, em antena captadora, em dispositivo de sintonia. Conferir ao vínculo originário entre pessoa e verdade e à relação ontológica o caráter de interpretação significa precisamente isto: aceder à verdade, a partir da concretude da situação histórica, e devolver a verdade falante à escuta do tempo.

Por isso, pedir à filosofia para imergir no tempo e acostar-se à vida palpitante é pedido inútil e supérfluo, direi mesmo ofensivo; porque se é uma filosofia digna do nome, ela já está no tempo e na história, e da história e do tempo já acolheu quanto podia e devia acolher, e no tempo e na história já age e opera do modo que lhe convém e lhe é próprio. Dizer que a filosofia, para concretizar-se na história e instalar-se na vida humana, tem necessidade da ideologia é uma afirmação que não leva em conta o fato de que o pensamento só pode ser revelativo se é ao mesmo tempo expressivo e histórico, e que à inserção da filosofia na história e à qualificação histórica da filosofia não é de fato necessária aquela historicidade, expressividade e praticidade absolutizada, que é típica da ideologia: a filosofia é já, de per si, histórica e vital, pessoal e multíplice, situada e ativa, expressiva e operante. Direi mais: só se concebida de modo racionalista e angelista, como pura racionalidade impessoal, parece pois necessário, para concretizar a filosofia no tempo e inseri-la na vida, torná-la incandescente ao fogo da ideologia, conceber a ideologia como "a forma palpitante" da existência histórica do homem, e considerar inevitável à convivência humana uma "estrutura ideológica"; porque então, não cumprindo a filosofia a sua função, nem realizando a sua essência, é necessário substituí-la por um sub-rogado, ou seja, confiar suas tarefas àquela que é a sua caricatura, em suma, recorrer à ideologia, o que significa, no fundo, abandonar a vida ao irracional.

Personalização não significa ideologização, nem a historicidade é própria da ideologia; e o pensamento pode ter caráter prático sem se ideologizar: de per si, a filosofia digna do nome é já pessoal, e portanto multíplice, histórica, expressiva, operante. Quem confia a qualificação histórica e prática da filosofia à ideologia com isso mesmo demonstra ter uma concepção angelista e racionalista da filosofia, como de um destilado elaborado "no paraíso da pura racionalidade", como de uma única filosofia possível, como de elocubrações abstratas e dignas de filósofos vichianamente "monásticos" e "clérigos das próprias idéias". Com isto, não sai da antítese de racionalismo e irracionalismo, porque, de um lado, põe a filosofia na sua pura racionalidade e na sua definitiva unicidade e, do outro, a história na sua mutável multiplicidade e na mista e obscura complexidade da vida; não esconde o tendencial maniqueísmo desta oposição, distendida entre a nostalgia de uma ideal e desejável racionalidade e unicidade e o pesar pela real e indesejada multiplicidade e irracionalidade; e nega uma função mediadora à filosofia – que unicamente poderia unir os dois termos, cancelando a presumida abstratividade do primeiro e resgatando o segundo de uma injusta desvalorização – para, ao invés, conferir tal função à ideologia; a qual, pois, tendo renunciado à verdade, é incapaz de resistir à irracionalidade das "motivações insuprimíveis", e portanto, alinha-se sem mais com uma extrema irracionalidade, inevitável contragolpe de uma racionalidade enrijecida e acentuada além do justo.

Dirijo, então, a polêmica contra a ideologia em nome do caráter ontológico e revelativo que o pensamento filosófico tem e deve ter, pois a ideologia não só falta com tal caráter, mas antes surge precisamente *como* renúncia a ele. Na ideologia, não pretendo, de modo algum, golpear o aspecto histórico ou o aspecto prático, que de resto estão presentes também no pensamento filosófico, e não como simplesmente compatíveis com a natureza especulativa da filosofia, mas como absolutamente indispensáveis a ela, no sentido de que, sem eles, o caráter especulativo da filosofia não seria mais tal, mas cairia na abstratividade e na vacuidade. O que pretendo golpear na ideologia é a *absolutização* do elemento histórico e prático do pensamento, ou seja, a tecnicização da razão: aquela que chamei de a historicização e a pragmatização do pensamento. A minha defesa da filosofia contra a ideologia não é a absurda defesa de uma razão abstrata contra a concretude da história e da vida, mas a defesa do pensamento ontológico e revelativo contra o pensamento apenas histórico e instrumental, da razão alimentada na origem contra a razão apenas experimental e autocorretiva, do pensamento pleno contra o pensamento vazio, em suma, da verdade contra a técnica.

A situação histórica, longe de ser uma limitação fatal e inevitável, é – mais uma vez o repito – a única via de acesso de que o homem pode dispor para aceder à verdade, pois a verdade só é acessível e formulável dentro de uma interpretação singular e concreta, e o que imprime um caráter interpretativo ao conhecimento é precisamente a sua personalidade, a sua situabilidade, a sua historicidade. A verdade, portanto, não se deixa colher independentemente do tempo: o tempo lhe oferece, conjuntamente, acesso e sede, entrada e morada, configuração e exercício. Mas ai se, encorajado por esse seu caráter indispensável, o tempo se ensoberba, por assim dizer, e transpõe o limite dos seus justos direitos. Daí resulta, imediatamente, uma absolutização da historicidade, com as conseqüências que expus longamente, e que repercutem sobre a própria natureza do pensamento, o qual, privado do seu alcance ontológico e da sua capacidade veritativa, limita-se à expressividade e à pragmaticidade, tornando-se puramente técnico e fundamentalmente empírico.

11. Diferença entre caráter histórico e caráter ideológico do pensamento

Dizer historicidade, situabilidade, expressividade, praticidade, personalidade, não significa, pois, dizer ideologia; e quando se fala de condicionamento histórico, de caráter situado, ou, como prefiro dizer, de caráter expressivo e de pessoalidade da filosofia, não se quer de modo algum reconhecer que esta tenha, de per si, um caráter ideológico. Falar de "condicionamento social e de matriz ideológica de todo o nosso discurso", como dizem alguns, significa mesclar duas coisas diversas: o condicionamento social, ou mais amplamente histórico, da inteira atividade do homem, pode se tornar, com base numa livre decisão pessoal, ou um mero confim da existência, ou uma autêntica abertura ao ser, conforme a pessoa escolha *ser* história, ou *ter* história, identificar-se com a própria situação, ou fazer dela um trâmite ontológico ou uma chave interpretativa; e esse condicionamento histórico não é, portanto, de per si, a matriz ideológica de *todo* nosso discurso, mas, conforme o caráter que livremente se lhe imprime, pode tornar-se o caráter expressivo e interpretativo do discurso revelativo e filosófico, ou o caráter puramente histórico e pragmático do discurso instrumental ou ideológico. A situação histórica, assim entendida, não é um condicionamento fatal, que melhor seria não existir, mas é aquela colocação histórica, cuja abertura ontológica é preciso livremente recuperar; e então é o único órgão revelador do qual o homem pode dispor para aceder à verdade, a qual só fala a quem sabe interrogá-la pessoalmente, e só se revela a quem sabe sintonizá-la com a própria concretude histórica. O que é condenável não é, portanto, o condicionamento histórico, de per si, pois seria como depreciar o caráter pessoal da atividade humana, mas a pura historicidade absolutizada, que resulta da negação de uma dimensão ontológica à situação e de uma capacidade veritativa ao pensamento. O condicionamento histórico, social, e portanto pessoal, é constitutivo, essencial, positivo; o êxito ideológico, pelo contrário, é uma possibilidade, mas uma possibilidade negativa e condenável.

Disso tudo resulta que não posso concordar com a idéia de que entre filosofia e ideologia "não há relação de oposição e de mútua exclusão, mas de complementaridade e de mútua integração", como propõem alguns. Os aspectos que se podem mutuamente integrar são, *no interior do pensamento filosófico*, o aspecto expressivo, histórico, pessoal, e o aspecto revelativo, veritativo, ontológico: melhor, em tal caso, não se trata nem ao menos de integração e complementaridade, mas de uma autêntica inseparabilidade e indivisibilidade, pela qual um aspecto só no outro encontra a própria configuração e a possibilidade do próprio exercício. De fato, o aspecto expressivo do pensamento filosófico é inseparável do revelativo, porque o que nele se exprime não é a situação histórica enquanto tal, mas a pessoa mesma, enquanto prospecta a própria situação como abertura histórica à verdade intemporal; e o aspecto revelativo do pensamento filosófico é inseparável do expressivo, porque da verdade não há uma manifestação objetiva, mas trata-se sempre de apreendê-la dentro de uma perspectiva histórica, isto é, de uma interpretação pessoal. A ideologia, ao invés, resulta de uma forçada separação desses dois aspectos do pensamento, de uma sub-reptícia dissociação do aspecto expressivo, assim separado e isolado.

Não se pode, pois, no meu entender, nem afirmar que "no homem, sempre a sua filosofia terá alguma coisa de ideológico e a sua ideologia alguma coisa de filosófico", nem considerar de todo errada a tese de que "a ideologia não é revelativa, mas só ativa, e que a filosofia não é ativa, mas só revelativa": decerto, a filosofia tem *também* um caráter expressivo e ativo, histórico e prático, mas nem por isto tem um caráter ideológico, porque a ideologia é a *absolutização* do aspecto expressivo, histórico, ativo, prático, do pensamento, e como tal, contrapõe-se à filosofia e não tem em si nada de filosófico, a não ser a mera aparência, simulada e caricatural. A ideologia, assim entendida, não só é irremediavelmente oposta à filosofia, mas é também o seu mais arrogante e perigoso sub-rogado, desejoso de substituí-la, e até mesmo capaz de suplantá-la nas mentes desprevenidas e mais sensíveis aos aspectos vistosos e eficientes do pensamento.

É verdade que "seria irracionalismo pretender que a ideologia possa ocupar posto de filosofia"; mas não é "racionalismo separar a ideologia, como se não tivesse nenhuma função dentro da filosofia": racionalismo seria, pelo contrário, pensar que o pensamento filosófico possa ter um caráter revelativo, sem ter um caráter expressivo, ou possa ambicionar à completa explicitação (como pretendem o pensamento técnico e, com isso também, ao menos indiretamente, o pensamento ideológico), esquecendo o caráter inexaurível da verdade. Quem negligencia o vínculo originário entre pessoa e verdade e a dimensão ontológica da existência, encontra-se, como se viu, necessariamente prisioneiro da antítese entre racionalismo e irracionalismo, e ricocheteia de um para o outro dos dois extremos, sem conseguir se libertar da oposição nem superar o dilema.

12. Unicidade da verdade e pluralidade, mas não parcialidade, das filosofias

Assim, é bem verdade que a metafísica contém sempre dois aspectos contrastantes, isto é, a exigência de superar a ideologia e o perigo de cair na ideologia, e que a dialética da metafísica consiste precisamente no evitar, seja o relativismo das ideologias, no qual a historicidade arrisca constantemente a fazê-la cair, seja o absolutismo de uma presumida manifestação exaustiva do ser, que seria impossível ao homem: isto significa, em outras palavras, reconhecer que, no pensamento filosófico, o aspecto revelativo e o aspecto histórico são inseparáveis, e que a ideologia resulta do esquecimento do ser, da supressão da dimensão ontológica, da despersonalização do homem. Mas, admitir que a filosofia tem sempre um caráter expressivo e histórico não implica, ainda, que "toda forma histórica de metafísica tenha sempre um momento ideológico".

A esta conclusão, chega quem parte do pressuposto de que a multiplicidade das formas em que se apresenta historicamente a filosofia é uma conseqüência fatal e inevitável, e, para além disso, condenável e lamentável, da condição do homem, e que a natureza interpretativa, e portanto multíplice, do conhecimento humano é uma limitação que seria desejável remover: em suma, quem conserva a nostalgia da filosofia única e definitiva, e portanto mantém ainda uma concepção ôntica do ser e uma concepção objetiva da verdade. Dizer que não existe *a* metafísica, mas sempre e somente *as* metafísicas, e que nenhuma destas, que são sempre particulares e históricas, exaure aquela, que é supratemporal na sua unicidade, significa conceber a relação entre expressivo e revelativo como relação entre temporal e supratemporal, coisa que me permito considerar impossível. Não se pode dizer que o expressivo está para o revelativo assim como o temporal está para o supratemporal, antes de mais, porque a revelação não é possível sem expressão, de modo que o que é revelativo é sempre, também, expressivo e histórico, e, além disso, porque o revelativo não é de per si supratemporal, mas, antes, é uma revelação histórica e temporal daquela verdade, que é supratemporal em si, mas sempre presente em manifestações históricas.

Única, inexaurível, supratemporal, não é a filosofia ou a metafísica, mas a verdade: a filosofia, como conhecimento humano e, portanto, interpretativo da verdade, é de per si, constitucionalmente, essencialmente, multíplice e temporal, plural e histórica, ou, como seria melhor dizer, sempre singular e pessoal; e ela é tal, não por um defeito seu, mas pela sua natureza. As filosofias dignas do nome não são configurações históricas, particulares, multíplices da única e inatingível filosofia, que, como tal, não existe nem pode existir, nem historicamente, nem supratemporalmente, do mesmo modo que não existe, por definição, uma interpretação única, dado que a interpretação implica a personalidade sempre nova e diversa do seu sujeito e a infinidade insondável do seu objeto: estas são precisamente formulações sempre novas e diversas da verdade inexaurível e, por isso, *ao mesmo tempo* revelativas e expressivas, veritativas e históricas; e não ideológicas somente por serem históricas. Aquilo que se consigna às singulares filosofias dignas do nome, embora as transcendendo sempre na sua inexauribilidade, não é a presumida filosofia única, como se esta quisesse compensar a própria inatingibilidade realizando-se em encarnações particulares, mas o ser, a verdade mesma, que a todas suscita e solicita, que a todas se entrega e se confia, mas a nenhuma prefere ou privilegia, e em nenhuma se fixa ou se exaure.

Tampouco creio que se possa dizer que historicidade, situabilidade, expressividade, levem necessariamente à ideologia, enquanto implicam aquele caráter de particularidade e parcialidade que parece ser essencialmente inerente ao conhecimento ideológico. Há quem sustente que o condicionamento social e histórico, e portanto o caráter ideológico de todo discurso humano, comporta o caráter necessariamente inadequado e parcial de toda a nossa verdade, e busque em um apelo à transcendência, coerentemente configurado em termos de ontologia negativa, não só uma garantia contra a absolutização das ideologias, mas também um remédio contra o relativismo cético que parece derivar daquele reconhecimento. Ora, eu não creio que se possa falar de um caráter necessariamente inadequado e parcial de toda nossa verdade, nem formalmente nem substancialmente.

Disto não se pode falar formalmente, porque é impossível estabelecer um confronto entre duas coisas tão diversas como a verdade e a nossa formulação da verdade: é possível instituir um paralelo entre uma formulação da verdade e outra formulação da verdade, e tal paralelo ocorre todas as vezes que se procede a uma discussão filosófica e especulativa; mas um confronto entre a verdade e a formulação da verdade seria uma autêntica μετάβασις εἰς ἄλλο γένος,* e, como tal, absurdo.

▼

* metábasis eis állo génos: "mudança para outro gênero". (N. da T.)

Disto não se pode falar substancialmente, porque revelar a verdade não significa nem conhecê-la toda, como em uma aparição completa, conseqüente ao levantamento de uma espécie de véu de Maia, nem dela colher simples partes, das quais se deva desejar uma progressiva integração, ou deplorar a fatal inadequação. A verdade não é uma totalidade feita de modo tal que o pensamento que a revela possa considerar-se comprometido ou diminuído por não dizê-la toda, e a nossa formulação da verdade não é feita de modo tal que, pelo fato de não conseguir uma explicitação completa, deva considerar-se inadequada e parcial. Por um lado, o ideal do pensamento filosófico não é a enunciação completa de uma realidade mais ou menos adequável: não se trata de definir a verdade de uma vez por todas, mas de colhê-la como verdade, e portanto como inexaurível; de modo que não se pode imputar parcialidade ou inadequação à ausência daquela explicitação completa que uma afirmação de verdade não pretende dar. Por outro lado, a natureza da verdade é ser inexaurível, e por isso mais instigante que satisfatória, mais origem que objeto, mais orientação que descoberta: colhê-la nessa sua inexauribilidade significa, precisamente, colhê-la toda, e é precisamente por isso que o mínimo vislumbre de verdade é já extremamente difusivo.

Em suma, uma afirmação qualquer de verdade não pode ser nem inadequada nem parcial, porque ou se colhe a verdade ou não se colhe, e se ela é colhida, o é por inteiro; e colhê-la toda não significa poder enunciá-la em uma exposição completa e definitiva, o que seria, precisamente, o sinal de não tê-la colhido de fato, mas significa iniciar um discurso que torna a germinar continuamente da própria fonte, que torna a problematizar ininterruptamente as próprias perguntas, que alude sempre a alguma coisa diversa e além daquilo que se diz explicitamente; colhê-la toda significa, em suma, colhê-la na sua inexauribilidade, e é daqui que deriva o caráter essencialmente interminável, difuso, ulterior, do discurso filosófico; o qual, portanto, está bem longe de ser ideológico, parcial, inadequado, porque a sua dimensão ontológica e a sua matriz veritativa o tornam partícipe da inexaurível riqueza da sua fonte e capaz de conferir um caráter absorvente e estimulante a toda limitação.

Não há, então, necessidade de uma garantia contra o relativismo cético, que derivaria do caráter sempre parcial e inadequado da formulação humana da verdade, porque tal caráter não existe: a natureza da formulação humana da verdade, longe de requerer uma "ontologia negativa", que para justificar a presumida parcialidade de toda nossa verdade fica forçada a insistir sobre a inefabilidade do verdadeiro, impõe, antes, uma "ontologia do inexaurível", para explicar o caráter incessante, difusivo e ulterior do discurso veritativo e filosófico.

13. O problema da ontologia negativa: inefabilidade ou inexauribilidade

Quando me declaro contrário à ontologia negativa, não é porque eu desconheça um sentido do discurso para além do discurso, uma unidade do discurso que não se pode dizer, uma presença que, pelo fato de ser e permanecer não enunciada, cessa de ser eficaz. Antes, afirmo que o modo como a verdade reside na palavra é precisamente essa presença, que é fonte de discurso contínuo e interminável, e irradiação incessante de ulteriores significações. Antes de tudo, a presença da verdade na palavra não é aquela do objeto do discurso, mas a da sua origem: ela aí reside, não como explicitada, mas como implícita;

não como objeto de uma ideal explicitação completa, mas como estímulo de uma explicitação interminável. Mas, por outro lado, a portadora dessa fonte inexaurível de discursos e de significados é precisamente a palavra, na sua explicitude, que se carrega, portanto, de uma ulterioridade mais vasta e de uma ressonância mais rica: pode-se em verdade dizer que a explicitude da palavra não coincide com a explicitação da verdade, mas é o suporte da irradiação do implícito, o esteio da ulterioridade do inexaurível, o fulcro do sentido do discurso para além do discurso.

Não pretendo eliminar os conceitos de "indireto" e "alusivo", que são necessariamente inerentes à revelação da verdade, isto é, àquela inseparabilidade de revelação e latência, que acompanha a manifestação do que é oculto, como a luz rasga as trevas de onde surge. Pretendo, pelo contrário, evitar os conceitos de cifra, símbolo, alegoria, na medida em que são os órgãos de um mito que se apresenta como consciente e intencional, e que, por isso mesmo, é falso e artificioso. Tais conceitos, assim como os de inadequado e de parcial, são, no meu entender, diretamente contrários aos conceitos da revelatividade do pensamento e da inexauribilidade da verdade.

O sentido positivo e profundo da assim chamada ontologia negativa não é a inefabilidade da verdade, ou a fatal inadequação da palavra, ou o caráter inevitavelmente simbólico e alegórico do discurso filosófico, mas a inexauribilidade da verdade, a presença do implícito na palavra e o caráter porventura alusivo e mítico do discurso filosófico. Inefabilidade, inadequação, caráter simbólico são conceitos equívocos e insuficientes, se aplicados à verdade e à sua formulação: a inefabilidade da verdade não é ainda a fértil reserva de um segredo inexaurível que é revelado; a inadequação e a parcialidade da palavra não são ainda a abundância incessante e difusiva do implícito; o poder simbólico do discurso filosófico não é ainda a ulterioridade do pensamento veritativo; isto, antes de tudo, porque, no fundo, são conceitos negativos, a tal ponto que diante de uma verdade radicalmente inefável, *todas* as palavras são *igualmente* inadequadas e parciais e *todos* os discursos *igualmente* alegóricos e simbólicos, de maneira que desaparece toda distinção possível, até a distinção entre o verdadeiro e o falso; e, além disto, porque são conceitos que resultam de uma pura e simples inversão, sendo claro que a afirmação do caráter inevitável e definitivo do silêncio é um sinal patente da inconfessada nostalgia da explicitação completa.

Mais uma vez, não resta senão recorrer ao conceito de interpretação, pois somente a interpretação consegue satisfazer, conjuntamente, as opostas exigências, mais traídas do que expressas, de um lado, pela ontologia negativa, e do outro, pela concepção racionalista da explicitação: ela se apresenta, de fato, como a posse de um infinito. Por um lado, verdadeira posse, e portanto captação e penetração, e por outro, posse de um infinito, e portanto necessariamente multíplice, sem que esta multiplicidade indique inadequação ou inacabamento: é posse, mas de um infinito, e portanto é continuamente aprofundável, mas não parcial, ulterior, mas não alegórica, mítica, mas não simbólica.

Para uma formulação moderna da ontologia do inexaurível, não encontrarei confirmação mais fecunda e respeitável do que a da última especulação de Schelling, tal como aparece em muitos textos, mas de modo particularmente sugestivo nas *Conferenze di Erlangen*, de 1821, onde, entre muitas incertezas e indecisões, entre muitos lampejos geniais deixados sem desenvolvimento, entre muitas propostas aparentemente fecundas, mas, no fim das contas, substancialmente estéreis, abre caminho a exigência de se transformar o conceito de indefinível e inefável no de originário e inexaurível: por um lado, a superação de toda definição alcança uma essencialidade e uma pureza que talvez nenhum teólogo negativo tenha antes alcançado, e por outro, a infinidade da origem se faz emergir precisamente pela pura ausência de qualquer definição, ou seja, pela própria impossibilidade de que o indefinível seja definido mediante a sua indefinibilidade; por um lado, vem antecipada, de modo verdadeiramente impressionante, a heideggeriana diferença ontológica, e por outro, o discurso é prosseguido para além de Heidegger, direi como que reaberto depois do fechamento para o qual este último, involuntária, mas prejudicialmente, nos conduziu. Schelling, no fundo, quer evitar seja a ontologia negativa mística, seja a ontologia explicada hegeliana, seja a definição do ser mediante a sua inacessibilidade, isto é, a cessação total da palavra e do pensamento, a ἀλογία παντελῆ καὶ ἀνοησία*, de que fala Dionísio, seja o desdobramento completo do ser, isto é, a identidade de ser e pensamento como resultado: para tanto, propõe uma dialética que não se detenha no não saber nem desemboque no saber absoluto, e pela qual o saber como não saber mostre o ser como o seu inverso, e portanto indique o ser sem resolvê-lo em si; ou seja, lance o pensamento por uma via tão radical que já não lhe resta senão chocar-se contra o seu inverso e rememorar o seu conteúdo originário, sem poder se fixar nem no objeto, nem em Deus

▼

* alogía pantelê kaì anoesía: "completa perda da palavra e da inteligência". (N. da T.)

como ente, nem no incognoscível, nem no indefinível, mas ao menos indicando e desenvolvendo a inexauribilidade do próprio fundo.

Todos vêm, por este breve aceno, quanta riqueza de sugestões e de confirmações se poderia atualmente derivar de Schelling, entendido não só como pensador pós-hegeliano, como realmente foi, mesmo sendo tão freqüente e voluntariamente esquecido, mas também como pensador pós-heideggeriano, como hoje se poderia tornar, mesmo se, por uma parte demasiado interessada, tenha-se querido difamá-lo como um típico "destruidor da razão". E seja-me permitido aproveitar esta ocasião para sublinhar a surpreendente modernidade e atualidade desse pensador, que demonstra uma admirável genialidade e um portentoso vigor, mesmo na sua última produção, tão injustamente caluniada, primeiro pela tradição hegeliana, e depois pela marxista. Se a originalidade de Kierkegaard e de Marx nos confrontos com Hegel foi a reivindicação do ser relativamente ao pensamento, Schelling não se mostra aquém, porque antes tal reivindicação ele já havia feito, com bastante antecedência, em âmbito idealista, e em termos particularmente eficazes; se orgulho e mérito de Kierkegaard e Nietzsche é a consideração da tragicidade da condição humana, eles podem ter um aliado em Schelling, que, contra o otimismo hegeliano, já havia sublinhado a problematicidade e dramaticidade da existência, propondo uma filosofia da liberdade; se uma das exigências do pensamento hodierno é o repúdio da totalidade, não fique esquecido que Schelling já tinha se antecipado a respeito, vendo com clareza que o que Hegel põe no final, já se punha no início, e que a unidade posterior à dualidade não pode tomar senão a forma da totalidade, que é, no fundo, abstrata e paupérrima, em comparação com a inexaurível riqueza da unidade originária; se uma outra preocupação da filosofia de hoje é a análise das atividades humanas, tal como é proposta não só pela escola fenomenológica, mas também pela antropologia cultural, pense-se quantas sugestões e quantas retificações podem utilmente ser alcançadas a este propósito pela "filosofia positiva" schellinguiana; e a listagem poderia facilmente prosseguir.

14. O pensamento revelativo, único mediador entre a verdade e o tempo: necessidade da filosofia entre religião e política

Desejo retornar por um momento, para uma última precisão, à questão da ontologia negativa. A declaração da inefabilidade da verdade teria, dentre outras coisas, o resultado de abolir a metafísica em favor dos discursos filosóficos particulares e especializados; o que contrariaria a elementar constatação de que os discursos filosóficos particulares podem se conduzir, ou de modo puramente técnico e empírico, com o que desapareceria também o seu caráter filosófico, ou de modo propriamente filosófico, requerendo esse último, evidentemente, um discurso metafísico, ou seja, aquela ontologia que explica como um discurso só permanece no nível filosófico e não decai na pura técnica, se conserva os caracteres de inexauribilidade e de ulterioridade que examinamos. Esta observação pode se reapresentar a propósito de um modo de impostar as relações entre ideologia e religião, que infelizmente encontra os seus defensores.

Há quem refira as ideologias ao campo histórico e social da política e reserve a permanência metacultural dos valores absolutos à pura interioridade da fé religiosa. Desse modo, o campo humano fica dividido entre a política e a religião, e não resta nenhum lugar para a filosofia: nasce daí o perigo de que as primeiras, só com o ato de não deixar à filosofia o lugar que lhe compete, ultrapassem o seu campo, e pretendam exercitar, na vida humana, outras funções além daquelas que lhes dizem respeito; e a segunda, destituída de todo significado, ou melhor, deposta do seu reino e da sua legítima função, não mais oferece às primeiras aquele esteio e controle que, enquanto as sediava no seu justo domínio, prevenia as injustas pretensões e os absurdos excessos daquelas. Eu estimo, pelo contrário, que, entre o campo da política e o campo da religião, é absolutamente necessário dar lugar à filosofia, ou seja, ao pensamento ontológico e ao discurso veritativo; e isto precisamente para que a religião, atirada na esfera da pura interioridade, não acentue o seu caráter "metacultural" a ponto de se perder nas obscuras nuvens do inefável, em uma nova forma degenerada de "teologia negativa", e a política, confiada à mera historicidade e pragmatismo das ideologias, não fique abandonada à pura e dura luta das escolhas pragmáticas, dos interesses, inconscios ou declarados, do mero "particular", que, enquanto tal, não está de modo algum aberto ao diálogo, mas decisivamente fechado em si mesmo, e não comunicante com os outros a não ser através do choque e da guerra.

Por um lado, verdadeiramente metacultural é precisamente aquilo que cada vez mais se encarna em diversas formas culturais e históricas, sem todavia nunca se identificar com elas, mas a todas suscitando e promovendo, exprimindo-as de per si, gerando-as da própria infinita virtualidade, e nelas encontrando não só a sua única sede, mas também a sua única maneira de se manifestar, ou antes, o seu único modo de viver, já que ele não tem outra vida senão aquela forma mesma em que de tempos em tempos se encarna e reside. Pode-se dizer, mais precisamente, que o caráter metacultural de uma realidade do gênero resulta, não certamente de uma transcendência puramente negativa, de uma espécie de inacessibilidade que paire sobre as vicissitudes históricas, de um estado de permanente não configurabilidade e de contínua não formulação, mas precisamente da possibilidade de encarnar-se em formas sempre novas e diversas, de inserir-se no mundo da história com uma presença sempre renovada e atual, de extrair da própria interioridade a voz e o timbre que são mais eficazes no singular momento histórico e que mais se fazem sentir na hora histórica; possibilidade de encarnação, da qual a possibilidade de desvinculação é simplesmente o outro aspecto, a outra face da medalha, já que a força empregada para destacar-se de uma forma histórica tornada pura veste exterior, e feita mais impedimento e incômodo do que realidade presente e viva, é da mesma natureza que aquela empregada no encarnar-se, ou antes, é exatamente a mesma; e essa força resplandece bem mais no encarnar-se que no desprender-se, no aparecer de forma nova que no fazer desaparecer a forma velha, no inventar o aspecto no qual mostrar-se, a figura com que apresentar-se, a voz com que falar, que no abandonar aspecto, figura e voz antiga; do que resulta, em suma, que a meta-historicidade de uma realidade transparece menos do seu poder de transcender as próprias formas históricas do que do seu poder de se encarnar em formas históricas sempre novas.

Também aqui, seja-me concedido citar Schelling, quando diz que, em uma realidade do gênero, o positivo não é o estar fora de toda forma (certamente, para poder encerrar-se em uma forma, ela deve estar fora de toda forma, porque, como já dizia Plotino, só o enformado tem forma, enquanto o enformante é informe: τὸ εἶδος ἐν τῷ μορφωθέντι, τὸ δὲ μορφῶσαν ἄμορφον*), mas precisamente o poder encerrar-se em uma forma, isto é, o ser livre de encerrar-se ou não encerrar-se em uma forma: "*Um sich in eine Gestalt einschliessen zu können, muss es freilich ausser aller Gestalt sein, aber nicht dieses, das ausser aller Gestalt, das unfasslich-Sein ist das Positive an ihm, sondern, dass es sich in eine Gestalt einschliessen, dass es sich fasslich machen kann, also dass es frei ist, sich in eine Gestalt einzuschliessen und nicht einzuschliessen.*"

Ora, a encarnação da realidade metacultural da fé religiosa só pode ser feita pelo pensamento ontológico, ou seja, pelo pensamento revelativo, quer se apresente na explícita forma especulativa da filosofia, quer opere veritativamente dentro de uma atitude moral. Só o pensamento revelativo pode servir de mediador, evitando tanto a imposição violenta do elemento religioso por parte do comportamento prático, quanto o retirar-se do elemento religioso em um distanciamento supra-histórico, nebuloso e ineficaz: de fato, o pensamento revelativo, de um lado, faz com que as formas históricas em que se encarna a fé religiosa resultem não de uma imposição externa por parte da situação histórica, como se o tempo fosse mais suportado que interpretado, mais passivamente aceito que ativamente adotado, mas, mais precisamente, de uma invenção em que aquela busca filosófica do verdadeiro, que é inevitavelmente estimulada pela posse religiosa da verdade, se concretize somente atra-

▼

* tò eidos en tôi morphothénti tò dè morphôsan ámorphon: "a forma está no que toma a forma, mas o que dá a forma é informe". (N. da T.)

vés de uma interpretação das necessidades do tempo e de um aprofundamento da situação histórica; e por outro lado, precisamente na sua capacidade de conferir uma abertura ontológica à situação histórica, está em condição de desenvolver, de modo histórico e concreto, a infinita virtualidade de um conteúdo supra-histórico.

Por outro lado, o particular, tomado de per si, está fechado em si mesmo e incapaz de diálogo e de comunicação. Abandonar o campo político às ideologias significa considerá-lo como o reino do "particular", no qual o pensamento não tem outra função que a de racionalizar escolhas pragmáticas, ou justificar interesses de grupos ou monopolizar a verdade em vantagem própria. Significa, em suma, identificar a realidade política com o canteiro que nos faz ferozes*; já que é inútil esperar do pensamento ideológico, o qual, por sua natureza, renunciou à verdade, a capacidade de fazer o particular sair da sua clausura, de assegurar, ou mesmo apenas favorecer, a possibilidade conjunta das perspectivas, de instaurar, não digo a realidade, mas apenas a possibilidade de um diálogo recíproco, de garantir ou preconizar a mútua compatibilidade ou até o acordo. Para poder fazer tudo isto, o discurso, de ideológico deveria tornar-se filosófico, e o pensamento, de histórico e pragmático, deveria tornar-se revelativo e veritativo; o que requer, evidentemente, um plano superior ao das ideologias: um plano, em suma, em que o particular, elevando-se ao nível de pessoa, torne-se realmente aberto, dialogante e integrável com os outros; o particular, digo, e não a ideologia, que enquanto tal mantém os particu-

▼

---

* Alusão ao verso 151 do canto 22 do "Paraíso", da *Divina Comédia*: *L'aiuola che ci fa tanto feroci...* (N. da T.)

lares encerrados na sua particularidade, e quando muito, desmascara a particularidade alheia, mas não a própria, sendo o pensamento ideológico incapaz de conectar a particularização com a integração, e os atira a todos uns contra os outros, em um permanente estado de luta, sem outra esperança de paz senão aquela do mero acordo. Sem pensamento revelativo, e unicamente com o pensamento ideológico, a política fica abandonada à luta mais ou menos declarada dos interesses, ao puro jogo das forças, à substancial pragmaticidade das escolhas: em uma palavra, rompe-se o vínculo entre moral e política, vínculo que é precário, incerto e instável como nenhum outro, mas que seria violência querer suprimir de todo.

Em suma, sem a intervenção do pensamento revelativo, e sem a intervenção de uma filosofia mais ou menos aprimorada, a divisão do mundo humano entre a religião e a política levaria a uma separação entre os dois campos, tão radical e profunda que impediria qualquer comunicação; coisa que, existencialmente, não poderia tomar outra forma que a simultânea redução da moral à política e abolição da filosofia na religião; desse modo, sem filosofia, a política cairia no irracional do humano demasiado humano e a religião desapareceria no irracional de uma verdadeira *Schwärmerei**, passando-se a assistir àquelas monstruosas justaposições, das quais não faltam exemplos na história, de "reino divino" e "estado ferino". Quem negligencia a filosofia para apenas admitir, de um lado, a religião, e do outro, as ciências e as ideologias, arrisca-se a cair numa mistura de fideísmo e tecnicismo, pela qual, por um lado, a religião se distancia a ponto de perder não apenas a capacidade

▼
* Fanatismo. (N. da T.)

de operar na história, mas também a sua real importância na interioridade do homem, e por outro lado, o mundo histórico fica abandonado ao irracional, sem outra esperança de salvação a não ser a mera técnica. Sem contar que, de tal perspectiva, tornar-se-ia impossível distinguir, no curso da história, os momentos e os aspectos em que a religião, mais do que se encarnar em uma forma cultural, assumiu compromissos com a realidade demasiado humana dos tempos, prejudicando, irremediavelmente, a própria natureza religiosa daquelas formas culturais que são suas verdadeiras encarnações, nas quais ela, no ato de as exprimir pela própria virtualidade e inspirá-las de dentro, assumiu forma e figura, presença e eficácia, sede e realidade.

Sem filosofia e sem pensamento revelativo não pode haver diálogo, e muito menos "integração e articulação dialógica das ideologias", como inutilmente se anuncia. Para que exista diálogo, requerem-se duas coisas: verdade e alteridade. O que, ainda uma vez, só é possível com o conceito de interpretação, pois que, por um lado, a interpretação é, por natureza, multíplice e infinita, não existindo interpretação sem pluralidade ou sem alteridade, e por outro lado, dado o caráter infinito e inexaurível da verdade, não há interpretação senão da verdade, assim como da verdade não existe senão interpretação. Para que haja diálogo, não basta a simpatia nem bastam as idéias, pois a simpatia tende a extenuar-se em genérica benevolência, de per si incapaz de fundar o respeito pela pessoa, e as idéias podem ser meros produtos históricos privados de verdade, e portanto incapazes de instaurar um plano comum de compreensão. O diálogo requer, por um lado, aquilo que noutro lugar chamei de um verdadeiro "exercício de alteridade", e por outro, a presença da verdade na pluralidade das interpretações.

No plano das ideologias não existe diálogo. Que respeito as ideologias merecem? Nenhum, porque são pensamento inautêntico e falsificador. Que plano de recíproca compreensão elas criam? Nenhum, porque antes dividem e separam: só a verdade tem uma força unificadora. É preciso recorrer ao respeito pela pessoa, o qual é, antes de tudo, homenagem à grande verdade que consiste no afirmar que a posse da verdade é sempre pessoal. O diálogo tornou-se possível por aquele vínculo originário entre pessoa e verdade, que está na base do pensamento revelativo e ontológico, e que torna indivisível e solidário o respeito que se deve à pessoa e o respeito que se deve à verdade, do momento em que esses dois termos começam, eles mesmos, a respeitar-se mutuamente, a pessoa fazendo consistir a própria dignidade e a própria missão no fazer-se ouvinte da verdade, e a verdade, no conceder-se apenas à liberdade e à interpretação, que, de per si, são sempre pessoais.

15. Eficácia racional da filosofia, não da ideologia: teoria e práxis

A concepção que propus do pensamento filosófico pretende incluir no pensamento humano os caracteres da historicidade e da praticidade, na medida em que estes não só não comprometem, mas antes mantêm a capacidade reveladora própria do pensamento digno do nome: para tal fim, é necessário que a historicidade e a praticidade não sejam absolutizadas, como ocorre, pelo contrário, no pensamento historicista e pragmático que é próprio da ideologia. Missão do pensamento revelativo é encontrar a verdade do ponto de vista do nosso tempo, sem por isso desnaturá-la com indiscretas historicizações, e tornar a verdade aceitável ao nosso tempo, sem por isso rebaixá-la com importunas instrumentalizações. Isto requer, evidentemente, um apelo à liberdade e, portanto, um empenho, uma decisão, uma tomada de posição, uma vontade deliberada e ativa, que nada têm a ver com a renúncia pessimista, com a fuga egoísta, com a contemplação narcisista. Mas isto implica, também, a desvalorização, ou antes, o repúdio da ideologia, onde o exagero do aspecto histórico e prático do pensamento alcança uma tal ostensividade de história e de práxis, de historicismo tecnicista e de praxismo pampolítico, que é capaz de obscurecer o muito mais discreto e reservado, mas também o muito mais profundo e árduo, empenho do pensamento revelativo.

À luz destas considerações, desejaria enfrentar uma última questão, qual seja dissipar a impressão, porventura nascida em algum leitor, de que a minha definição do pensamento revelativo, com a conseqüente desvalorização da ideologia, traga consigo uma atitude de indiferença política. Alguns parecem crer que a ausência da ideologia torna impossível um empenho político. É natural que, para esses, a luta contra a ideologia pareça uma exortação ao descompromisso político, e a exaltação do pensamento revelativo pareça defesa de uma filosofia abstrata, acadêmica, escolástica. Na realidade, eu creio que a exigência que os move a sustentar a necessidade política da ideologia é a exigência, extremamente importante, de que o mundo histórico, social, político não fique abandonado ao irracional; e nisso, não apenas concordo com eles, compartilhando plenamente esta exigência, mas até mesmo creio ser mais avançado, porque, precisamente desta exigência é que surgiu a definição que propus do pensamento revelativo como distinto daquele meramente expressivo. O fato é que não creio que o meio mais seguro de subtrair do irracional o campo histórico, social e político seja o de confiá-lo à ideologia, porque o pensamento ideológico, havendo *ab initio* renunciado à verdade, não só é uma barreira demasiado frágil contra a invasão do irracional, mas não pode nem ao menos se propor a resistir-lhe e contê-lo, não sendo nada mais que o próprio irracional mascarado e travestido e, portanto, muito mais dissimulado e perigoso.

O que ponho em dúvida é que aquele tanto de conceitual que a ideologia contém baste para ser uma guia racional na realidade social e política e para propor válidos programas de ação no mundo humano em geral, quando, com toda evidência, a ideologia, com a sua desenvolta ductilidade histórica e a sua arguta técnica pragmática, não faz senão racionalizar e justificar situações preexistentes ou tornar mais eficientes projetos preestabelecidos. A racionalidade da ideologia é muito indireta, como é indireta a homenagem da hipocrisia à virtude, ou o reconhecimento que o tirano presta à força da persuasão para tornar mais eficiente a coação que ele exercita. Nesse sentido, a ideologia não é senão o álibi de uma política exercitada como imoral ou professada como amoral, ou uma técnica mais ou menos consciente e mais ou menos refinada da luta política e do exercício do poder. Essa conclusão é inevitável também para quem, querendo justamente evitar, como absurda, "uma atitude de absoluta neutralidade científica nos confrontos de qualquer visão ideológica", decide-se, em seguida, a esmagar a verdade sob a ideologia, subtraindo esta última a juízos de verdade ou de falsidade, e afirmando, por conseguinte, que o discurso ideológico, não descritivo mas persuasivo e diretivo, não científico mas prático e valorativo, deve ser considerado como mais ou menos razoável ou plausível em relação a fins pensados como últimos. De fato, é claro que essa plausibilidade, razoabilidade e persuasividade demonstram precisamente a instrumentalidade e a tecnicidade do discurso ideológico, dado que a fixação dos escopos, sob os quais a ideologia se aguça, é reconhecida como externa à ideologia e a ela pressuposta. Pôr em dúvida a eficácia racional da ideologia no mundo da história e da ação, e no campo social e político, não significa negar nem o alcance prático do pensamento nem a carga teórica da ação: significa, de preferência, ter em conta que as relações entre teoria e práxis são bem mais complexas do que o conceito de ideologia deixa entrever. Antes, é na prova* da realidade política que a insuficiência do conceito de ideologia se manifesta, como transparece, por exemplo, na patente inadequação do conceito marxista da interação entre supra-estrutura e base e do conceito espiritualista da mediação entre o caráter abstrato do universal e o caráter concreto da situação; pois, decerto, não representa uma presença viva e eficaz da razão na história, nem a de um aparato conceitual que chega a ser instrumento da ação enquanto foi expressão da situação, nem a de uma concepção que, no fundo, nada mais é que um acordo entre a república de Platão e a escória de Rômulo. Isto pode acontecer quando a ideologia resulta ou de uma deliberada renúncia do pensamento à verdade, ou da artificiosa derivação de um esquema prático político de uma concepção filosófica pressuposta. Bem diversamente ocorre quando o empenho político fica contido dentro de um empenho moral, e o empenho moral é visto em todo o seu alcance ontológico: este, então, com toda a sua "praticidade", está em relação direta com a "verdade", em uma originária unidade-distinção de

▼

* No original: banco di prova. (N. da T.)

teoria e práxis, pela qual, por um lado, é possível uma filosofia da política e uma filosofia da moral, sem que por isso se deva "derivar" a moral e a política de uma filosofia pressuposta, e por outro lado, são possíveis uma moral e uma política que, mesmo sem se referir a uma explícita filosofia, têm um "valor de verdade" e um caráter rigorosamente revelativo: de um lado, uma filosofia concreta e empenhada, sem por isso ditar diretamente normas aos políticos, e do outro, uma política e uma moral tão impregnadas de verdade que não podem se reduzir, de modo algum, a técnica pragmática e instrumentalizante.

16. Inevitabilidade do empenho moral, não do ideológico

Para melhor aclarar esse ponto, concluirei com algumas precisões, que me parecem oportunas para toda a discussão. Em primeiro lugar, de tudo quanto precede, resulta que o empenho ideológico não é, de modo algum, necessário. O que é necessário não é o empenho ideológico, mas o empenho moral, quer se trate de um empenho ético-religioso, quer se trate de um empenho ético-político. Ora, nem a um empenho ético-religioso, nem a um empenho ético-político é necessária a ideologia: o que é necessário, na decisão e na vida religiosa, de um lado, e na escolha e na atividade política, do outro, é a verdade, não as "idéias", o pensamento revelativo e ontológico, não o pensamento técnico e instrumental, o testemunho do ser, não a familiaridade com os entes.

Alguns afirmam que a "socialidade do homem aceita inevitavelmente uma estrutura ideológica", que "a ideologia é a forma palpitante da convivência humana", que, no campo social, político, jurídico, o engajamento ideológico é inevitável, a tal ponto que é "vão e perigoso acreditar em podermos ser imunes a coeficientes ideológicos": em suma, por toda parte se fala da inevitabilidade do empenho ideológico. Ora, reconheço, sem mais, a ineludibilidade do engajamento, mas não compreendo porque o engajamento deva, necessariamente, ser ideológico. Por certo, de um ponto de vista marxista e neoiluminista, ou seja, do ponto de vista de quem não admite outra forma de pensamento que a razão histórica e pragmática ou a razão técnica e experimental, não somente uma tomada de posição política é um engajamento ideológico, mas também uma teoria filosófica ou uma fé religiosa. Mas, não é decerto nesse sentido que se fala de engajamento ideológico por parte de quem, partindo de uma exigência de verdade, não pode deixar de fazer uma distinção entre pensamento autêntico e pensamento inautêntico: tanto isso é verdadeiro que a inevitabilidade do engajamento ideológico termina, em seguida, por se configurar em alguma coisa de bem mais simples e "humano demasiado humano", ou seja, no fato de que "não se pode descuidar de se empenhar, de vez em quando, na realização de interesses práticos".

E então, o que é que, simplesmente e sem dissimulações, se pede ao pensamento? Exprimir, em um discurso racional, esses interesses, "racionalizá-los", justificá-los, e torná-los eficientes na busca da própria satisfação e do próprio sucesso? Esta é precisamente a função e o escopo do discurso ideológico, ou seja, do pensamento inautêntico, do pensamento que, no fundo, se identifica com a própria situação histórica e é instrumentalizado pela ação prática. Ou então, conferir à situação histórica, da qual fazem parte aqueles interesses, uma dimensão mais ampla e uma perspectiva mais vasta, na qual eles são não apenas expressos, mas também julgados, não apenas satisfeitos, mas também resgatados, não apenas tornados eficientes, mas também educados pela convivência civil? Estes são, pelo contrário, a função e o escopo de um discurso filosófico, que ignora todo empenho prático sem a intervenção da verdade.

Mas, quando se fala da inevitabilidade do engajamento ideológico, talvez se queira, com o termo ideologia, indicar todo tipo de pensamento, ou, quem sabe, limitar-se a dar ao pensamento enquanto tal uma maior acentuação prática. E então, por que tanta preocupação de evitar a absolutização da ideologia, a ponto de afirmar que "a possibilidade de um diálogo com os outros está condicionada por esse esforço intencional de não absolutização", e de indicar, em um apelo à transcendência, a garantia contra uma absolutização desse gênero? Se todo pensamento é ideológico, também essa exigência de diálogo, de não absolutização, de transcendência, é ideologia. Ou, pelo contrário, não o é, e então não se pode dizer que todo engajamento seja inevitavelmente ideológico.

Alguém poderá justificar a necessidade do engajamento ideológico com a impotência do espírito humano, no sentido de que o homem, em virtude da sua condição, encontra-se na trágica alternativa de, ou manter o valor em uma pureza não menos infecunda do que inalcançável, ou buscar a sua realização com a intervenção de fatores não axiológicos: a realização do valor requereria uma inevitável "contaminação", e esse "aviltamento" é a ideologia, que se tornaria, assim, o "instrumento necessário para a realização do valor na sociedade e na história". Com isso, já se reconhece que o pensamento ideológico é pensamento inautêntico, porque se considera que a função mediadora entre a república de Platão e a escória de Rômulo só pode ser confiada a uma forma de pensamento que é, de per si, bem mais vizinha da ferocidade do homem que da verdade, enquanto confiá-la ao pensamento revelativo como próximo da verdade nada mais seria que utopia e angelismo.

Ora, à parte o fato de que agir no mundo histórico não implica de fato uma "contaminação", e que o pensamento humano se contamina e se avilta somente enquanto se empenha em empresas marcadas pela renúncia à verdade, é preciso reconhecer que uma concepção do gênero é uma forma de "realismo", que é o exato e simétrico contrário do "perfeccionismo", e que lhe traz, ainda que com sinal invertido, todos os inconvenientes, no sentido de que permanece impossível uma verdadeira distinção entre valor e desvalor, posto que a história é toda igualmente decadência, erro, mal. É bem verdade que, por agir na história, a "idéia" requer, hegelianamente, a "paixão"; mas isto não implica verdadeiramente que o pensamento deva trair a sua originária raiz ontológica e o seu primitivo alcance de verdade para tecnizar-se como mero instrumento da ação: assim como daquela indireta homenagem à virtude, que é a hipocrisia, não pode derivar, senão por um salto, a prática da virtude, do mesmo modo de um pensamento que renunciou preliminarmente à verdade não pode derivar uma necessidade de verdade, uma reivindicação de juízo, um anseio moral, uma preocupação de justiça, mas apenas uma série de acomodações práticas, de expedientes técnicos, de compromissos empíricos.

Do pensamento revelativo, repleto como é da inexauribilidade da verdade, jorra uma habilidade bem mais dúctil e inventiva, bem mais rica e imprevisível, do que da aparente fecundidade do pensamento técnico e pragmático: este último é tão aderente à situação que só pode permanecer seu prisioneiro, e tão servo da ação que não pode conseguir inspirá-la; enquanto o primeiro, pelo contrário, com nascente naturalidade e espontaneidade, encontra por si os modos da realização, tira por si sempre novas possibilidades, cuida por si de tornar concreto o universal. Por mais humilde, baixa, decadente e cruel que seja a condição do homem, não serão, com efeito, a dimensão ontológica da atividade humana ou o caráter revelativo do pensamento humano a impedirem que nela se acenda uma luz de verdade e racionalidade, ou que nela se realize uma moralidade mais válida ou uma convivência mais civilizada: o que caracteriza a relação com o ser e o pensamento revelativo não é a inatingibilidade de uma razão abstrata e ideal, mas, antes, a fecundidade das propostas concretas, a fertilidade inventiva dos atos, que, por serem aderentes à situação real, nem por isso estão esquecidos da verdade e do ser; e o que caracteriza a técnica e o pensamento ideológico não é a aderência à situação e a consciência do âmbito de realidade em que deve se exercitar a dúctil inventiva do pensamento, mas, antes, a dispersiva vicissitude de uma racionalidade experimental e pragmática, tão prisioneira da situação, que dela não pode emergir o bastante para inspirá-la, guiá-la e controlá-la.

17. O filósofo e a política

Em segundo lugar, é preciso notar, por um lado, que os critérios para as escolhas política não são fornecidos imediatamente pela filosofia, a qual deve procurar, antes de tudo, ser filosofia, e não outra coisa, e por outro lado, que se filosofia e política não têm um liame imediato, isto não quer dizer que estejam separadas *toto coelo*, a ponto de volatilizar a racionalidade do pensamento no limbo da abstração e de imergir a realidade social e política na lama da irracionalidade. A relação entre filosofia e política não é direta, mas emerge de uma solidariedade profunda e originária de teoria e práxis, que é anterior à própria distinção entre pensamento e ação, entre vida teórica e vida prática, entre mundo cognoscitivo e mundo ativo. Se a relação fosse direta e posterior à distinção de teoria e prática, entre filosofia e política, não poderia haver senão uma absurda subordinação recíproca ou uma monstruosa mistura de ambas: possibilidades, estas, que muito freqüentemente se apresentaram na história do pensamento e da ação, e que não tardaram a exercer a sua funesta influência. Todavia, se a relação é indireta, e ditada à distância, mas nem por isso menos eficaz, inspiração de uma solidariedade originária de teoria e prática, então entre filosofia e política é possível, na distinção obrigatória e impreterível, uma colaboração fecunda e vantajosa para ambas.

O filósofo não é nem o pensador abstrato e "monástico" da torre de marfim, nem o homem que é filósofo e político ao mesmo tempo. Dizer que o filósofo não deve ser abstraído da sociedade e isolado da história não quer dizer que ele deva fazer política, pois não é possível ser filósofo e político ao mesmo tempo, a não ser por contingente e acidental união pessoal. O filósofo deve fazer filosofia e não outra coisa, e nisto reside precisamente a sua missão civil e a sua relevância política. A sua missão não é a da política ativa, mas a de recordar que a escória de Rômulo não deve fazer esquecer a república de Platão; que a realidade histórica não deve se absolutizar até o ponto de se perder no esquecimento do ser e na traição à verdade; que todos os esquemas práticos e todos os projetos de ação têm um caráter ético, e nem é pensável qualquer ação subtraída à moral; que as idéias só são verdadeiramente idéias se não são instrumentalizadas; que há uma relação com o ser, à qual é preciso permanecer fiéis, tanto no pensamento quanto na ação; que a técnica nunca pode ser fim em si mesma e que a experimentação não se rege por si própria; que o diálogo que funda a convivência não é possível senão na verdade. Se o filósofo tem a missão de *relembrar* tudo isto, a de *realizá-lo* na história e na realidade social cabe ao político. E não que com isto se possa dizer que o filósofo dá a norma ao político, porque o filósofo não inventa tudo isto, mas relembra, e a todos recorda que cada um deve rememorá-lo por si, porque a capacidade revelativa do pensamento não é propriedade exclusiva do pensamento filosófico, mas é inerente a todo pensamento digno do nome, e o caráter puramente teórico e especulativo do pensamento é apenas um seu aspecto e uma sua especificação.

A missão do filósofo, ao rememorar todas aquelas coisas, é tanto mais importante na medida em que o homem pode tê-las esquecido, inteiramente perdido no olvido do ser e na traição da verdade, e inteiramente imerso na mera expressividade e pragmaticidade do pensamento técnico; e então utilmente o filósofo lhas recorda; mas também o homem mais simples e comum teria podido rememorá-las por si, se tão-somente tivesse permanecido fiel ao vínculo originário que o liga à verdade e à essencial dimensão ontológica da sua própria humanidade. Nesse sentido, o filósofo, para ter relevância política, não tem nenhuma necessidade de fazer ideologia; basta que seja *verdadeiramente* filósofo; porque, só com o fato de fazer filosofia genuína combate implicitamente as ideologias, e portanto toma uma explícita posição política. O seu modo de intervir no debate político é precisamente a sua tomada de posição contra as ideologias, em nome da filosofia genuína; é precisamente a sua recusa de fazer intervir *diretamente* na luta política a sua filosofia que, de tal modo, se degradaria em ideologia, o que ele não deve fazer, se quiser permanecer fiel à essência genuína do pensamento.

O alcance político da posição do filósofo consiste precisamente no cuidado com que este distingue, da ideologia, a filosofia, vendo na primeira a traição do pensamento a serviço da ação, e portanto a realidade mesma da escória de Rômulo e do canteiro que nos faz ferozes, e indicando na segunda o chamamento à relação ontológica e ao vínculo com a verdade, implícitos na própria ação, e portanto um pensamento que, não pelo fato de ser finamente especulativo, torna-se abstrato, ou acadêmico, ou evasivo. O alcance político da posição do filósofo consiste nisto, portanto: que ele quer ser guardião da verdade também na ação, não paladino da ação sem verdade; que ele teme, não que a ação destrua a contemplação, mas que a ação esqueça o ser, já que a ação que rememora o ser, para além de confirmar-se no seu ser de ação, tem também valor de verdade, e portanto ameaça só a contemplação estéril e inerte, solipsista e narcisista, mas não aquela contemplação profunda e radical, que é a memória da verdade, realizável não só no pensamento especulativo, mas em toda atividade humana; em suma, que a distinção que ele toma a peito não é a distinção entre pensamento e ação, como se o pensamento fosse próprio do filósofo, e este se sentisse ameaçado por toda insurgência da ação, como se tratasse de um tumulto indiscreto e inoportuno para a quietude especulativa, mas a distinção entre permanecer fiéis à verdade e traí-la, entre pôr-se à escuta do ser e dele se descuidar, quer isto ocorra no pensamento ou na ação.

18. Insuficiência da mútua subordinação de filosofia e política

Se as coisas estão nestes termos, não se pode admitir nem que o filósofo pretenda, enquanto tal, poder ditar a lei aos políticos, nem que o filósofo aceite subordinar a sua filosofia à política em ato. Na sociedade atual, parecem se configurar – e se tipificar de modo mais rígido e extremo – duas diversas modalidades da relação entre o intelectual e o político: de um lado, o político como executor do intelectual, e esta é a relação desejada pelos neo-iluministas e, do outro, o intelectual como instrumento do político, e esta é a relação praticada pelos comunistas.

Na realidade, tanto os neo-iluministas, como os comunistas, são em certo sentido fautores do historicismo e do pampoliticismo, enquanto prezam o pensamento apenas na medida em que este tem uma importância mais cultural que especulativa e já contém uma imanente e essencial destinação política; mas o são de modo arcaico, verdadeiramente pré-marxista, no sentido de uma razão radicalmente antimetafísica, contudo reguladora e exemplar. Se é verdadeiro o que agudamente prospectou Del Noce, que os sociólogos de hoje são, como os ideólogos do consulado, a retomada do iluminismo depois do fracasso da revolução, e a substituição da revolução política pela revolução científica, é preciso dizer que o verdadeiro neoiluminismo de hoje é representado pela sociologia enquanto substitui a metafísica pela ciência, e enquanto se remete diretamente ao iluminismo setecentista, deixando o marxismo completamente fora da própria gênese.

Daqui, várias conseqüências: primeiramente a pobreza do neo-iluminismo em relação ao marxismo, o qual é enriquecido pela experiência romântica, ainda que renegada, e pela sua patente origem metafísica, ainda que rejeitada; em segundo lugar, a esterilidade das tomadas de posição antimarxistas do neo-iluminismo, o qual não pode oferecer uma alternativa ao marxismo, pois não compartilha com este nenhum problema, nem representa uma superação do mesmo, pois não contém a sua experiência na própria gênese; por fim, o caráter híbrido e absurdo de uma colaboração, ou de uma convergência, ou de uma aliança entre neo-iluministas e marxistas, os quais, só com a condição de faltar à sua respectiva posição, podem crer em poder ter alguma coisa em comum. Em suma, no neoiluminismo, a relação entre pensamento e ação se reapresenta, no fundo, malgrado toda aparente divergência, nos exatos termos do iluminismo setecentista: a teoria é norma da prática, e o é na sua derivada distinção e artificiosa separação, e na sua presumida precedência em relação à prática, no sentido de que não é a verdade, mas a "filosofia" que dá a lei à ação, de per si cega e irracional.

Por outro lado, é bem verdade que o sentido profundo da concepção marxiana é a identidade de teoria e práxis, pensamento e ação, filosofia e política, pois a tal identidade se chega precisamente pela exigência de definir a natureza da filosofia depois do advento do historicismo, pela reconhecida impossibilidade de concebê-la como puramente pensada e pela conseqüente necessidade de realizá-la, superando-a sem suprimi-la, ou seja, fazendo-a consistir na própria ação, em um praxismo integral, no qual a filosofia é tanto mais afirmada como filosofia quanto mais é identificada com a ação, e a ação é tanto mais ativa e prática quanto mais é a filosofia mesma enquanto finalmente realizada. Nisto consiste o caráter originariamente metafísico do marxismo, o qual nasceu como filosofia da história; e daqui resulta a profunda inadequação daquelas que poderíamos definir como interpretações mitigadas do marxismo, ou seja, a interpretação metodológica, ou a ideológica, ou a sociológica, ou a empirista, que estiveram ou estão na moda.

Mas ocorre que, no marxismo, o fato de pôr a identidade de teoria e práxis como final, antes que como originária, e o fato de atribuir à filosofia, mesmo se pragmaticamente concebida, as funções da verdade, substancialmente negada, fazem com que a identidade de teoria e práxis assuma mais o aspecto de subordinação da teoria à práxis, com a conseqüente substituição do instrumentalismo pelo praxismo: a negação da verdade originária confere à "realização" da filosofia mais o aspecto da supressão prática do que o aspecto da superação teorética, ou seja, mais a forma da sua completa subordinação à política do que a forma da sua completa identificação com a política. Daí resulta a concepção do intelectual instrumentalizado pelo político, concepção que em realidade representa bem mais a prática do comunismo do que a genuína convicção de Marx.

É assim, portanto, que, na sociedade atual, já se apresentam com características inconfundíveis, de um lado, o intelectual que faz consistir a própria missão no pretender dar lei ao político, do outro, o político que, no seu realismo, subordina a si o intelectual: por um lado, a idéia da filosofia como guia da política, por outro, a idéia da filosofia como instrumento da política. Estas duas concepções têm em comum, antes de tudo, o fato de pressuporem como ponto de partida a separação de pensamento e ação, sem se darem ao cuidado de alcançar uma esfera anterior, onde a distinção derivada possa atingir ao mesmo tempo a sua explicação e a sua norma. Fica claro que pensamento e ação, uma vez tomados separadamente e em uma já enrijecida especificação, não podem ser diretamente relacionados, senão mediante uma subordinação recíproca. Se prescindimos de uma identidade *originária* de teoria e práxis, então a sua distinção se torna uma verdadeira oposição, mediável apenas através da degradação de um dos termos em relação ao outro. De um lado, a idéia de que o pensamento precede a ação, e do outro, a idéia de que a ação precede o pensamento: donde, por um lado, a prática degradada em pura e simples "aplicação" da teoria, que é como afirmar uma forma de fanatismo, e por outro, a teoria degradada em mero instrumento da prática, que é como declarar uma forma de cinismo.

De fato, não é à toa que o iluminismo, considerando a prática como uma pura e simples aplicação da teoria pressuposta, faz da teoria uma razão abstrata e implacável, à qual é preciso, em todo caso, fazer corresponder uma realidade obstinada e recalcitrante: destituída daquela inventividade moral, que sabe compreender e interpretar o caso singular e tornar eficaz e benignamente operante a sua lei, que sabe felizmente configurar a norma no modo mais aderente à situação concreta, mas não por isto menos imperativa e vinculante, a razão simplesmente pressuposta e imposta à prática não se torna norma, senão através do impiedoso aspecto do rigorismo, da inflexível severidade do moralismo, da esquálida ferocidade do fanatismo. E não é à toa que o pampoliticismo, dissolvendo o pensamento na ação, não só priva a ação de qualquer critério de verdade, mas também autoriza a instrumentalização da teoria à prática, professando o caráter radical e definitivamente ideológico de toda forma de pensamento: o que conduz, inevitavelmente, ao cinismo, pois não se limita com a *Realpolitik* a afirmar que a política é completamente independente da moral, mas antes impele a dizer que não há outra forma de moral senão a política.

Aquelas duas concepções têm, pois, em comum o fato de confundir a verdade com a filosofia, ou, melhor, de suprimir a verdade e exigir da filosofia o que só a verdade pode dar, e é por isto que: ou, iludidas, a elevam à condição de guia direta da ação e da política, ou, desiludidas, a degradam à condição de instrumento da ação e da política. O iluminismo se esquece de que é a verdade, e não a filosofia, que dá a lei à prática e à política: o que significa que não só o prático e o político, mas também o próprio filósofo, devem tornar-se dóceis e sagazes ouvintes da verdade, e se o filósofo tem algo a dizer ao político e ao homem que deve agir, isto ocorre na medida em que lhes recorda o que eles próprios sabem ou já deveriam saber de per si, mas talvez se tenham esquecido, podendo ser útil que alguém lhes recorde; bastaria, porém, que eles permanecessem fiéis ao originário alcance ontológico da própria humanidade, para rememorá-lo e fazer com que a presença do ser e da verdade se faça valer autenticamente na sua atividade. Todavia, o iluminismo confere à filosofia a missão, não de rememorar a verdade, missão que é de todos, mas de legislar na atividade humana; o que alimenta, com um espírito desdenhoso e cruelmente aristocrático, a presunção da razão humana e a vaidade dos filósofos.

O marxismo, para além disso, preso entre a infausta decisão de eliminar do pensamento toda a verdade e a justa exigência de colher o nexo profundo entre teoria e práxis, por um lado, pretende negar a filosofia como puramente pensada, e por outro, quer substituí-la pela práxis em que se realiza; com isto se esquece de que a filosofia só pode ser pensada, sendo a tradução, em termos verbais e especulativos, daquele pensamento revelativo e ontológico que está originariamente presente em toda atividade humana, com a condição de que não lhe seja cancelado, por um ato de rebelião e traição, e de que aquilo que se trata de alcançar seja não tanto a realização da filosofia na práxis quanto, de preferência, a presença autêntica da verdade também na práxis.

19. Originariedade da prática

A relação entre filosofia e política não é, pois, tão simples como podem fazer parecer aquelas colocações simplistas das relações entre teoria e prática. Por certo, de um lado, está a filosofia, e mais precisamente a filosofia da política, e do outro, a política em ato, que pressupõem esquemas de ação e projetos práticos. Mas, nem a filosofia da política tem a tarefa de definir diretamente aqueles esquemas de ação, como se se tratasse de "derivar" a prática de uma teoria ou de "aplicar" uma teoria à prática; nem aqueles esquemas práticos representam o resultado de uma filosofia subordinada à política, de uma prática que gera de per si a própria teoria. Ora, a filosofia traduz em termos reflexivos, verbais, especulativos, aquele pensamento revelativo e ontológico que pode estar presente em qualquer atividade humana; e aqueles esquemas de ação e projetos práticos, se não se reduzem a pensamento ideológico, meramente técnico e instrumental, têm uma carga de verdade; levar tal carga à clara consciência e à explícita reflexão, ou seja, traduzi-la em termos especulativos, é a tarefa e a natureza da filosofia da política; e é neste sentido e com estes limites que a filosofia pode ser vantajosa ao político.

Com isto, entro diretamente no terceiro ponto que me resta examinar. Se a filosofia nada mais é que a tradução *verbal* e *especulativa* do pensamento revelativo e ontológico, a sua missão é reivindicar o caráter revelativo e ontológico que toda atividade humana, inclusive a ação prática, pode ter de per si. Trata-se, no fundo, de operar aquela reivindicação, não "bon-sensista" e não simplista, se bem que amplamente humana, do senso comum de que já falei, pois o pensamento revelativo e ontológico está ao alcance de todos, mesmo que não na sua formulação filosófica, mas o que é extremamente difícil é lhe permanecermos fiéis, e não dissipá-lo no esquecimento do ser e na tecnicização do pensamento: o homem se acha diante de uma alternativa pela qual, ou tudo se reduz a técnica, inclusive a filosofia, ou tudo tem um alcance revelativo, inclusive a ação prática.

No caso que estamos examinando, trata-se de evidenciar a carga de verdade ínsita na ação, ou seja, de afirmar aquela que se poderia chamar de a *originariedade* da prática. Para referir-se à verdade, a prática não tem nenhuma necessidade da mediação da filosofia, porque ela possui originariamente a sua verdade, e pode encontrá-la e reivindicá-la em si mesma. Não é preciso confundir o aspecto revelativo do pensamento ontológico com o aspecto especulativo do pensamento filosófico, mesmo se este último só consiga ser propriamente especulativo se for originariamente revelativo: o que mais conta, em última análise, é a capacidade revelativa do pensamento, ou seja, a verdade, mais que o seu caráter especulativo, ou seja, a filosofia. Não é preciso cair no teorismo, como se a relação com o ser fosse só cognoscitiva: a prática, em tal caso, nada mais seria que simples derivação, aplicação, conseqüência de uma teoria pressuposta, e a verdade desapareceria diante de uma absurda, oprimente, arrogante absolutização da filosofia. Há uma verdade também na ação como tal, e trata-se de recuperá-la e reafirmá-la. Por certo, a tomada de consciência que disto se pode ter e o tratamento explícito que disto se pode fazer é discurso filosófico em sentido próprio; mas tal discurso não poderia ser feito sem a afirmada originariedade da prática. E, do ponto de vista de tal originariedade, não tem nenhuma relevância que o discurso filosófico seja anterior ou posterior à ação, pois aquela anterioridade não degradaria a prática em mera aplicação de uma teoria pressuposta, nem a posterioridade conferiria um caráter simplesmente ideológico à teoria, estando já assegurado o caráter revelativo não menos da ação prática que do discurso filosófico.

A originariedade da ação é confirmada pelo fato de que, no mundo histórico, a ação prática tem o poder de modificar as condições em que o pensamento revelativo se exercita; o que, naturalmente, não põe a verdade de fato em questão, mas apenas diz respeito à nossa via de acesso a ela no seu modificar-se e renovar-se. Se não houvesse tal originariedade da prática, o conclamado condicionamento histórico do pensamento seria um fato puramente irracional e negativo, concebido de tal modo que seria melhor que não o fosse: donde as perniciosas conseqüências de uma persistente, mesmo se inconsciente e oculta nostalgia da metafísica única, definitiva, imutável, completamente explicitada; nostalgia que carrega consigo, naturalmente, a desvalorização do mundo histórico, visto como véu inoportuno e a ser removido, mais que como possível abertura, e como decadência irremediável e condenável, mais que como lugar das nossas escolhas.

Desejo concluir com uma quarta e última observação. É evidente que, no fundo, cada um pode usar os termos como quiser, mas deve, em seguida, aceitar os riscos a que o expõe um uso arbitrário e desatento. Assim, para muitos, o termo ideologia é usado em um sentido para o qual seria adaptadíssima a tradicional palavra de moral ou de ética, como concreção do universal na situação particular; e outros consideram a ideologia como mediação entre a república de Platão e a escória de Rômulo, e portanto como essencial a quem quer agir no mundo, esquecendo-se de que, precisamente nesta função mediadora, consiste a própria inspiração ética das ações singulares e a própria inventividade moral nos casos concretos. Usar o termo ideologia neste significado, para indicar operações em que a recordação do ser e a fidelidade à verdade são decisivas, pode significar uma inconsciente ou subentendida vontade de separação da política em relação à moral, e da moral em relação à verdade, o que seria sumamente condenável.

Dessa forma, chamam-se puras ideologias os esquemas de ação e os projetos práticos em que a interpretação do tempo e a revelação da verdade se unem de modo tão decisivo, e nos quais a dimensão histórica e a dimensão ontológica podem conspirar de modo tão frutífero que poderiam atestar validamente a originariedade da ação. Mas, assim fazendo, expomo-nos ao risco do historicismo, que é tratar como pensamento apenas expressivo também o pensamento revelativo, pretendendo desmistificá-lo e historicizá-lo, e ao risco do sociologismo, que é favorecer de modo excessivamente conciliador e indulgente a confusão hodierna de verdade e técnica, ou antes, a substituição hodierna da verdade pela técnica. Certamente, o risco da ideologia, e portanto da mistificação e da instrumentalização, é constante, e toda cautela crítica a respeito, exercitada sobre si e sobre outros, nunca é demais. Mas, se esses esquemas de ação e esses projetos práticos têm um valor, eles o têm não enquanto conceituações das condições históricas ou tecnicizações da ação prática, mas como conceituações, ainda que provisórias, do alcance ontológico da ação e testemunhos, ainda que efêmeros, de uma fidelidade ao ser.

TERCEIRA PARTE
VERDADE E FILOSOFIA

CAPÍTULO I

NECESSIDADE DA FILOSOFIA

1. Ciência e religião pretendem suplantar a filosofia

A filosofia está hoje manifestamente em crise. A cultura hodierna parece não querer conservar-lhe nenhuma função, nem lhe atribuir nenhum posto. Outras formas de saber e outras espécies de atividade se dividem, ou melhor, disputam entre si o *regnum hominis* e, lutando por se superarem reciprocamente, concordam em não reconhecer à filosofia qualquer missão. Para a mentalidade hodierna, a filosofia já nada mais tem a dizer, porque o campo está dominado pela presença, cada vez mais invasora, da ciência, da arte, da política, da religião.

A ciência, sobretudo, parece impor-se ao homem de hoje, o qual, espectador admirado dos seus resultados sempre mais surpreendentes, tende a reconhecê-la como a forma exemplar – senão a única forma deveras válida – do saber. Deixando-se fascinar, mais pelo caráter vistoso das aplicações técnicas, que pelo momento verdadeiramente inventivo do pensamento científico, o homem de hoje tende a desvalorizar toda forma de saber que não possua os traços próprios da ciência, ou seja, a delimitação do próprio campo de investigação, o caráter operativo dos seus conceitos, a capacidade de autocorreção da razão que exercita, a validez intersubjetiva das suas conclusões. O próprio cientista se torna mais sensível à tentação da soberba, ínsita no progresso tecnológico, do que à lição de humildade, implícita no momento inventivo e cognoscitivo da ciência, e tende, por isso, a absolutizar a própria sabedoria, julgando as outras formas de saber com base no próprio modelo e, por conseguinte, exigindo-lhes ilegitimamente, o que não podem, não querem, nem devem dar. Assim, a filosofia é forçada a adotar as características e os procedimentos da ciência, preferindo dividir-se em investigações particulares, a pôr em questão a inteira experiência humana, aceitando despersonalizar-se em uma validez objetiva, mesmo se continuamente revisável, e ignorando outros critérios de verdade que não a operatividade dos conceitos e a capacidade da razão de corrigir-se por si mesma. A não ser assim, a filosofia deveria resignar-se a ser considerada como fantástica e inútil: bela, talvez, e sugestiva, se vista como um sonho artístico, mas híbrida e supérflua, se considerada como uma forma de saber; a menos que ela aceite reduzir-se a filosofia da ciência, ou seja, à consciência crítica e metodológica que o pensamento científico toma de si mesmo.

Por outro lado, a religião reivindica hoje, na mente de muitos, uma presença tão peremptória e intensa que torna supérflua a da filosofia. Hoje, a religião está ocupada em recuperar a pureza do seu conteúdo eterno, para além de toda encarnação histórica, para daí derivar a inspiração de novas encarnações, mais consoantes com a hora presente. Disso decorre, por um lado, a recusa do conúbio da religião com as várias filosofias que se sucederam na história do pensamento ocidental, e por outro lado, um recolhimento na pura interioridade do homem, que operou o salto genuinamente religioso da fé, para extrair-lhe válidas sugestões para a construção da nova cultura religiosamente inspirada. Daqui, de um lado, a tentação de um fideísmo pouco atento aos motivos de credibilidade da fé, e pouco solícito da razoabilidade do assentimento religioso e mais tendente a solicitar a audácia da fé; do outro, a desconfiança de qualquer acordo entre a fé religiosa e uma determinada filosofia, no sentido de que quem fez o salto da fé já não está mais interessado em um conteúdo de verdade, tal como é oferecido pela filosofia. Hoje parece, portanto, que, quando o campo é ocupado pela religião, não há mais lugar para a filosofia, porque todas as coisas já estão decididas, e a contribuição da filosofia, quer se trate de uma preparação ou de uma confirmação, é inútil: tirado da filosofia todo caráter opcional e decisivo, não lhe restaria senão a exígua tarefa de uma indagação, neutra e descritiva, do assentimento e da recusa religiosa.

2. Arte e política pretendem sub-rogar a filosofia

Como se não bastasse a invasão da ciência e da religião, assiste-se hoje a um artificioso exagero da arte e da política, que pretendem substituir a filosofia, assumindo-lhe as funções. Isto está conforme com uma das principais características da cultura hodierna, que é, essencialmente, uma cultura de sub-rogados. Basta dar uma olhada em torno, para convencer-se disso: em todos os campos, a atividade específica é sub-rogada por uma atividade inferior ou diversa, que, constrangida a fazer suas vezes com forças menores ou inadequadas, corrompe o seu primitivo intento. Eis, por exemplo, a ética a se tornar o sub-rogado da religião, e a absolutizar a razão humana, tornada autônoma e suficiente, com o resultado de que esta, soberba da própria absolutez, trabalha no sentido da supressão da culpa e, por isso de uma justificação universal, ou na instauração de um moralismo abstrato, inutilmente intransigente e rigorista. Eis que a razão se erige em sub-rogado da verdade, com o resultado de que, esquecendo aquela originária relação com o ser, que unicamente pode lhe fornecer conteúdo e critério, torna-se ilimitada e incerta, de tal modo instável na precariedade das suas conclusões, que perde também o último poder que se lhe quer reconhecer: a capacidade de se corrigir. Eis, ainda, a tolerância a se tornar o sub-rogado da caridade e a se esquecer que a fé nas próprias idéias e o reconhecimento das idéias alheias são indivisíveis, assim como são indivisíveis o culto da verdade e o amor pelo próximo, com o resultado de que, no esquecimento da verdade, perde-se também o motivo de respeito pelas pessoas. Eis, enfim, a técnica a se tornar, em todos os campos, o sub-rogado por excelência: na arte, onde a hábil manipulação dos meios artísticos consegue dar a aparência da arte sem dar a sua substância; na ciência, onde se acentua o momento técnico em relação ao momento cognoscitivo e criativo; na ética, onde a técnica dos comportamentos substitui o processo inventivo com que a solicitação moral originária se traduz em norma; na própria filosofia, reduzida a racionalidade elaboradora de técnicas eventualmente adequadas a determinados campos de investigação.

Em um clima do gênero, não é estranho que a filosofia encontre sub-rogados na arte e na política, tanto mais que é este o resultado a que conduzem as vicissitudes da filosofia nos últimos cento e cinqüenta anos. Quando a filosofia chegou, com

Hegel, a uma espécie de idealização da realidade inteira e de pura contemplação de si mesma, não lhe restava outro caminho, para realizar-se no mundo, que o de se negar na realidade concreta, de se transformar em não filosofia: donde, precisamente, a não filosofia de Marx, que é a política, a não filosofia de Kierkegaard, que é a fé, a não filosofia de Nietzsche, que é a vontade de potência, a não filosofia de certo esteticismo, que é a arte. Assim sendo, ocorreu que a arte e a política, formas típicas de não filosofia, tornaram-se sub-rogados da filosofia. E, de fato, a arte pretendeu tornar-se uma atitude total do homem, reivindicando para si não só aquela plenitude do empenho ético, que é própria de uma escolha decisiva ou de um protesto radical, mas também aquele caráter de conhecimento total e exclusivo, que somente a filosofia, se não a própria religião, pode desejar. A política, a seguir, tornou-se inseparável da ideologia, a tal ponto que, hoje, não existe tomada de posição política que não se configure como uma escolha ideológica, nem conflito político que não assuma a forma de uma luta ideológica; e não é certamente o caso de recordar que a ideologia é precisamente um dos mais típicos sub-rogados da filosofia.

3. A filosofia assinalando o limite da ciência a mantém na sua natureza

Sob a ameaça de ser suplantada pela ciência e pela religião, e de ser sub-rogada pela arte e pela política, a filosofia está, pois, em crise. Mas, precisamente nesse estado de extrema confusão, ela pode encontrar o terreno apropriado para uma fecunda revivescência. Nestas condições, a filosofia é mais que nunca necessária: a ela compete, precisamente, não só a tarefa, mas também a capacidade, de restituir cada atividade ao seu campo, e a cada atividade a sua função: diante das pretensões exorbitantes da ciência e da religião, e das absurdas invasões por parte da arte e da política, a filosofia pode reconhecer a própria missão na custódia daqueles limites, além dos quais tais atividades se desviam e degeneram, e dentro dos quais, ao invés, realizam-se na sua genuína natureza.

Antes de tudo, a filosofia está em condição de mostrar que, entre ciência e filosofia, não é possível, a rigor, nenhum conflito, porque o limite que constitui a ciência na sua esfera e a institui na sua validade é precisamente o que também assinala o âmbito e o valor da filosofia. Não que se possa dizer que a ciência chega até um certo ponto, além do qual começa a filosofia, como se fossem dois graus sucessivos de um só saber, e como se ciência e filosofia dividissem os seus objetos, uns apropriados apenas à ciência, e os outros, somente à filosofia: *tudo* pode ser objeto de filosofia, compreendida a própria ciência; e a ciência providencia, *por si*, de se delimitar ou até mesmo de construir o seu próprio objeto; de modo que se trata, mais propriamente, de duas formas diversas de saber, situadas em planos diversos, entre os quais não é possível nenhum encontro e, portanto, nenhum conflito. Se, entre ciência e filosofia, há conflito, é porque uma delas negligencia a sua tarefa específica e invade o campo da outra; é porque o filósofo ou o cientista, esquecendo-se de que não podem senão ouvir-se reciprocamente, pretendem intervir um no campo do outro.

Isto acontece, antes de tudo, quando o filósofo troca o direito – que ele tem – de filosofar sobre a ciência e de dar conta da metodologia científica pelo direito – que não lhe compete – de se ingerir em questões científicas, seja prescrevendo ao cientista o método a seguir e dirigindo as suas operações, seja incorporando ao próprio saber os resultados da ciência e utilizando-os para os seus fins. O filósofo pode certamente dar uma definição da ciência e fazer uma teoria da metodologia científica, mas está em condição de fazê-lo enquanto é a ciência mesma que o informa do próprio método e dos próprios procedimentos; de modo que o filósofo, embora meditando *sobre* ciência e falando *da* ciência, não tem nada a dizer *na* ciência, nem pode pretender ter voz no curso da investigação científica: se o faz, com isso mesmo cessa de fazer filosofia, para não fazer senão má ciência.

Mas o conflito pode também nascer quando o cientista troca o direito – que ele tem – de estabelecer o método adequado ao objeto da sua própria investigação pelo direito – que não lhe compete – de estabelecer qual a única forma válida de saber. O cientista tem certamente o direito incontestável de declarar que o saber científico é o único adequado aos objetos da sua investigação; mas não pode estender e absolutizar o saber científico, a ponto de pretender que seja considerado como a única forma possível de saber. Se o faz, cessa com isto de fazer ciência, porque a proposição "não há outra forma de saber senão o saber científico" não é uma proposição científica, mas uma proposição filosófica, que está na base do cientificismo; ele faz, portanto, filosofia, mas o faz sem sabê-lo, ou seja, faz filosofia acrítica e inconsciente, em suma, má filosofia.

A ciência que se absolutiza, pretendendo suplantar a filosofia, falta pois, inteiramente, ao seu escopo, porque não só não consegue negar a filosofia, mas termina deveras por negar a si mesma como ciência. Daí resulta, portanto, que, assim como o cientificismo não anula a filosofia, porque, ainda que indireta ou incoerentemente, a afirme, do mesmo modo negar o cientificismo não significa golpear a ciência, mas reconhecê-la no campo que lhe compete e no qual ela é soberana. Sem a filosofia, a ciência exorbita da própria esfera e degenera em cientificismo: só a filosofia pode preservá-la desse desvio e salvá-la como ciência.

4. Só a filosofia garante a recíproca independência de filosofia e religião

Do mesmo modo, a religião que queira suplantar a filosofia se desvirtua e perde o seu ser de religião, no qual somente a filosofia pode restaurá-la e mantê-la. De fato, a posse religiosa da verdade é de tal natureza que não só não extingue nem exclui, não só permite e consente, mas antes implica e suscita a investigação filosófica da verdade. A fé é, de per si, ancípite, podendo ser considerada de um ponto de vista religioso, voltado para Deus, e de um ponto de vista filosófico, voltado para o mundo: na primeira perspectiva, ela é dom de Deus, na segunda, é ato do homem; na primeira, é plenitude, confiança, abandono, na segunda, opção, audácia, salto; na primeira, é não direi uma *certeza* – porque não convém a uma *esperança* como a da fé um termo tão científico –, mas certamente uma *posse*; e na segunda, não direi uma *dúvida* – porque não convém a um *salto* tão corajoso um vocábulo comprometido com o ceticismo – mas certamente uma *aposta*. Eis por que aquilo que *religiosamente* é uma *posse* pode *filosoficamente* ser uma *busca*: com a fé, o homem pode atingir a verdade e gozá-la com confiante abandono, em uma plenitude de conhecimento e de vida como nenhuma outra forma de saber pode assegurar, mas o faz com uma escolha que não pode se realizar de uma vez por todas, de modo definitivo e seguro, e que deve, pelo contrário, repetir-se a cada instante, com uma luta intrépida e um contínuo triunfo sobre a dúvida. A fé une paradoxalmente *securitas* e *insecuritas*, a plenitude da posse e a necessidade da confirmação, a tranqüilidade do sucesso e a precariedade da aposta, a serenidade da descoberta e a inquietude da busca; e é nesta dialética que se insere a filosofia, reclamada ou antes exercitada na sua independência da própria religião.

Há espíritos religiosos que acentuam de tal modo a plenitude e a tranqüilidade da posse que não sentem mais a necessidade da filosofia, porque neles a fé regenera continuamente a si mesma, com violência primigênia e impetuosa; há espíritos não menos religiosos, nos quais a própria posse se torna, pela sua intrínseca necessidade de reconfirmação, estímulo de investigação, e estes sentem a necessidade da filosofia tão mais intensamente quanto mais profunda é a sua religiosidade. A experiência dos primeiros não é uma demonstração da superfluidade da filosofia em relação à religião, mas, antes, da sua recíproca independência, atestada também pela experiência dos segundos, os quais, longe de considerar a filosofia como dependente da religião, a concebem mais como o esclarecimento de uma situação existencial particularmente solicitante, como é a fé. E é sobre essa independência recíproca – confirmada além disso pela existência de espíritos filosóficos que não sentem a necessidade da religião, e que, portanto, mais que negá-la como supérflua ou inferior, simplesmente a ignoram – que pode fundar-se aquela convergência e colaboração de filosofia e religião, que impede a segunda de se desvirtuar pretendendo suplantar a filosofia.

Mas, para se defender da invasão da religião, a filosofia, por sua vez, não tem nenhuma precisão de invadir o campo da outra, pretendendo absorvê-la em si como uma espécie de filosofia inferior e mítica, boa para as pessoas simples e para as civilizações não evoluídas, e destinada a se resolver e se dissolver completamente na filosofia. Esta filosofia racionalista, que não reconhece o salto da fé, encontra-se desprovida diante daquela religião que, considerando falimentar o caminho da filosofia, pretende declarar a sua superfluidade; e arrisca até a ter que lhe ceder o campo, com prejuízo não só da filosofia, não mais reconhecida nos seus direitos, mas da própria religião, ampliada além do justo.

Isto aparece com singular evidência no drama espiritual do homem contemporâneo, bem consciente da falência do iluminismo – ou seja, daquele racionalismo que pretendeu superar a religião –, mas já não mais capaz de crer no que o iluminismo destruiu. Preso entre a nostalgia da fé antiga e a atual impossibilidade de a ela aderir, igualmente insatisfeito com a religião e com a sua negação, a um só tempo desejoso e incapaz de crer, o homem de hoje peregrina de uma experiência para outra e, por um lado, desconsagra toda fé, corroendo-a com a dúvida, enquanto, por outro, imprime o caráter da fé à própria profissão de racionalismo. Ele passa dos hodiernos sub-rogados da fé, racionalistas e sofisticados, – como o esteticismo, o moralismo, o praxismo político –, para as hodiernas afirmações de racionalismo, postulatórias e confessionais – como o ateísmo, o niilismo, a irreligião. Todas estas são possibilidades igualadas sobre o mesmo plano, e que são ao mesmo tempo conclusões racionais (de uma razão sem verdade) e atos de fé (de uma fé sem verdade), ou, melhor, escolhas cerebrais e raciocínios arbitrários, aventuras desordenadas do homem hodierno, incapaz de aperceber-se do nexo que subsiste entre posse e busca, plenitude e inquietude, confiança e audácia, e, por isso mesmo, irrequieto, descontente, incerto, insatisfeito.

5. Degeneração da arte e da política sem a filosofia

Seria fácil mostrar, enfim, como a arte e a política que pretendem sub-rogar a filosofia não só não tiveram êxito no seu intento, mas acabaram por perder a própria natureza, a arte degenerando-se em esteticismo, e a política, em pampoliticismo. A arte quis pôr-se como um absoluto, pretendendo resolver em si todos os valores humanos, especulativos, práticos, religiosos: de tal modo, corrompeu também o valor artístico, debilitando-o em manifestações sempre mais fracas e exíguas. A vicissitude do esteticismo no mundo contemporâneo é instrutiva: a arte, que pretendeu poder acolher, sozinha, a plenitude da vida, uma vez que se tornou o valor absoluto, que absorve em si todos os outros valores, tem permissão de esvaziar-se e de pretender impor-se, assim esvaziada, à própria vida: e ei-la, transformada em puro jogo, mero tecnicismo, simples experimentação, especialização extrema, quase retornar à sua infância, mas sem o sustento do mito e da magia que, nas civilizações primitivas, enchem de significado aquelas elementares manifestações de arte.

Não menos instrutiva é a vicissitude com que a política quis sub-rogar a filosofia, resolvendo-a em revolução política, como ocorreu no marxismo, ou em instrumento de ação política, como ocorre no sociologismo. Desse processo, filosofia e política saem completamente desnaturadas: a filosofia, que perde a sua específica natureza especulativa; a política, que se agiganta até se estender monstruosamente a toda a atividade humana, em uma visão pampolítica extremamente esquálida para o homem, ao qual não restaria outra atividade senão a revolução, outra persuasão senão a luta, outra comunicação senão o conflito ideológico. Só se a filosofia não se deixar sub-rogar pela arte e pela política, estas últimas conseguem, portanto, ser verdadeiramente elas mesmas, restituídas àqueles limites que não só as definem, mas também as mantêm na sua função própria e insubstituível.

Concluindo, a independência da filosofia é reclamada pela ciência, pela religião, pela arte e pela política, porque só se a filosofia se mantém irredutível diante delas, estas quatro atividades podem se realizar na sua natureza própria e salvar-se da degeneração que resulta das suas ilegítimas pretensões. Só em virtude da presença eficaz da filosofia a ciência é verdadeiramente ciência e não cientificismo; a religião verdadeiramente religião e não fideísmo; a arte verdadeiramente arte e não esteticismo; a política verdadeiramente política e não pampoliticismo. A filosofia reencontra, portanto, uma sua insubstituível função no restituir as diversas atividades à sua missão, subtraindo-as da tentação hodierna de uma absolutização, e com isto preservando-as do perigo de se perderem e se desnaturarem.

6. Por demasiada crítica a filosofia declara o seu próprio fim

Mas a esta altura, pode-se, com razão, duvidar que a filosofia esteja em condição de exercer esta função ordenadora nos confrontos das várias atividades do homem, porque hoje nos encontramos diante de um fato novo e paradoxal: a filosofia declara, *ela mesma*, o próprio fim. A filosofia perdeu a ingenuidade: exerceu sobre si uma crítica tão radical que põe em dúvida a sua própria existência. Tudo começou com o criticismo de Kant, quando a filosofia se deu conta de que não podia pretender submeter à crítica o conhecimento humano, sem, em primeiro lugar, submeter a si mesma à crítica. Ela não tardou então a enfrentar o problema da própria possibilidade, e compreendeu que para fazer isto devia tomar consciência das próprias condições: entrando por esta via, não mais se deteve, e levou a crítica ao extremo rigor e às últimas conseqüências.

Uma das primeiras condições da filosofia é que ela se serve, e não pode deixar de se servir, do *pensamento*. Foi o idealismo que tomou consciência desta condição: a partir daí, resultou posta em crise – e destruída para sempre – a metafísica como visão especular e total da realidade, pois é impensável que a filosofia possa ter diante de si o seu objeto e colhê-lo nesta sua externa totalidade, do mesmo modo que o pensamento comum tem diante de si e compreende os objetos da experiência. Foi um momento crítico: pareceu que o objeto da filosofia devesse se dissolver em uma afirmação de universal subjetivismo; mas a filosofia, aguçada pela crítica, conseguiu recuperar em uma nova forma, compatível com as novas exigências, a totalidade do seu objeto e o valor absoluto do seu saber: resultou daí a concepção hegeliana da filosofia como autoconsciência da realidade chegada ao termo do seu desenvolvimento.

Uma nova consciência não tardou a se apresentar: a do *condicionamento histórico* da filosofia. Foi esta a tarefa do historicismo, de Hegel a Croce, de Marx a Dilthey. Resultou daí, oportunamente destruída, a concepção de uma filosofia definitiva e supratemporal, válida para sempre e para todos como única verdadeira, demasiado contrastante com o pluralismo de culturas, de pontos de vista, de filosofias, vigente nas coisas humanas. Também este foi um momento crítico, porque pareceu que a própria filosofia devesse desaparecer em uma forma de radical relativismo. Mas, também aqui, a filosofia encontrou o modo de superar a tempestade e de salvaguardar a própria validade absoluta, precisamente através do reconhecimento da multiplicidade e temporalidade das filosofias.

Um passo ulterior foi dado pelo existencialismo, que, de Kierkegaard a Heidegger, de Nietzsche a Jaspers, deu à filosofia a consciência do próprio *condicionamento pessoal*. Pareceu que tudo devesse se dissolver em um puro biografismo, destinado a assinalar a morte da própria filosofia: redução do pensamento a vida vivida, caráter excepcional da experiência singular, incomunicabilidade entre as pessoas. Mas, ao final, resultou destruída somente a idéia da pura contemplatividade e da comunicabilidade objetiva da filosofia; e foi um grande bem, porque a filosofia não é uma ciência, traduzível em enunciados completamente despersonalizados, mas, antes, implica um empenho estritamente pessoal, no qual é muito possível, por outro lado, reencontrar os fundamentos de uma comunicação interpessoal.

Ora, a condição da qual a filosofia tomou consciência, nos dias de hoje, põe um problema mais dificilmente superável e parece comprometer pela raiz a própria possibilidade da filosofia: esta condição é, de fato, a *linguagem*, ou seja, a linguagem *com* a qual a filosofia deveria falar do próprio objeto, antes, de si mesma, antes, *da* própria linguagem *com* que fala. Desta vez, a filosofia se encontra envolvida em um processo sem fim, cujo êxito arrisca ser a definitividade do silêncio, o próprio fim de todo discurso, a morte da própria filosofia. A crítica se fez crise: a filosofia ficou presa em uma situação que parece sem saída. Para tomar consciência das próprias condições e para garantir a sua própria possibilidade, a filosofia se voltou narcisisticamente sobre si: forçou-se a não falar senão de si, e este seu discurso se debilitou e se rarefez de tal modo que acabou por se exaurir na tomada de consciência da própria impossibilidade. Em suma, a filosofia é crítica a tal ponto que se esvazia: não tem outro objeto a não ser ela mesma, nem outro resultado a não ser a própria destruição.

Acrescente-se a isto uma outra condição, cuja consciência é aflorada na filosofia contemporânea: a *pluralidade dos campos de experiência*. A experiência – sabe-se – é aberta, inconclusa, imprevisível, subdividida em uma pluralidade inumerável de âmbitos, e nela opera o nosso pensamento, para resolver as questões determinadas que, sempre novas e diversas, a cada vez se delineiam. Pois bem, agora se afirma que a filosofia não é outra coisa senão esse pensamento operante que se tornou consciente de si, pensamento elevado à segunda potência, como que um duplo conhecimento ou uma reflexão de segundo grau, interna aos campos singulares da experiência e direcionada a enfrentar com método os problemas determinados. A filosofia, de tal modo, se divide nos discursos particulares, tornando-se alternadamente filosofia da arte, ou da ciência, ou da religião, ou da moralidade, ou da política, e assim por diante; e em cada campo pretende se apresentar como metodologia, experimentação capaz de se corrigir e de se controlar, operatividade ágil e dúctil, adequada aos singulares âmbitos da experiência, em estreito contato com os dados empíricos, avessa às generalizações, dedicada a soluções técnicas e precisas. Ora, a "segunda potência" consiste no fato de que este pensamento, no próprio ato em que opera dentro de um âmbito de experiência, está consciente de si, ou seja, toma por objeto a si mesmo e só a si: ele é racionalidade transparente a si mesma, enquanto tecnicamente operante, e isto é, no fundo, pensamento vazio; o que explica por que ele não resiste à invasão das assim chamadas ciências humanas, que se apresentam tão cheias de conteúdos concretos, ou seja, que esteja pronto a ceder o campo à sociologia, à psicologia, à antropologia cultural, à etnologia, à história da cultura, e assim por diante. Por conseguinte, também por esse lado, a filosofia se encaminha para a abdicação completa.

7. Crise da filosofia como renúncia à verdade

A situação parece, pois, ser a seguinte. Por um lado, a crítica se torna tão destrutiva que impele a filosofia, já reduzida a não falar senão de si, a anular-se inteiramente; por outro lado, a concretude da experiência, oferecendo-se a um pensamento que não mira senão a exercitar nela a própria experimentação, torna-se tão dispersiva que anula a filosofia nos discursos particulares. De um lado, o excesso da crítica leva à impossibilidade da filosofia como saber autônomo: a generalidade do discurso filosófico é tão vazia que a filosofia, devorada por uma autocrítica sempre mais refinada e enervante, perde a sua própria existência. Do outro lado, o fascínio da concretude induz a filosofia a ceder o lugar às ciências humanas: a particularidade dos discursos filosóficos é tão especializada que a filosofia mesma, cada vez mais prisioneira dos âmbitos da experiência em que opera, renuncia à própria independência.

Em suma, a filosofia se encontra hoje diante desta alternativa: ou faz um discurso geral, e então não fala senão de si, e é somente filosofia da filosofia, e o seu discurso é vazio, ou melhor, não tem outro conteúdo a não ser a declaração do próprio fim; ou pretende ser um discurso pleno, que fale de qualquer coisa, e então se dispersa nos discursos particulares, os quais não são mais filosóficos, porque a reflexão que neles se opera não é filosofia, mas sociologia, ou psicologia, ou antropologia, e assim por diante. Num caso e no outro, a filosofia parece acabada, ou pela impossibilidade de um discurso filosófico geral e autônomo, ou pela degradação dos discursos filosóficos particulares e concretos.

É de novo um momento crítico, ou antes, verdadeiramente dramático, para a filosofia. Nesta situação, declarar o fim da filosofia é até demasiado fácil, direi mesmo simplista; nem quero dizer o quanto é cômico o espetáculo de filósofos que se agitam para declarar a morte da filosofia, ou para reduzir a tarefa da filosofia à demonstração da própria inanidade. Certo, da crise atual, alguns ídolos deverão sair definitivamente destruídos, e também esta parte negativa será uma conquista; mas nascerá daí sobretudo a possibilidade de uma recuperação ainda mais sólida e segura do que antes, e é este o trabalho para o qual podemos e devemos todos contribuir, filósofos e não filósofos.

Sobretudo, é preciso reconhecer que a crise presente consiste no fato de que *a filosofia renunciou à verdade*. Na realidade, o caráter negativo da alternativa acima descrita reside em uma concepção depauperada da filosofia: a filosofia que consinta em ser *só* filosofia da filosofia, ou *só* filosofia da ciência, ou da religião, ou da moralidade ou da política, e assim por diante, não é *mais* filosofia, *nem ao menos* é filosofia: para ser filosofia, deve não apenas falar de si e de um âmbito de experiência, mas, *enquanto* fala de si e deste âmbito, deve dizer *também* alguma coisa de mais radical e originário, que, enquanto a fundamenta na sua própria possibilidade, lhe fornece os critérios com que exercitar a própria reflexão na experiência. O pensamento só pode estar verdadeiramente à segunda potência se é pleno, profundo, radical: só se é pensamento da verdade; só assim ele pode iluminar a experiência, dotando-a de uma verdadeira consciência crítica, e residir nos âmbitos singulares não a ponto de permanecer seu prisioneiro ou de se lhes subordinar como mero instrumento, mas operando como seu guia e controle, correção e verificação, norma e direção; só assim ele pode resgatar a precisão das soluções técnicas no nível da universalidade e apresentar-se não tanto como uma reflexão especializada ou um discurso meramente particular, quanto, de preferência, como a inteira filosofia concentrada sobre um ponto.

Daí derivam duas conseqüências: de um lado, deve-se considerar como definitivamente – e felizmente – destruída a idéia de que a verdade seja "objeto" da filosofia; do outro lado, a verdade pode ser recuperada pela filosofia de um modo novo, tendo em conta que a filosofia deve operar em múltiplos campos de experiência e às voltas com questões determinadas. Em suma, o problema ao qual devemos responder é o seguinte: se o discurso filosófico, pelo fato de não ter a verdade como objeto, deve ser privado de verdade e, pelo fato de se empenhar em âmbitos especiais e em problemas determinados, se deve aceitar ser apenas técnico.

8. Alternativa entre verdade e técnica

Eis, sumariamente, a resposta que proponho. Em primeiro lugar, se a verdade não pode ser objeto da filosofia, isto não quer dizer que a filosofia seja destituída de verdade. A verdade não é objeto, mas origem do discurso filosófico, e o discurso filosófico não é enunciação, mas sede da verdade. A filosofia não fala diretamente *da* verdade, a qual não é um complemento de argumento, do qual se possa dizer *de veritate*, e *do* qual e *sobre* o qual se possa falar: a verdade é impulso, mas não resultado do discurso, e portanto a este se subtrai, no próprio ato em que o alimenta e o funda. Um discurso objetivo *sobre* a verdade não só não é filosófico, mas, a rigor, é impossível, no sentido de que a verdade desaparece, precisamente no ato em que é tomada como *objeto* de um discurso, e não é mais verdade aquela da qual e sobre a qual se pode falar: a verdade, de preferência, está presente *no* discurso, a solicitá-lo e a constituir a sua inexaurível reserva. Certamente, a verdade se deixa possuir pela filosofia, mas não em uma enunciação absoluta e definitiva, válida para todos e para sempre, como única verdadeira: compete, porém, à filosofia dar-lhe uma interpretação pessoal, e ousar, com próprio risco e perigo, uma sua formulação, com a consciência de que não é a interpretação a exaurir e monopolizar a verdade, mas a verdade a conceder-se à interpretação, renovando-a incessantemente.

E para além disso, em segundo lugar, não é pelo fato de enfrentar e resolver questões determinadas em âmbitos particulares de experiência que o discurso filosófico se reduz a discurso puramente técnico. O discurso *técnico* se atém rigorosamente à definidade dos seus objetos, e quando, depois da oportuna impostação, da conveniente experimentação e das adequadas operações, o problema singular é resolvido, o discurso fica exaurido, e não resta mais nada a dizer. Bem diversamente acontece no discurso filosófico, o qual é *problemático*, e, portanto, ele é tal que, uma vez aberto, não cessa mais, renasce continuamente, de modo que, de cada coisa que ele enfrenta, apesar de bem definida, resta sempre algo a dizer. E isto acontece porque o discurso filosófico, enquanto fala do seu *objeto*, que é definido, refere-se à *origem*, que é inexaurível: quando enfrenta uma questão determinada, não se limita a acompanhar tal tratamento com a consciência de si, mas faz dessa autoconsciência a sede de uma posse ulterior, que lhe confere a fecundidade, além da ductilidade, a profundidade, além da aderência ao concreto, a inexauribilidade, além da capacidade de solução. O discurso é filosófico quando, enquanto fala dos entes, revela também o ser, enquanto fala das coisas, diz também a verdade, enquanto se atém aos singulares campos de experiência e às questões particulares, mostra o vínculo existencial que liga o homem ao ser e a pessoa à verdade.

Não digamos, portanto, que a filosofia morreu: a sua impossibilidade de falar *da* verdade é somente o sinal de que a verdade é algo de muito mais originário que o objeto de um discurso. A verdade, ela a pode possuir de modo profundo e direi mesmo imediato, e mantê-la sempre presente, também e sobretudo quando nos discursos particulares enfrenta questões determinadas e objetos definidos. Este é, antes, um ponto em que a filosofia mostra, com a máxima evidência, a sua decisiva importância no mundo atual, pela razão de que pode nos orientar na grande alternativa, diante da qual cada um de nós hoje se encontra, qualquer que seja a sua atividade: a *alternativa entre verdade e técnica*. Os discursos particulares não são unívocos, porque de qualquer coisa se pode falar de modo ou *somente técnico*, ou *verdadeiramente filosófico*, conforme nos atenhamos somente à resolução do problema e do objeto, ou, ao invés, a enfrentemos, com o senso de uma ulterioridade mais vasta e profunda. Também a propósito da coisa mais insignificante o homem se encontra diante de uma alternativa decisiva, na qual não pode permanecer neutro e deve escolher: a alternativa entre o pensamento que é revelativo, também quando fala do mínimo dado da experiência, e o discurso que é empírico, também quando se refere à verdade; a alternativa entre o discurso filosófico, que, de qualquer coisa que fale, diz sempre, também, algo além, e o discurso técnico, que fala só do que fala; a alternativa entre permanecer fiel ao ser ou dominar os entes, rememorar a verdade ou limitar-se à experiência, recuperar a origem ou fechar-se no instante.

9. A filosofia como consciência da relação ontológica e o problema da linguagem filosófica

Se, a seguir, se pergunta de que modo a filosofia pode atingir e possuir a verdade, se verá que ela pode fazê-lo não na forma do *conhecimento*, porque a verdade não é objeto concluso de uma visão total, mas na forma da *consciência*; e da consciência não já em sentido hegeliano, como consciência da realidade já completa, mas, porventura, em sentido schellinguiano: consciência não do que é último, mas do que é primeiro, não de uma história conclusa, mas de uma origem inexausta, não da presumida totalidade do espírito humano, mas da sua infinita virtualidade originária. A filosofia nada mais é que a tomada de consciência, através do pensamento e da linguagem, daquela relação com o ser e com a verdade que o homem *é*, e que o homem *vive*, no consenso ou na recusa, em cada uma das suas atividades. Neste sentido, a filosofia não nos faz conhecer nada mais daquilo que já sabemos, mas talvez o tenhamos esquecido, e oportunamente ela consegue trazê-lo de volta à nossa mente; e é este um dos seus grandes méritos, que só nela, e não em outra coisa, o homem pode tomar consciência crítica daquilo que ele é. A filosofia traduz em termos especulativos o que também o homem mais simples já sabe; o que quer dizer que ela, mesmo se na forma é de poucos, no conteúdo, pelo contrário, é de todos; a tal ponto que inútil e excessivamente aristocrático é o conceito da filosofia como metodologia e reflexão elevada à segunda potência; e a tal ponto que há muito mais diferença entre o pensamento filosófico e o pensamento técnico do que entre a filosofia e o senso comum; porque metodologia e técnica, se querem se arvorar em única filosofia possível, são formas de "semiciência", isto é, de olvido da verdade, muito mais ignorantes, na sua presunção, do que aquela ignorância grávida de saber que é reforçada e desenvolvida pela filosofia.

Certamente, chegar a dizer com as palavras e com o pensamento aquilo que o homem comum pode dizer só com a vida não é fácil, e é mais que justificada a afirmação de grande parte da filosofia contemporânea, de que se deve começar por uma análise da linguagem. Como deve ser a *linguagem filosófica*, quando a filosofia é uma recuperação especulativa e verbal do originário, resulta já de tudo quanto disse até aqui: antes de tudo, a linguagem deve ser tal que possa possuir a verdade, sem por isso reduzi-la a objeto do discurso; em segundo lugar, deve ser tal que não possa falar dos próprios objetos, sem, ao mesmo tempo, dizer a verdade. Requer-se, em suma, uma linguagem que, por um lado, possua sem exaurir e, portanto, saiba conter a infinitude do implícito sem nunca se resolver no "tudo dito", e, por outro lado, não se limite a significar aquilo de que fala, mas *enquanto* fale de alguma coisa de determinado diga sempre *também* alguma coisa de ulterior.

A evidência da filosofia não é a da ciência, que diz tudo o que tem a dizer, e o diz inteiramente; não é a do "tudo dito", a que corresponde uma "compreensão imediata", de modo que a informação é transmitida, e a comunicação exaurida, sem verdadeiro diálogo; mas é aquela em que a palavra tem sempre alguma coisa a dizer, porque da sua própria explicitude brota sem pausa uma nova eloqüência, que a faz falar sempre, suscitar um diálogo verdadeiro, como interrogação incessante, colóquio contínuo, interpretação infinita. Isto não quer dizer que a palavra filosófica seja indefinida e imprecisa, pois o seu rigor consiste precisamente no saber unir indissoluvelmente *evidência* e *profundidade*; nem que ela seja somente metáfora ou alegoria, como se signo e significado fossem duas séries tão heterogêneas, que só pudessem se interligar pela comutabilidade da cifra, pois, afortunadamente, a palavra não tem necessidade de ser símbolo para se tornar profunda: a densíssima pregnância da palavra filosófica é dada pela verdade que ela possui, a qual não é um simples subentendido a decifrar, mas um implícito inexaurível a se fazer falar.

10. Eficácia da filosofia como recuperação da verdade

Assim entendida, a filosofia pode exercer, no mundo atual, uma ação decisiva, da qual já resultou algum aspecto. Resta dizer, ainda, que a filosofia, e só ela, põe as bases para um verdadeiro *diálogo* entre os homens, porque o seu discurso é, ao mesmo tempo, pessoal e revelativo, ou seja, institui uma multiplicidade de interpretações singulares e irrepetíveis da verdade, e, ao mesmo tempo, abraça a todas em uma comunicação recíproca incessante, baseada sobre a força unitiva da verdade.

A rigor, não há diálogo na ciência, onde a comunicação é impessoal; nem na religião, onde o diálogo é absorvido em algo de bem mais profundo, que é o amor; nem na arte, onde só há verdadeiro colóquio com a obra; nem na política, onde, enquanto dominam as ideologias, não há senão luta ou compromisso, fanatismo e facciosismo. Pelo contrário, a filosofia cria o diálogo, porque no ato mesmo em que multiplica ao infinito as interpretações pessoais da verdade, une a todas na consciência comum de possuir a verdade sem exauri-la, mas antes dela se alimentando continuamente.

Resta dizer, finalmente, que, recuperando de modo tão originário a verdade, a filosofia não só se confirma na sua própria possibilidade, mas também se demonstra em condição de indicar às várias atividades do homem aquilo de onde elas podem extrair plenitude de conteúdo e vigor. Podemos agora compreender até o fundo porque só a presença da filosofia é bastante para restituir a cada uma destas atividades a sua genuína natureza: a filosofia só consegue fazer isto porque faz bem mais, ou seja, garante que a *presença do ser e da verdade* se faça valer autenticamente em cada atividade humana, regenerando-a continuamente e salvando-a de perder-se no tecnicismo, na especialização, no vazio. A filosofia tem viva a presença eficaz da verdade, daquela verdade "que é grande e que vence todas as coisas": μεγάλη ἡ ἀλήθεια καὶ ὑπερισχύει.

CAPÍTULO II
FILOSOFIA E SENSO COMUM

1. Exemplos de relações entre senso comum e filosofia

Toda a história da filosofia é percorrida pelo problema das relações entre o pensamento filosófico e o senso comum, e pelas soluções mais diversas que sobre ele foram propostas. Não são raros os casos em que a filosofia não só se distanciou do senso comum, mas o desacreditou deliberadamente com teorias aparentemente paradoxais, como a negação do movimento e da multiplicidade, ou como a afirmação da imaterialidade do mundo e da idealidade do espaço; mas não são menos raros os casos em que a filosofia se mostrou desejosa de partir do senso comum e manter-se aderente a ele ou, pelo menos, de com ele se reconciliar, depois de tê-lo momentaneamente abandonado. O senso comum foi considerado, por um lado, como origem de total ceticismo, como demonstram os longos elencos em que moralistas de todos os tempos enumeraram as loucuras mais bizarras e desatinadas, acolhidas no uso público; e, por outro lado, como fonte certa e segura de conhecimento, contra as deformações do costume e os sofismas das especulações. O pensamento clássico antigo, reservando o verdadeiro saber à filosofia, olhou com suspeita as idéias da maioria, considerando-as como simples opiniões; embora uma parte notável da filosofia helenista e romana consista em uma revalorização do verossímil e do costume, que formam o amplo reino do senso comum.

Dos muitos modos de configurar as relações entre o senso comum e a filosofia, dois me parecem particularmente significativos: o de Nicolau Cusano, que introduz o idiota, isto é, o profano, para instruir tanto o orador quanto o filósofo, porque a sabedoria não está "*in arte oratoria aut in voluminibus magnis*"*, mas grita lá fora nas praças, "*foris clamat in plateis*"; e o de Hegel, que proclama a mais absoluta oposição da genuína filosofia ao *gesunder Menschenverstand*, isto é, ao bom senso ordinário, digno de derrisão pela sua banalidade. A atitude de Cusano encontrou amplo consenso no curso dos séculos, porque era uma justa reivindicação da pura filosofia contra a vazia sabedoria livresca do escolástico e do retórico; mas, das desdenhosas palavras de Hegel, parece vingar-se o próprio *common sense*, difundindo nos países anglo-saxônicos a idéia tendenciosa – que, indiretamente, está hoje se propagando também entre nós – de que a filosofia alemã é alguma coisa de extravagante, pois, como sustenta Schopenhauer, "quando, na Inglaterra, se quer indicar algo muito obscuro, ou antes, quase incompreensível, se diz 'It is like german metaphysics'".

As posições sobre este problema, que me parecem atualmente mais típicas, são as da filosofia analítica e da escola fenomenológica. Que a filosofia analítica se resolva em uma es-

---

* "na arte oratória ou nos grandes volumes". (N. da T.)

pécie de revalidação do senso comum, parece-me claro, a partir do momento em que ela, renunciando à busca de uma linguagem lógica perfeita, escolheu como campo da sua análise a linguagem ordinária, e, renunciando a buscar o significado das palavras, propôs-se unicamente a descrever o seu uso efetivo. De tal modo, a reflexão filosófica, levando as palavras do seu uso metafísico ao seu uso cotidiano, pretende não tanto resolver quanto, preferencialmente, dissolver os problemas filosóficos, que nasceriam somente de um uso confuso e impróprio das palavras e reentrariam assim naqueles que, com pitoresca expressão, Wittgenstein chama de "os galos que o intelecto se fez chocando contra os limites da linguagem". Por isso, a filosofia analítica, pelo fato de ser só uma simples descrição da linguagem ordinária, realiza, no limite, a própria supressão da filosofia, em prol da vida cotidiana e do senso comum. A fenomenologia, pelo contrário, opõe-se diretamente ao senso comum, porque considera como essencial à filosofia a mais rigorosa ausência de pressupostos: o filósofo, por princípio, deve suspender o assentimento a todas as convicções habituais, ao que parece óbvio por simples aquiescência ao senso comum, em suma, ao pré-juízo inevitavelmente implícito na "atitude natural", comum, cotidiana, diante do mundo. Para adotar a significativa expressão de Husserl, só quando se "coloca entre parênteses" o mundo, a filosofia pode se realizar como reflexão verdadeiramente crítica.

2. Ambigüidade do senso comum, preso entre uma exigência de universalidade e um destino de historicidade

Que coisa seja, pois, o senso comum não é, de modo algum, uma questão pacífica. No entanto, é digno de observação o fato de que até os defensores da igual racionalidade de todos os homens não deixam de usar uma certa ironia, quando falam do bom senso ou do senso comum. Ocorre assim que Descartes, precisamente onde sustenta que a razão é, por natureza, igual em todos os homens, ou seja, que "*le bon sens est la chose du monde la mieux partagée*", observa que "a esse respeito, cada um pensa ser tão bem dotado que até os mais difíceis de se contentar em qualquer outra coisa, nesta, não costumam desejar mais", o que confirma que "não basta ter o intelecto bom, mas é preciso sobretudo aplicá-lo bem". De sua parte, afirma Kant que "é um grande dom dos céus ter um reto e puro bom senso; mas é preciso demonstrá-lo com os fatos, pensando e dizendo coisas razoáveis e meditadas, e não apelando ao senso comum como a um oráculo, quando não se dispõe de nada inteligente para justificar as próprias asserções". A sutil ironia de Descartes e de Kant basta para nos advertir que o bom senso, posto mesmo que exista, de fato não vale senão pelo uso que dele se faz; e uma vez que esse uso é sempre historicamente circunstanciado, daí se segue que o conceito de senso comum ameaça rachar-se e dissolver-se ao primeiro exame, mesmo não aprofundado, a que se o submete.

O que é certo é que o senso comum tem uma realidade demasiado ambígua e fugaz, um âmbito demasiado impreciso e instável, uma definição demasiado lábil e incerta, para que se possa pensar em fazer dele um órgão do pensamento filosófico. Por um lado, como bom senso, isto é, como faculdade de julgar corretamente, desejaria identificar-se com a própria universalidade da razão; mas, por outro lado, como patrimônio comum de idéias, juízos e crenças, não pode deixar de se identificar com a consciência coletiva de um grupo ou de um período, historicamente determinados. Desse modo, ele se encontra distendido entre uma exigência de universalidade e um destino de historicidade, e não é fácil encontrar o paralelogramo que contraponha estas duas forças diversas em uma única direção positiva e construtiva. Conforme se acentue com mais força, no senso comum, a exigência de universalidade ou o destino de historicidade, se lhe dará, alternativamente, uma interpretação racionalista ou historicista, ambas as quais acabam por inviabilizar a apresentação do mesmo problema das relações entre senso comum e filosofia.

Por uma parte, se o apelo ao bom senso consiste na recomendação de se liberar das incrustações da cultura e da tradição para atingir a autêntica visão humana da realidade, pode-se facilmente objetar, antes de tudo, que também o bom senso não é menos historicamente condicionado por aqueles prejuízos históricos dos quais se quereria depurá-lo, e em segundo lugar, que aquela concepção única e genuína da realidade, na qual consistiria a pura filosofia, não existe, devido à impossibilidade de o homem separar-se da sua situação histórica, e no melhor dos casos, é só o produto de uma mistificação que absolutiza como eterno o que é apenas temporal. Se por outra parte, para fugir ao caráter abstrato desta impostação racionalista, se aceita a interpretação oferecida pelo historicismo, não se conseguirá distinguir qualquer diferença entre a mais elaborada filosofia e o mais restrito preconceito, sendo ambas, a igual título, um produto do tempo: o filósofo e o homem comum seriam igualmente determinados, cada qual a seu modo, a exprimir uma situação histórica, e nenhuma concepção pode se pretender mais verdadeira que outra, não existindo outro critério de juízo senão a sua aderência ao tempo onde nasceram, e, no melhor dos casos, não tendo o pensamento outra função senão a de conferir a uma época histórica a possibilidade de se autoconsolidar e tomar consciência de si mesma.

Todas as dificuldades a que dá lugar o recurso ao senso comum derivam desta sua natureza dúplice e desequilibrada, dividida entre o universal e o histórico, entre o individual e o suprapessoal, entre o teórico e o prático.

Dessa forma, a historicidade do senso comum pode ser considerada não só como um destino, mas precisamente como um limite, diante do qual justamente se ergueria a universalidade do bom senso: é a situação tão bem expressa por Manzoni, quando, falando da crença, insana, mas geral, nos "untori"*, comenta: "O bom senso existia; mas estava escondido, por medo do senso comum." E, pelo contrário, pode acontecer que a exigência de universalidade posta pelo bom senso não se revele nada mais que uma pretensão e uma presunção, pesando sobre ele o próprio destino de historicidade que ameaça o senso comum: é o caso de tudo aquilo que parece evidente e, pelo contrário, é apenas óbvio, tornado tal por uma aceitação passiva e irrefletida, como quando o hábito transforma em natural o que é histórico, daí resultando a aguda observação de muitos moralistas franceses, de que o que parece natureza, com freqüência, nada mais é que história: "um diverso costume nos dará outros princípios naturais".

Ademais, o apelo ao bom senso pode ser considerado como um exercício arbitrário da razão, contra o qual seria válido ponto de apoio uma tradição sustentada por um consenso durável:

▼

* Assim eram chamados os suspeitos de difundir a peste em Milão no séc. XVII, ungindo muros e portas com substâncias infectadas. Manzoni escreveu um livro sobre o processo aos "untori". (N. da T.)

é o caso da polêmica dos tradicionalistas contra os iluministas, visando reconhecer a verdadeira universalidade, não na razão individualmente exercitada, mas na tradição comumente acolhida. E contrariamente pode acontecer que a generalidade do senso comum, longe de coincidir com a universalidade da razão, seja reduzida à mediocridade de uma voz pública, reunida às pressas, ou ao anonimato da opinião de massa: são os casos denunciados por Shaftesbury, quando contempla a possibilidade de que "de uma ralé informe se extraia um certo número de sufrágios que atestam uma bruxa vista a cavalo numa vassoura", e por Kant, quando nota que "a bem se ver, o apelo ao senso comum não é senão o recurso ao juízo do vulgo": "aplauso do qual o filósofo se ruboriza, mas a bela alma ávida de popularidade se gaba".

Por fim, o apelo ao senso comum é o exemplo mais evidente da incerteza entre uma concepção teorética, que pede ao pensamento os princípios primeiros e fundamentais sobre os quais construir diretamente um sistema de filosofia especulativa, e uma concepção prática, que pede à razão os critérios segundo os quais ordenar a vida individual, social, política, talvez os esmiuçando em máximas de sabedoria prática como a das sentenças e dos provérbios.

3. Banalidade e presunção do senso comum separado da filosofia

Nesta grande confusão, quando se quer fazer do senso comum o ponto de partida do pensamento filosófico, talvez alegando como pretexto o fato incontestável de que a filosofia trata de coisas que interessam a todos, corre-se o risco não só de abrir o caminho aos lugares comuns mais convencionais, mas também de elevar ao grau de asserções filosóficas os prejulgamentos mais descontrolados; não só de reconhecer a todos o direito de intervir em matéria de filosofia, mas também de negar à filosofia aquela necessidade de competência que, pelo contrário, se admite para toda outra forma de saber.

Deste ponto de vista, é notável a analogia entre o senso comum e a improvisação. Na improvisação, ou seja, precisamente ali onde, através do extemporâneo, a originalidade deveria prevalecer, a necessidade de enfrentar as situações imprevistas impõe, com freqüência, o recurso à memória, à convenção, à aceitação das soluções mais fáceis e cômodas, e portanto expõe ao risco de usar ao mesmo tempo uma coleção de idéias desgastadas, de associações automáticas, de fórmulas consumidas, de velhas reminiscências. Analogamente, o recurso ao senso comum em matéria de filosofia, ou seja, precisamente o intento de alcançar a máxima profundidade nas coisas de mais profundo interesse humano, arrisca extenuar-se em uma recolha de pensamentos fáceis e óbvios, de juízos superficiais e simplistas, de discursos previsíveis e consabidos: já que o homem comum nunca crê ser tão original e independente como quando prepara um par de idéias batidas ou relata a última coisa que sentiu, sobretudo hoje que as técnicas da persuasão oculta alcançaram tanta perfeição e eficácia que a cada um parece saltar impetuosamente da sua mente o que apenas lhe ressurge mecanicamente da memória.

Eis por que os maiores filósofos, embora reconhecendo o mais amplo interesse humano da filosofia, nunca aceitaram fazer do senso comum o órgão ou a verificação do pensamento filosófico. Kant polemicamente observou que "apelar ao senso comum é um dos mais sutis achados do nosso tempo, que permitem ao mais insípido tagarela querer medir-se com o engenho mais profundo". É preciso se convencer, diz ele, de que cada faculdade tem o seu campo específico: o senso comum serve para a experiência, como o cinzel para entalhar a madeira; mas, assim como para uma incisão se requer o buril, para a especulação é necessária a razão crítica. De outra forma, as portas da filosofia ficam abertas também ao juízo dos incompetentes; e é quanto Fichte quer evitar, quando, deplorando que segundo a opinião comum "em matérias filosóficas as coisas andam por si, como no comer e no beber, e todos crêem poder intervir em filosofia: basta ter voz", nota que recorrer ao senso comum em filosofia é como "convidar o intelecto não científico a julgar coisas compreensíveis apenas na ciência", e se augura que "nos abstenhamos de falar de filosofia com o simples bom senso, como se abstém de falar de álgebra e trigonometria quem não as estudou".

De modo ainda mais drástico, Hegel nota que "a filosofia só é filosofia enquanto é diametralmente oposta ao bom senso na sua limitação". "Para todas as ciências, artes e técnicas – diz ele – sabe-se que, para possuí-las, é preciso fazer o esforço de aprendê-las e praticá-las. Em filosofia, parece valer o oposto: todos estão convictos de que quem possui olhos e dedos, e tem à disposição couro e ferramentas, nem por isto está em condição de fazer sapatos; mas filosofar e emitir juízo em filosofia é coisa que, sem mais, qualquer um sabe fazer, tendo na própria razão natural a medida adequada. O senso comum, sem nem ao menos procurar cultivar-se com a genuína filosofia, considera-se, sem mais, como um perfeito sub-rogado do pensamento filosófico", enquanto "fornece, quando muito, uma retórica de verdades banais, das quais não é difícil perceber a imprecisão, a deformação, a tendenciosidade", ainda mais com a presunção de poder considerar a filosofia como um conjunto de "sofismas" e "fantasias". E Hegel conclui, dizendo que "os pensamentos verdadeiros e a penetração especulativa só podem ser alcançados com a elaboração do conceito: só o conceito pode produzir a universalidade do saber, a qual não consiste na vulgar indeterminação e parcialidade do senso comum, mas no conhecimento formado e acabado".

4. Impossibilidade de abandonar a filosofia ao senso comum

Não me teria entretido tão longamente em citações, mesmo respeitabilíssimas, se não estivesse convicto de que a idéia, hoje tão difundida, que vê nas ciências a única forma de saber, se traduz em uma decidida desvalorização da filosofia, não só no sentido de que a filosofia, pelo único fato de não possuir, evidentemente, o rigor próprio das ciências, não é nem ao menos considerada uma forma de saber, mas também no sentido de que ela, precisamente por isso, fica completamente abandonada ao senso comum, ou seja, à fala cotidiana de todos os homens.

Enquanto o filósofo, precisamente porque tal, se guarda bem de intervir na ciência, mas quando muito, informado pelos próprios cientistas, reflete *sobre* a metodologia científica, ocorre por vezes que o cientista intervenha em questão de filosofia, ou no sentido de que reduza – ilegitimamente – a filosofia da ciência àquela consciência do próprio método que ele deve ter como cientista; ou no sentido de que crê poder falar dela com aquele simples senso comum, que, por sua conta, ele tirou cuidadosamente do contexto da sua própria investigação; ou no sentido de que a filosofia lhe parece um vanilóquio, coisa que, para dizer a verdade, ele poderia afirmar só com base na proposição de que não há outro saber senão o científico, proposição que, vendo bem, não é científica, mas filosófica.

A esse respeito, não é inoportuno demorar um instante para algumas considerações. Antes de tudo, a filosofia, mesmo quando queira se reduzir a filosofia da ciência, implica uma reflexão ulterior, que insere o conceito de ciência e a metodologia científica em um contexto que, não só não é mais aquele da ciência, mas pressupõe, pelo menos implicitamente, a completude e a integralidade da filosofia. Ademais, não se pode considerar como justo que quem no próprio campo é tão escrupuloso tutor do método possa aduzir o senso comum como uma autorização a intervir sem método em outros campos. Enfim, não surpreende que certos cientistas, depois de ter feito, daquela maneira, filosofia sem esforço e a bom preço, se convençam de que não exista outra forma de saber que o científico, e considerem a filosofia como poesia ou retórica, ou até como uma fantasia infundada e mesmo inútil. Ninguém é mais admirável que um cientista que faça também filosofia, e destas figuras completas e superiores parece haver hoje grande necessidade: mas a filosofia, ele a deve fazer como filósofo, não como cientista, o que ele não poderia, sem faltar ao seu dever com a própria ciência, nem muito menos com o simples senso comum, o que ele não poderia, sem negar o próprio conceito de filosofia.

5. Rigor do saber filosófico

Ora, não é que a filosofia não seja uma forma de saber e não tenha o seu rigor. Por certo, nem o seu saber nem o seu rigor são aqueles das ciências, pela profunda diferença que divide verdade científica e verdade filosófica, e que eu não saberia exprimir melhor do que com as sugestivas reflexões de Jaspers sobre diversos casos de Galileu e de Bruno. A verdade científica é impessoal e demonstrável: seria portanto absurdo querer morrer por ela. Galileu não teve dificuldade em se retratar: a sua retratação não comprometia a verdade por ele sustentada, que podia subsistir e impor-se sem ele. Pelo contrário, a verdade filosófica é pessoal e decisiva: afirmá-la significa estar pronto a morrer por ela. Bruno julga não poder se retratar: a sua retratação teria comprometido a sua verdade, que sem ele não existia. A verdade de Galileu não se tornaria mais verdadeira com a sua morte; a morte de Bruno foi a única demonstração possível da sua verdade.

Tudo isto não significa que a filosofia seja arbitrária, imprecisa, predicativa, e portanto confiável ao jogo imprevisível das emoções, à enfática retórica da persuasão, às observações baratas do bom senso, em suma, à linguagem corriqueira do senso comum. A filosofia é uma forma de *saber*, tem um caráter *universal*, possui um *rigor* seu; e o fato de que tal saber, universalidade e rigor não sejam aqueles das ciências não é um defeito seu, mas uma condição essencial do seu normal exercício.

O seu *saber* é tal, porque é posse da verdade, mas como a verdade só é acessível através de uma via histórica e só mediante uma relação pessoal, trata-se de um saber que se refrata em uma pluralidade de perspectivas, e não é nunca formulável, numa enunciação absoluta e definitiva, e não pode aceitar, como critério da distinção entre verdadeiro e falso, a unicidade do enunciado. A sua *universalidade* é aquela mesma da verdade, que fala a todos, mas a cada um a seu modo, e portanto está sempre presente no interior de uma interpretação singular, a qual, por sua vez, é comunicável apenas pessoal e historicamente, e portanto, através de uma nova pluralidade, ou melhor, de uma infinidade de interpretações, em um diálogo incessante, no qual cada revelação não é tal senão como promessa de novas revelações.

Nada de mais árduo, pois, do que o seu *rigor*, que consiste em uma problematização que não se detém diante de nada, já que a filosofia põe em questão antes de tudo a si mesma: não é filosofia aquela que não é ao mesmo tempo filosofia da filosofia, a tal ponto que ela não pode começar senão com uma justificação do próprio ponto de vista e uma fundação da própria possibilidade; não pode continuar sem se interrogar incessantemente sobre a legitimidade das próprias operações e sem tomar consciência crítica de tudo quanto está implícito nessa sua necessária autoconsciência; não pode ter êxito sem rememorar aquilo que solicita, rege e sela o seu perpétuo e obstinado perguntar e sem advertir que a sua palavra é a sede de um significado bem mais vasto do que aquele enunciado pela sua própria capacidade de explicitação.

E é exatamente esta problematização incontentável e constante que distingue a filosofia do senso comum, o qual, na sua imediatez, não coloca perguntas; desse modo, o filósofo vê aí um problema, não um órgão: um dever, isto é, um empenho de aprofundamento rigoroso e de recuperação reflexiva, não um direito, que dê a palavra a todos, indistintamente, em questão de filosofia; em suma, a filosofia põe em questão o senso comum, como de resto põe em questão, e não só radicalmente, mas também globalmente, a inteira experiência humana e todas as atividades do homem.

6. A filosofia como problematização da experiência e do próprio senso comum

Experiência e filosofia são nitidamente distintas, e, contudo, estão estreitamente unidas, e convém fixar o ponto de contato entre uma e a outra, evitando tanto a sua separação quanto a sua confusão, vale dizer, tanto a filosofia como vazio verbalismo quanto a filosofia como grosseiro empirismo. A filosofia tem um caráter especulativo e concreto a um só tempo, e um é garantia do outro, no sentido de que não é filosofia, mas mera empiria, aquela que não se eleva acima da experiência como pura especulação empenhada em dar a sua razão, e não é verdadeira especulação, mas jogo verbal, aquela que não recorre à experiência na sua concretude para dela extrair matéria e estímulo para a própria problemática. O apelo à experiência não só não suprime o caráter especulativo da reflexão filosófica, que antes é a sua condição necessária, mas a reflexão não atinge o grau da especulação filosófica se não transcende a experiência com uma problematização radical e global, empenhada em nela descobrir presenças primeiras e irredutíveis e a recuperar suas virtualidades inexauríveis e originárias.

Isto significa, antes de tudo, que a filosofia não se inclui dentro da experiência, nem mesmo como metodologia das várias atividades humanas, como pretenderia uma forma de refinado empirismo, e nem ao menos como investigação das várias formas culturais da vida humana, como pretenderiam as disciplinas antropológicas e sociológicas. Certamente, a metodologia é indispensável para um correto e profícuo exercício das várias atividades, e o estudo das diversas culturas nos diz mesmo alguma coisa sobre o homem como tal; mas a filosofia não pode ficar reduzida dentro desses limites, porque uma reflexão que controla a operatividade dos conceitos e corrige o exercício da razão, sem todavia estabelecer os fins das operações, tende a se resolver em pensamento puramente técnico e instrumental; e uma investigação das formas culturais humanas, mesmo que leve a uma intensificação da experiência que o homem tem de si e do mundo, no fundo nada mais é que uma reduplicação dos significados mediante a reflexão; e em ambos os casos, o pensamento não é senão o movimento com o qual a experiência se dobra sobre si, sem aquela problematização radical e total, que é querida pela filosofia.

Mas, tampouco se pode dizer que a filosofia domine a experiência, a ponto de dar-lhe as normas e prescrever-lhe os fins, e de pretender assumir uma tarefa diretiva nos confrontos com as várias atividades, como pretenderia o racionalismo iluminista, o qual, identificando não apenas a razão, mas até a verdade, com a filosofia, em vez de limitar-se a reconhecer ao filósofo a tarefa, amplamente humana, e para ele particularmente empenhativa, de *rememorar* a verdade e de *indicar* o ser, quer reservar-lhe, sem hesitação, o de legislar na atividade do homem. Infelizmente, esse espírito excessivamente aristocrático alimenta não só a vaidade dos filósofos, mas também a presunção da razão; isto porque a filosofia não está em condição de estabelecer e impor a norma das várias atividades humanas: ela a encontra, mais ou menos operante ou latente, na própria experiência, e é tarefa sua libertá-la das sombras em que a envolveram o esquecimento e a negligência do homem, e propô-la à obediência pessoal e à execução responsável de cada um.

Será preciso dizer então que a filosofia não está nem dentro nem acima da experiência, mas a conclui, no sentido de que "vem depois" da realidade desenvolvida sem ela, sobrevindo a coisas já acabadas, sem ter mais a possibilidade nem a tarefa de nelas intervir, como no fundo sustentam as várias formas de historicismo? Por certo, é bem verdade que a filosofia vem por último, como "a coruja de Minerva, que inicia o seu vôo ao anoitecer", de acordo com a conhecida e sugestiva imagem de Hegel; mas sobrevem à experiência, não para absorvê-la inteiramente em si, nem para limitar-se a refleti-la, mas, como eu dizia, para problematizá-la pela raiz e no seu complexo, e para recuperar a sua virtualidade primeira e originária. A filosofia chega por último precisamente para poder mais facilmente colher o que é primeiro; e nesse sentido, bem longe de ser conclusão, é, pelo contrário, recuperação da origem: não o fechamento da consciência reflexiva, mas o frescor do alvorecer do mundo.

Segundo a perspectiva historicista, pelo contrário, a filosofia, na tardia consciência que oferece à história, ou resolve toda a realidade no pensamento, como em Hegel, ou reduz o pensamento a simples expressão da história, como em Marx; e o quanto é difícil aceitar tais concepções fica claro no fato de que, em ambos os casos, quer a filosofia venha elevada ao grau de uma confirmação suprema e absoluta do real, ou seja, a uma completa justificação da história, quer venha degradada ao nível de uma mera ideologia, ou seja, a uma superestrutura que se limita a exprimir e refletir um determinado momento histórico, o resultado é o mesmo, e é que não resta outra refutação possível senão a violência. De fato, para reabrir o fechado sistema hegeliano não resta outra real possibilidade a não ser a revolução, e para refutar uma determinada ideologia, que reflete uma dada situação histórica, não resta senão mudar, com a ação, esta mesma situação histórica da qual a ideologia é expressão. Poderá parecer então que à filosofia, entendida como problematização radical e total, não reste outro caminho que aquele de um renovado transcendentalismo, dirigido a definir a possibilidade, o valor e o significado das várias atividades humanas, empenhado em manter cada uma delas no seu âmbito próprio e na sua genuína natureza, e capaz de relevar as suas estruturas formais e indubitáveis. Mas a filosofia faltaria à sua própria natureza problematizante se parasse por aqui: é preciso ir mais a fundo e indicar às diversas atividades humanas aquilo de que possam extrair plenitude de conteúdo e de vigor; isto porque o impulso da problematização nem ao menos surgiria se não fosse alimentado por uma originária solidariedade com a verdade que lhe imprime uma contínua vontade de aprofundamento e de recuperação; e o pensamento se contentaria em ser a reflexão interna às singulares atividades humanas, destinada a ser vazia, técnica e neutra, se não tivesse uma dimensão ontológica pela qual o homem, mesmo não podendo sair da situação, não só não se reduz a ela, mas consegue qualificá-la como situação somente enquanto a elabora e a modifica.

7. O senso comum como objeto da filosofia é a relação ontológica originária

É precisamente este o ponto em que o senso comum, se considerado na sua profunda e genuína natureza, pode não só oferecer à filosofia um apoio válido e seguro, mas também persuadi-la a com ele se reconciliar e nele reencontrar a sua fértil pregnância e a sua decisiva importância. De fato, se o pensamento filosófico é muito drasticamente destacado do senso comum, não se poderá evitar a pergunta: a filosofia, porventura, não trata de coisas que interessam a todos? Pode-se verdadeiramente crer que a verdade possa ser privilégio exclusivo de alguém, e que o único modo de possuí-la seja o da reflexão filosófica? Por outro lado, se o senso comum é muito violentamente rechaçado na esfera das opiniões vulgares e dos insulsos prejulgamentos, será o caso de se perguntar: a profunda semelhança que liga os homens entre si, e dos quais a pluralidade das culturas é mais uma realização que um desmentido, não é, porventura, sinal de uma sua solidariedade originária com aquela verdade que é de todos apenas porque não é de ninguém em particular? E não há modos de se possuir a verdade que não são menos eficazes, mesmo se privados do caráter especulativo do pensamento filosófico?

A estas perguntas, o próprio senso comum pode sugerir uma válida resposta, quando corretamente entendido como uma presença originária do ser e da verdade na base de toda atividade humana: presença que o homem pode viver no consenso ou na recusa, e que a filosofia tem a árdua tarefa de traduzir em termos verbais e especulativos. É o que recorda Vico, quando coloca o inteiro mundo do homem em dependência do senso comum, visto como fundador de concretas comunidades humanas e como encarnação histórica da verdade e, portanto, como signo da originária abertura ontológica do homem e do caráter revelativo do seu pensamento.

E no ato de apresentar Vico como grande teórico do senso comum, seja-me consentido prestar uma homenagem especial ao maior dos filósofos italianos, identificando nele, último dos humanistas e primeiro dos românticos, o vivo desmentido do lugar comum corrente em nossa cultura, segundo o qual, o mundo moderno se regeria pela afirmativa continuidade do humanismo, reforma e iluminismo; isto porque ele antes mostra que entre o humanismo e o romantismo corre uma direta continuidade, cujo estudo poderia ser extremamente fecundo para a solução de tantos problemas de hoje, e cujo aprofundamento poderia depurar estes dois grandes movimentos da cultura moderna dos lados negativos que, até agora, têm comprometido o seu destino, separando a pura meditação humanista daquela supervalorização da palavra que tão pesadamente caiu sobre a civilização européia, e italiana em especial, com uma bagagem de insuportável retórica ou de árida filologia, e advertindo que o romantismo, se oportunamente despojado da *Schwärmerei* que lhe causou mais dano que impulso, ainda não fechou o seu ciclo e, também hoje, muito teria a dizer, malgrado a difamação que lhe fizeram Hegel nas cátedras e Marx nas praças.

Por um lado, Vico vê no senso comum, não a universalidade abstrata da razão presente em todos os homens, mas a universalidade concreta de uma comunidade histórica unida ao mesmo tempo pelo consenso e pela participação dos indivíduos em uma mesma vida social e, por outro lado, não a identidade de um sistema de pensamento especulativamente comunicável, mas a encarnação histórica e multíplice da *vis veri*, considerada sobretudo como energia formante, e eficaz bem antes na "sabedoria vulgar" da "mente das nações", ou seja, na prudência civil, do que na sabedoria refletida e consciente dos filósofos. Se livremente se acolhe a sugestão de Vico, pode-se identificar no senso comum, oportunamente aprofundado pela filosofia, o caminho para enfrentar alguns dos problemas mais urgentes do mundo atual.

8. Inseparabilidade de universalidade e historicidade no senso comum

Antes de tudo o problema das relações entre universalidade e historicidade. É claro que se a universalidade é aquela de um sistema de idéias todo acabado e explicitado, e se a historicidade é aquela de uma situação circunscrita que fecha fatalmente o homem no tempo, universalidade e historicidade nunca serão conciliáveis, e um abismo sempre dividirá a verdade, entendida como única filosofia possível, tão ideal que se perde nas névoas fumosas da fantasia, e a situação, entendida como obstáculo irremediável ao alcance do verdadeiro, tão intransponível que se apresenta ela mesma como a única verdade propriamente humana.

Mas o senso comum, mesmo não sendo um patrimônio estável de cuja posse todos participam em uma forma de associação integrada e tranqüila, ou uma reserva de idéias explícitas e de normas transmissíveis, sobre as quais se podem facilmente modelar os pensamentos e as ações, consiste todavia numa referência a um centro único e seguro, que não se dissipa, mas antes se renova, no processo histórico, e não se fragmenta, mas antes se multiplica, na pluralidade das vozes que nele se inspiram. Assim entendido, o senso comum manifesta no homem a sua originária abertura ontológica, ou seja, o caráter essencialmente ontológico de todas as atividades humanas, que só alcançam a sua autenticidade mediante uma feliz convergência do vigor do ser no agir humano e da escuta do ser por parte do homem.

É em virtude dessa dimensão ontológica que a verdade é não tanto uma segurança de posse quanto um chamamento de recuperação, não tanto uma reserva a atingir quanto um apelo ao qual dar resposta, e que as formulações humanas da verdade conseguem colher no signo, mesmo que se multipliquem numa pluralidade de interpretações e que se subtraiam resolutamente a uma enunciação única e definitiva.

Só na abertura ontológica do homem, universalidade e historicidade se apresentam, portanto, inseparavelmente unidas, porque então a situação é perspectivada como única via de acesso à verdade; a verdade é vista como energia operante na própria formulação que dela se propõe, e ambas se encontram na constitutiva pluralidade da interpretação, a qual, desse modo, manifesta a sua riqueza, que é riqueza conjuntamente nossa e da verdade, sendo ela multíplice somente porque contém, ao mesmo tempo, a pluralidade das pessoas que sabem configurá-la e a infinidade da verdade que aí se manifesta. Em virtude desse conceito de interpretação, podem vir reconhecidas a historicidade e a pluralidade das manifestações do senso comum, sem que estas devam ser reduzidas a prejuízos a colocar entre parênteses e a opiniões vulgares de nenhum valor filosófico.

Que a verdade seja, não objeto, mas origem do pensamento, não é uma sua degradação, porque somente assim lhe pode vir assegurada uma presença eficaz no mundo humano, isto é, aquela infinidade que pode bem aproximar todas as perspectivas por diversas que sejam; e que o homem só possa aceder à verdade pela sua situação histórica não é um defeito, porque somente assim ele tem consciência de poder possuir a verdade de um modo participante e insubstituível; e que a interpretação da verdade nunca possa ser única, mas seja de per si multíplice, não é uma sua desvantagem, ou o sinal de um caráter deploravelmente aproximativo, porque somente assim ela pode esperar ser captativa. E quero insistir não tanto sobre a inexauribilidade difusiva da verdade ou sobre a sua interioridade à mente humana, pois seria ainda uma forma de *metafísica* objetiva ou intimista, nem somente sobre os processos inventivos e tentativos da pesquisa, pois seria ainda uma *fenomenologia* transcendentalista ou uma *análise* empirista, mas mais precisamente sobre o fato de que a verdade só se oferece no interior da formulação pessoal e histórica que dela se dá; o que é propriamente uma *ontologia* do inexaurível.

9. Só a verdade reúne sem despersonalizar

Em segundo lugar, o problema das relações entre a pessoa e aquilo que a supera. O apelo ao senso comum é a advertência de que, sem o reconhecimento de um limite suprapessoal, a liberdade transforma-se em presunção, e o personalismo degenera em narcisismo, e, ao mesmo tempo, a consciência de que este limite não deve anular a personalidade. Ora, é claro que o senso comum levaria a uma opressão da pessoa se o seu objeto fosse um patrimônio cultural ou um conteúdo de pensamento, coisas que não poderiam ser comunicadas a todos sem um rebaixamento de nível e uma vulgarização barata, isto é, sem levar à massa, ao anonimato, à despersonalização.

Pode-se pensar em fugir deste perigo, renunciando ao conteúdo e recorrendo à forma, isto é, confiando o senso comum à própria razão no seu exercício. Mas também esta razão formal não participa do reino das pessoas, porque é apenas pensamento técnico e instrumental, privado de critérios e de fins: é a razão *ployable à tous sens*, da qual fala Pascal, que não possui em si a verdade, mas quando muito a capacidade da coerência e a sanção do êxito. Ora, que comunhão e similaridade pode instituir esta razão técnica, de per si indiferente às pessoas, mesmo se pessoalmente exercitada? E que respeito merece da parte da pessoa este mero instrumento técnico, útil para o êxito de experimentos em que quando muito se arrisca um momentâneo insucesso, mas não se decide responsavelmente por si mesmo? Submetendo as pessoas a esta razão impessoal e despersonalizante incorre-se a uma tirania ainda maior do que aquela exercitada por uma autoridade indiferente ao consenso ou pelo domínio incontrolado da massa.

O que pode reunir sem despersonalizar é, portanto, algo mais originário e profundo, e é, ainda, a fundamental abertura ontológica do homem. De fato, a pessoa é constituída pela relação com o ser, relação que é essencialmente escuta, sempre ativa e revelativa, da verdade: só a verdade domina a pessoa sem oprimi-la, porque antes não se concede senão a um ato consciente de liberdade, sem que com isso possam de algum modo ser autorizados os imprevisíveis arroubos de uma originalidade arbitrária, como parecem crer os fautores da liberdade esquecidos do ser.

Sobre este ponto, seja permitido acrescentar os seguintes relevos. Antes de tudo, *comunhão* não significa nem universalização empírica nem racionalidade em exercício, isto é, nem massificação despersonalizante nem impessoalidade racional. No seu significado genuíno, o senso comum não é o reino do anônimo, do massificado, do vulgar: o verdadeiro senso comum é a *similaridade*, não o nivelamento; não a despersonalização, mas a comunhão instituída entre as pessoas. O *comum* é comum entre semelhantes, isto é, entre pessoas: ele se encontra no nível da personalidade e não da massa, na qual não há verdadeira comunidade porque não há singularidade. A verdadeira *comunidade* é similaridade: aprofundamento da personalidade e da singularidade, não a sua negação.

A similaridade humana é fundada precisamente pela comunhão do senso comum como relação ontológica, a qual é comum por excelência: nada de mais *comum* do que ela, porque se trata daquela relação com o ser que o homem *é*. A comunhão é referência à verdade única por parte de pessoas semelhantes, que não só reconhecem a sua similaridade, mas a consideram fundada precisamente por aquela *referência comum*. O que é confirmado pelo fato de que tal humanidade e similaridade é bem mais uma *missão* do que uma *natureza*, da mesma maneira que a verdade e o ser são mais origens do que realidade objetiva ou forma definida: assim como não há verdade fora das interpretações que dela se dão, do mesmo modo não há humanidade fora das execuções que cada um de nós lhe dá; e como a verdade não se reduz a uma suposta interpretação arbitrária e subjetiva, mas é juiz da interpretação em que reside, da mesma maneira a humanidade não se reduz ao homem histórico e ao seu devir, mas é juiz da realização em que toma forma e realidade a cada vez.

Contra a despersonalização e a impessoalidade é preciso reivindicar a pessoa e o singular; mas com isto não se compromete em nada o *senso comum*, o qual de per si aproxima sem despersonalizar, une sem massificar, é de todos sem descer de nível; tanto é verdade que precisamente apelando-se ao senso comum – e só apelando-se a ele, como à abertura ontológica que a todos originariamente qualifica – pode-se encontrar a razão do *respeito por todos*, também pela velhota e pelo ignorante, e isto não com base num mero humanitarismo ou numa retórica mais ou menos sentimental. Os humildes e os ignorantes resultam oprimidos pela racionalidade iluminista, a qual, afirmando a razão igual em todos, parece ser uma afirmação de liberdade e igualdade; mas na realidade é domínio da pura inteligência e predomínio do intelectual, como se vê naquela espécie de perseguição filosófica que é o recurso constante à ironia, ao ridículo e ao escárnio, armas típicas de doutos e de intelectuais: em suma, hierarquia da pura inteligência, que é a aristocracia mais discutível, resolvendo-se inevitavelmente numa espécie de tirania exercida pelos intelectuais e pelos técnicos. Para corrigir-se, esta típica "crueldade" do iluminismo não encontrou nada melhor que o humanitarismo lamentável e sentimental da filantropia, ou a adocicada e retórica ética da simpatia: não é nada de estranho, portanto, que a tragicidade da situação humana escape a esta atitude que, separando tão nitidamente intelecto e coração, dividi-se entre a derrisão e as lágrimas, entre o escárnio e o pranto, entre a ironia e o sentimentalismo.

O apelo ao senso comum afortunadamente reequilibra cada coisa: assim como faz respeitar humildes e ignorantes, do mesmo modo redimensiona o culto da originalidade e a elefantíase da personalidade; o que é coisa sempre oportuna, se pode acontecer que o próprio personalismo, esquecendo que o que constitui a liberdade como liberdade é a verdade, desemboca no narcisismo da egolatria ou na arbitrariedade do vitalismo, como demonstram certos êxitos do espiritualismo intimista e do existencialismo deterior, esquecidos daquela relação ontológica originária que unicamente pode ensinar com fruto uma atitude tão difícil como a humildade, sempre pronta a degenerar na depressão, ou a subverter-se no orgulho, ou a dissimular-se na hipocrisia.

10. A identidade de teoria e práxis só pode ser originária

Em terceiro lugar, o problema das relações entre teoria e práxis. O senso comum atesta que, no que se refere à verdade, a atividade cognoscitiva não é privilegiada nos confrontos com a atividade prática, porque também a ação possui uma originária dimensão ontológica, que lhe permite extrair a norma diretamente da sua profundidade, sem a mediação do pensamento reflexivo e menos ainda da filosofia, porque de outra forma dever-se-ia admitir o manifesto absurdo de que um gênio ético deva necessariamente ser um pensador e que não é possível a existência de um santo ignorante. Isto significa que o nível da relação ontológica é anterior à distinção entre teoria e práxis, e que a distinção fundamental e mais importante é sempre a escolha decisiva entre permanecer fiel à verdade ou traí-la, entre dar ouvidos ao ser ou esquecê-lo, quer isto ocorra no pensamento ou na ação.

Isto é de grande importância para as conseqüências políticas que possam daí derivar, sobretudo hoje que de tantos lados se postula a unidade de teoria e práxis e se fala das relações entre o intelectual e o político. De fato, prescindindo-se da identidade originária de teoria e práxis, tal qual está incluída na relação ontológica, a distinção entre uma e outra tende a se enrijecer numa oposição, mediável apenas através de uma recíproca subordinação. Tem-se então, de um lado, a idéia de que o pensamento precede a ação e, do outro, a idéia de que a ação precede o pensamento; donde, por um lado, a prática reduzida a pura e simples "aplicação" de uma teoria pressuposta, e por outro, a teoria degradada a mero instrumento da práxis. Eis a origem de dois tipos de atitude cada vez mais nítidos e cada vez mais inconfundíveis na sociedade atual: de uma parte, o intelectual que faz consistir a própria tarefa em pretender dar lei ao político e, de outra parte, o político que realisticamente submete a si o intelectual como seu instrumento; ambos esquecidos de que a tarefa de todos, em cada campo, é fazer valer a presença da verdade em toda atividade do homem.

11. Colaboração profunda entre senso comum e filosofia

Quais são pois as relações entre senso comum e filosofia? Vimos, antes de tudo, a miséria do senso comum: o seu simplismo, a sua bonomia, a sua ausência de problemas, a sua insipidez, a sua presunção. Daí resultou a impossibilidade de conceber o senso comum como órgão da filosofia, a qual se eleva acima dele com uma decidida superioridade, se não por nenhuma outra razão, pelo fato de que faz dele um dos seus problemas. Mas, tão logo submetido àquela radical problematização em que a filosofia consiste, ele se revelou inesperadamente como o verdadeiro e profundo "objeto" da filosofia: como aquela dimensão ontológica que é própria de todas as atividades humanas, e que é tarefa da filosofia traduzir em termos verbais e especulativos.

Trata-se então de fazer uma reivindicação não "bonsensista", mas amplamente humana, do senso comum, já que o pensamento ontológico que está no fundo das atividades humanas está ao alcance de todos, ainda que não na sua formulação filosófica, e mesmo se o bem mais fácil e simplista pensamento técnico tende a fazer esquecer a sua presença e a desprezar o seu potencial vigor.

A conclusão é que o senso comum sem filosofia pode degenerar, tornando-se simples lugar comum, e com a filosofia pode reforçar-se, manifestando a sua genuína e profunda natureza, que é de ser trâmite entre a verdade e o tempo, unidade espontânea de pensamento e ação, originária abertura ontológica do homem. Pode-se então dizer que senso comum e pensamento filosófico se encontram e conspiram, e que um não pode estar sem o outro, e que o pensamento filosófico mais alto reconfirma o senso comum mais profundo. É preciso, como diz Pascal, que os dois extremos se toquem: percorrido o saber, os filósofos tornam sabiamente àquela ignorância, grávida de saber, de onde partiram. Mas o essencial é não parar na metade, ou seja, naquela semiciência que vai se difundindo sempre mais, porque é conforme ao processo de massificação que caracteriza o nosso tempo. Para dizê-lo ainda com Pascal: "Entre os dois extremos, encontram-se aqueles que saíram da ignorância natural, mas não puderam chegar à outra: possuem um certo verniz de ciência presunçosa e se fazem de entendidos. Esses julgam tudo despropositadamente e perturbam o mundo."

CITAÇÕES E REFERÊNCIAS

Prefácio

Os escritos organicamente contidos neste livro são os seguintes:
Pensiero espressivo e pensiero rivelativo, aula inaugural do curso de Filosofia teorética, lida na Universidade de Turim, em 12 de novembro de 1964, publicada no "Giornale critico della filosofia italiana", 1965, fasc. 2.
Valori permanenti e processo storico, aula inaugural lida em Campidoglio, em 3 de outubro de 1968, como inauguração do Congresso Internacional sobre *I valori permanenti nel divenire storico*, organizado pelo Instituto Acadêmico de Roma, e publicada com o título *Valori permanenti e storia* nas "Atti" do Congresso, Roma, 1969.
Originarietà dell'interpretazione, redação mais desenvolvida do ensaio homônimo, publicado em *Hermeneutik und Dialektik,* Tubinga, Mohr (Paul Siebeck), 1970.
Filosofia e ideologia, exposição introdutória ao XXI Convegno del Centro di Studi Filosofici di Gallarate, lida em 5 de setembro de 1966, e publicada em "Filosofia", 1967, fasc. 2, bem como em *Ideologia e filosofia*, "Atti del XXI Convegno del Centro di Studi Filosofici di Gallarate", Brescia, Morcelliana, 1967.
Destino dell'ideologia: com este título aparece aqui a réplica e a conclusão das discussões do congresso supracitado, publicadas sem título em *Ideologia e filosofia*, "Atti del XXI Convegno del Centro di Studi Filosofici di Gallarate", Brescia, Morcelliana, 1967.
Necessità della filosofia, discurso proferido em fevereiro de 1967, nas sedes da Associação Cultural Italiana, com o título *Elogio da filosofia*, e publicado em "Le conferenze dell'Associazione culturale italiana", fasc. 19, 1967.

Filosofia e senso comune, redação originária do discurso acadêmico pronunciado em 6 de novembro de 1967, para a inauguração do Ano acadêmico 1967-68 da Universidade de Turim, e publicado no "Annuario dell'Università degli Studi di Torino, per l'anno accademico 1967-68: anno 564 da fundação", Torino, 1968.

O pensamento que proponho neste livro desenvolveu-se em contínuo contato e em constante discussão com as mais difundidas teorias hodiernas e com aquelas, dentre as filosofias do passado, que me parecem revestir-se de um particular caráter de atualidade. Nem sempre a referência é explícita e, com freqüência, um inteiro debate é condensado no decurso de poucas linhas. O leitor experiente e informado disso se aperceberá por si, e por si fará as necessárias referências; em todo caso, nas notas fornecí os elementos para decifrar algumas das alusões talvez menos evidentes e para reconstruir algumas dentre as chamadas mais precisáveis. Para além disso, nas notas seguintes, limitei-me a reenviar as citações pontuais aos locais de onde foram tiradas e a referir algumas notícias úteis para uma maior compreensão.

O meu livro *Esistenza e persona*, citado à p. 2, saiu em 1950, em primeira edição: neste ano, saiu uma reimpressão da terceira edição (Turim, Taylor, 1970). Permito-me indicar alguns dos temas que ali tratei, e que se tornaram sempre mais centrais no debate especulativo e cultural dos anos subseqüentes. Trata-se, sobretudo, de problemas emersos e tornados atuais pela dissolução do hegelianismo: a multiplicidade e o condicionamento histórico das filosofias, o problema que daí deriva para um conceito de historiografia filosófica, o diálogo entre as diversas perspectivas sobre a verdade, a preocupação de evitar tanto o fanatismo quanto o ceticismo, uma concepção pluralista mas não relativista da verdade; a possibilidade de uma "redescoberta" e de uma "recuperação" (nem "renovação" nem "atualização") atual do cristianismo, o êxito inevitavelmente anticristão da cultura moderna como laicização do cristianismo, a dissociabilidade do cristianismo de contextos culturais e a reafirmação do seu valor puramente religioso, mas nem por isso meramente intimista e "privado", o cristianismo como alternativa ineludível de toda concepção hodierna que esteja consciente dos problemas de agora e o ateísmo como peremptório problema "interno" para toda hodierna profissão de cristianismo; os problemas de um personalismo atual, tais como a convergência de conceitos aparentemente opostos, mas na realidade incindíveis, como aqueles de singularidade e comunidade, a possibilidade de uma comunicação interpessoal, a relação entre pessoa, sociedade e transcendência; e assim por diante.

Sobre a centralidade do conceito de "interpretação", ao qual aludo na p. 5, valem as seguintes observações. Já o tipo de atenção que, nos meus primeiros estudos, dediquei ao existencialismo, me predispunha a uma teoria da interpretação:

por um lado, o estudo de Heidegger me havia reenviado a uma leitura – desde então não mais abandonada – de Dilthey, e, por outro lado, em Jaspers sublinhei, como particularmente importante e significativa, a teoria dos pontos de vista, quer se tratasse da *Psychologie der Weltanschauungen* ou do pluralismo antiperspectivista da *Lógica filosófica*, como resulta do meu livro *La filosofia dell'esistenza e Carlo Jaspers*, Napoli, Loffredo, 1940, e do ensaio *Ultimi sviluppi del pensiero di Jaspers* (in "Rivista di filosofia", 1948, fasc. 4, republicado na primeira edição de *Esistenza e persona*).

Delineei os primeiros traços de uma teoria da interpretação por ocasião do problema da unidade da filosofia e da multiplicidade das filosofias, como base para uma definição da natureza do pensamento filosófico e para a proposta de um novo conceito de historiografia filosófica: permito-me reenviar sobretudo a *Il compito della filosofia oggi*, em *Esistenza e persona; Fichte*, Torino, Edizioni di "Filosofia", 1950, pp. XLV-LIII; *Unità della filosofia*, em "Filosofia", 1952, fasc. 1; Prefazione e Conclusione a G. G. F. HEGEL, *Introduzione alla storia della filosofia*, Bari, Laterza, 1953. Ulteriores esclarecimentos se me ofereceram quando estendi – parece-me com fruto – o conceito de interpretação à relação entre universal e particular e às relações interpessoais, como, em geral, resulta de *Esistenza e persona* e do ensaio *La conoscenza degli altri*, de 1953, inserido na segunda edição (1960).

Mas os aprofundamentos decisivos me vieram do campo da estética, onde o conceito de interpretação me pareceu particularmente fecundo, e capaz de contribuir para a solução não somente de problemas relativos à arte, mas também de outros problemas, como o estudo da natureza, o conhecimento histórico, a vida social, e assim por diante (*Filosofia della persona*, 1958, inserido na terceira edição de *Esistenza e persona*, 1966). A estética, à qual dediquei muitos anos de estudo, pareceu-me, então, não tanto como o terreno próprio do conceito de interpretação, mas, mais precisamente, como a maior verificação do seu caráter originário e onivalente: de fato, não se trata de estender a outros setores um conceito propriamente estético, mas de tirar da particular evidência que a validade do conceito de interpretação alcança, no campo estético, uma confirmação da validade que ele possui em todos os campos da atividade do homem e em toda relação humana.

Eis os escritos nos quais trato particularmente do conceito de interpretação em campo estético: *Arte e conoscenza. Intuizione e interpretazione,* em "Filosofia", 1950, fasc. 2, e *Sui fondamenti dell'estetica*, nas "Atti del VII Convegno di Studi Filosofici di Gallarate (1951)", Padova, Liviana, 1952, ambos em *Teoria dell'arte: saggi di estetica,* Milano, Marzorati, 1965; *Estetica: teoria della formatività*, Torino, Edizioni di "Filosofia", 1954 (segunda edição: Bologna, Zanichelli, 1960, especialmente nas pp. 35-7, 146-9, 151-238); *Il concetto di interpretazione nell'estetica crociana*, em "Rivista di filosofia", 1953, fasc. 3 (em *L'esperienza artistica: saggi di storia dell'estetica*, Milano, Marzorati, iminente*); *L'interpretazione dell'opera d'arte*, comunicação no III Congresso Internazionale di Estetica (Venezia, 1956), em "Rivista di estetica", 1956, fasc. 3, e *Interprétation et jugement*, em "Revue philosophique", 1961, fasc. 2, ambos em *Teoria dell' arte*, citada; *I problemi dell'estetica*, escrito em 1958, publicado em 1961, e em segunda edição em Milano, Marzorati, 1966, pp. 189-231; *Conversazioni di estetica*, Milano, Mursia, 1966, especialmente nas pp. 33-9, 41-7, 55, 68-9, 71-8, 107-8, 112-3.

Espero que os explícitos desenvolvimentos que, neste livro, procurei dar ao conceito de interpretação contribuam para uma maior compreensão da teoria da interpretação que delineei nos meus livros de estética; ou seja, convidem e ajudem o leitor a considerá-la no seu sentido devido, como uma teoria *geral* da interpretação, não limitada ao campo estético, e geral já desde agora, enquanto se pode "lê-la" com o olhar voltado para a inteira atividade do homem e verificar a sua validade em todas as situações e relações humanas.

Dentre os pensadores estrangeiros que se interessaram pela teoria da interpretação por mim proposta, recordo com particular espírito de congenialidade Hans Georg Gadamer, que quis citá-la no seu livro fundamental *Wahrheit und Methode: Grundzüge einer philosophischen Hermeneutik*, Tubinga, Mohr (Paul Siebeck), 1960, p. 113. Analogamente, no ensaio *Hermeneutick*, em *Contemporary Philosophy*, aos cuidados de R. Klibansky, Firenze, La Nuova Italia, 1969, p. 367.

Os estudiosos italianos que acolheram a minha distinção entre pensamento expressivo e pensamento revelativo são Augusto Del Noce (em *Riforma cattolica e filosofia moderna: I. Descartes*, Bologna, Il Mulino, 1965, pp. 670-6) e Sergio Cotta (em *La sfida tecnologica*, Bologna, Il Mulino, 1968, pp. 105 s., 123 ss.): a validade das penetrantes meditações que eles trazem a essa distinção é para mim a mais significativa autenticação da minha proposta. Análoga, em um certo sentido, àquela distinção, parece-me a problemática tão amplamente desenvolvida por M. F. Sciacca no seu livro *Filosofia e antifilosofia*, Milano, Marzorati, 1968: dele recordo também *Storicismo ou storicità dei valori?*, em *I valori permanenti nel divenire storico*, "Atti del convegno promosso dall'Istituto Accademico di Roma", Roma, 1969.

Página 6. O célebre καλὸς γὰρ ὁ κίνδυνος,** de Platão, referido à audácia da filosofia, encontra-se, como se sabe, no Fédon (114 D). A passagem de Schelling pertence aos *Erlanger Vorträge* (Schröter V 12), que no meu entender estão entre as

▼

* Publicado em 1974. (N. da T.)
** Belo será ter essa coragem. (N. da T.)

melhores coisas que ele escreveu, tanto é verdade que essas conferências de 1821 suscitaram nos ouvintes, entre os quais era assíduo o poeta von Platen, um autêntico entusiasmo. Ótima iniciativa foi, portanto, aquela de Horst Fuhrmans, o benemérito dos estudos schellingianos, de publicar uma interessantíssima *Nachschrift* deste curso do semestre invernal 1820-21, com o título *Initia philosophiae universae*, Bonn, Bouvier, 1969. Para bem compreender o sentido da passagem citada, convém lembrar que Schelling pouco acima escreve: *"Selbst Gott muss lassen, der sich in den Anfangspunkt der wahrhaft freien Philosophie stellen will. Hier heisst es: Wer es erhalten will, der wird es verlieren, und wer es aufgibt, der wird es findem. Nur derjenige ist auf den Grund seiner selbst gekommen und hat die ganze Tiefe des Lebens erkannt, der einmal alles verlassen hatte, und selbst von allem verlassem war"*: "Quem quer colocar-se no ponto inicial da filosofia verdadeiramente livre deve abandonar até mesmo Deus. Aqui é o caso de dizer: quem quer conservá-lo o perderá, e quem o abandona o reencontrará. Somente aquele que chegou à raiz de si e conheceu toda a profundidade da vida, que abandonou tudo e foi abandonado por tudo" (V 11; cf. *Initia philosophiae universae*, pp. 18-9).

Pensamento expressivo e pensamento revelativo

Páginas 10-1: que em filosofia todos digam a mesma coisa e cada um não diga senão uma única coisa são teses que em certo sentido se encontram, por um lado, em Heidegger e, por outro, em Bergson; mas o primeiro as afirma sobre um fundamento *somente* ontológico e o segundo sobre um fundamento *não* personalista; enquanto, ao invés, o meu intento é de sustentá-las sobre a base de um *personalismo ontológico*, onde os dois aspectos, aquele ontológico e aquele pessoal, não só não se apresentam separados, mas não podem ser compreendidos senão conjuntamente.

À página 16 se reconhecerão facilmente as indiretas citações de Heráclito e de Plotino. Pertence a Heráclito a terminologia do "dizer", do "ocultar" e do "significar": o oráculo de Delfos, diz ele, οὔτε λέγει οὔτε κρύπτει ἀλλὰ σημαίνει: "não diz nada nem oculta nada, mas significa" (22 B 93 Diels). O conceito de uma "presença melhor do que a ciência" é de Plotino (VI IX 4): Cilento traduz "por via de uma presença que vale bem mais do que a ciência".

A citação grega da p. 17 é, ainda, de Heráclito, e significa "tão profundo é o seu significado". (22 B 45 Diels).

A propósito do início do parágrafo sexto (p. 22), recorde-se que *"vor solchen Mysterien zu warnen ist Pflicht"* (é um dever advertir a respeito destes mistérios), afirma Schelling, a saber um pensador que até induziu bastante à exaltação da obscuridade e do não saber (V 260); mostrando uma cautela semelhante ao arrependimento que incitava Cusano a confessar: *"Putabam ego aliquando veritatem in obscuro melius reperiri"** (*De apice theoriae*), e a defender a *vis vocabuli* seja mesmo somente na *theologia sermocinalis* (Idiota: *De sapientia* II).

As citações alemãs da p. 24 são de Schelling, nas *Lezioni monaschesi sulla storia della filosofia moderna* (V 250; trad. italiana de G. Durante, Firenze, Sansoni, 1950, p. 213). Seguem expressões conexas com a inteira história da teologia negativa (e também com a ontologia negativa heideggeriana, já às pp. 21-3), e da qual é obviamente inútil dar referências precisas, tanto são abundantes na história do pensamento. A "mística treva da ignorância", isto é, o μυστικὸς γνόφος τῆς ἀγνωσίας é do Pseudo Dionísio (*Migne, P. G.* 1001 A), enquanto a ἀνεξίχνίαστον πλοῦτος, a "inescrutável riqueza", o *"investigabiles divitiae"*, são, como se sabe, de S. Paulo (*Eph.* III 8). Poder-se-ia continuar contrapondo, por exemplo, ao ὑπέρφωτος σιγῆς γνοφός, à "tenebrosidade mais que luminosa do silêncio", do Pseudo Dionísio (*Migne, P. G.* 997), a "infinita plenitude" de Platão: πλῆθος ἄπειρον (*Parm.* 144 A).

A citação grega da p. 28 é a célebre passagem do Evangelho de S. João: "A verdade vos libertará" (VIII 32).

Valores permanentes e processo histórico

Sobre a dialética de exemplaridade e congenialidade, à qual aludo à p. 36, permito-me reenviar ao tratamento que dela desenvolvi em *Estetica: teoria della formatività* (segunda edição, pp. 115-50), e no ensaio *Tradizione e innovazione*, contido em *Conversazioni di estetica*, Milano, Mursia, 1966: tudo aquilo que, a respeito, digo para o campo estético vale em geral para toda atividade humana. Sobre a idéia de que as formas dão lugar a estilos veja-se todo o pensamento de Augusto Guzzo.

A crítica de Heidegger ao conceito de valor (p. 38) encontra-se sobretudo em *Einführung in die Metaphysik*, Tubinga, Niemeyer, 1953, pp. 150-2 (tradução italiana de G. Masi, com apresentação de G. Vattimo, *Introduzione alla metafisica*, Milano, Mursia, 1968, pp. 201-4), *Brief über den Humanismus*, agora em *Wegmarken*, Francoforte, Klosterman, 1967, pp. 177, 179-80; *Holzwege*, Francoforte, Klosterman, 1950, pp. 93-4, 205-10, 238-43 (tradução italiana de Pietro

▼

---

* "Outrora eu julgava que, na obscuridade, a verdade era melhor de ser encontrada." (N. da T.).

Chiodi, *Sentieri interrotti*, Firenze, La Nuova Italia, 1968, pp. 88, 203-8, 237-42). A crítica de Heidegger é baseada no princípio de que a atribuição do valor ao ser supõe uma concepção subjetivista que não pode ter outro êxito coerente a não ser a absolutização do ponto de vista do homem, e, portanto, o mais completo "esquecimento do ser". Por um lado, o conceito de valor não somente degrada os entes, uma vez que lhes seja aplicado, porque desvia de pensar o seu ser, mas esquece e suprime o próprio ser, porque não o deixa abrir-se na sua verdade, antes o reduz a um puro e simples fato, em vão sustentado por uma artificiosa e alternada vicissitude de atribuição do valor ao ser e do ser ao valor; por outro lado, quem fica de tal modo degradado e alterado é o próprio homem, que, negligenciando o ser, torna-se o "assassino de Deus", capaz de proferir "a maior blasfêmia que se possa pensar contra o ser", e por conseguinte desce abaixo de si mesmo e se perde. Também Gabriel Marcel reivindica o primado da ontologia: uma axiologia não radicada na ontologia é falsa, porque substitui aos valores autênticos, que são "mediadores de transcendência", "essências encarnadas", "evidências ativas", valores artefatos, que na sua enganadora objetividade não são senão projeções subjetivas: ser, valor e liberdade só podem ser afirmados e salvos conjuntamente (*Aperçus sur la liberté*, em "La Nef", 1946, n. 19, e *Ontologie et axiologie*, em *Esistenzialismo cristiano*, Padova, Cedam, 1949).

A expressão latina da qual me servi para esclarecer o conceito de "persistência do negativo" à p. 39, ou seja, "*diabolicum est diabolum negare*", recorda, embora de um ponto de vista diverso e com diversa acentuação, a expressão de Franz von Baader: "*Diabolum negare est Diabolo credere*" (em *Sämtliche Werke*, IV 360).

As belíssimas páginas de Kierkegaard sobre o caráter cotidiano e terrestre do cavaleiro da fé, que cito à p. 40, encontram-se em *Timore e tremore* (tradução italiana, Milano, Comunità, 1948, pp. 39-43: cf. tradução alemã de E. Hirsch, *Furcht und Zittern*, em Gesammelte Werke, Düsseldorf, Diederichs Verlag, IV Abteilung, 1962, pp. 37-41).

A citação das pp. 48-9, que concerne à origem como aquilo que "em cada dia é como se estivesse em seu primeiro dia", é de Heidegger (*Einführung in die Metaphysik*, citada, p. 74; tradução italiana, citada, p. 107), quando, depois de ter afirmado que "na história da filosofia, no fundo, todos os pensadores dizem a mesma coisa", observa que daí não se segue de fato a necessidade de "uma única filosofia", como se "tudo fosse sempre já dito", porque "*dieses 'dasselbe' hat allerdings den unausschöpfbaren Reichtum dessen zur inneren Wahrheit, was jeden Tag so ist, als sei es sein erster Tag*": "esta 'mesma coisa' possui, em realidade, como sua interna verdade, a inexaurível riqueza de ser cada dia como em seu primeiro dia".

Originariedade da interpretação

Teorizei a interpretação musical, à qual faço menção nas páginas 69-70, em *Estetica: teoria della formatività*, citada, pp. 189-214, 226-33, e em *I problemi dell'estetica*, citado, pp. 195-223; cf. também *Il concetto di interpretazione nell'estetica crociana*, em "Rivista di Filosofia", 1953, fasc. 3 (em *L'esperienza artistica*, iminente*).

Um exemplo daquela dialética de interioridade e independência, à qual aludo às pp. 72-3, e que deveria eliminar toda concepção intimista e subjetivista do personalismo, pode se ver seja na crítica que fiz, sobre esse ponto, da estética de Stefanini (*Conversazioni di estetica*, citadas, pp. 92-102), seja na teoria que propus do diálogo do artista com a sua matéria (*Teoria dell'arte*, citada, pp. 151-8), teoria que se pode facilmente "transpor" do campo estético para qualquer outro campo da atividade humana.

O dito heideggeriano, citado à p. 90: "*Wer gross denkt, muss gross irren*", que se poderia talvez traduzir: "A grandes pensadores correspondem grandes erros", encontra-se no livrinho *Aus der Erfahrung des Denkens*, Neske, Pfullingen, 1954, p. 17. Além disso, como recorda Schelling, só quem se arrisca na aventura do pensamento pode errar, de modo que é homenagear uma pessoa considerá-la capaz de erro: "*Wer irren will, der muss wenigstens auf dem Wege sein; wer aber gar nicht einmal sich auf den Weg macht, sondern völlig zu Hause sitzen bleibt, kann nicht irren*": "Pode errar só quem está a caminho; quem nem ao menos se põe a caminho, e fica comodamente em casa, não pode errar" (V 5). O que soa talvez mais lapidariamente na redação publicada por H. Fuhrmans: "*Auch Irren ist ehrenvoll. Wer irren, vom Weg abirren kann, der kann doch gehen. Wer hinter dem Ofen sitzen bleibt, der ist nicht fähig zu irren*": "Também errar é coisa honrosa. Quem pode errar, perder o caminho, pode também avançar e chegar. Quem fica comodamente por trás da estufa, não é capaz de errar" (*Initia philosophiae universae*, cit., p. 11). Sobre a extrema vizinhança entre verdade e erro são de se ter presentes as profundas observações de Pascal: "A verdade é tão delicada que, por pouco que nos afastemos dela, caímos no erro; mas o erro é tão sutil que, sem nem ao menos dele nos afastarmos, encontramo-nos na verdade" (*Terceira Provincial*).

Página 90: a citação de Milton é extraída do Primeiro *Trattato della dottrina e disciplina del divorzio* (*Complete Works*, Yale University Press, 1959, v. II, p. 225).

A expressão de S. Agostinho, citada à p. 94, tem o seguinte contexto: "*Mentibus nostris sine ullo strepitu, ut ita dicam, canorum et facundum quoddam silentium*

▼

---

* Publicado em 1974. (N. da T.)

veritatis illabitur": "Nas nossas mentes se insinua docemente e sem nenhum rumor o sonoro e, por assim dizer, falante silêncio da verdade" (*De libero arbitrio*, II, 13, 35).

Filosofia e ideologia

Neste capítulo mantiveram-se constantemente presentes e com freqüência explicitamente discutidas todas as teorias mais importantes sobre o conceito de ideologia: os textos já clássicos dos ideólogos, de Marx e de Engels, de Max Scheler (agora traduzido em italiano com o título *Sociologia del sapere*, Roma, Abete, 1966) e dos sociólogos do conhecimento, de Karl Mannheim, de Vilfredo Pareto; sobre o marxismo, recordo, com particular atenção, os desenvolvimentos de Karl Korsch e de Ernst Bloch e a interpretação de Kostas Axelos; entre os sociólogos relembro especialmente a *Social Theory and Social Structure* (1957) de R. K. MERTON (trad. it. *Teoria e struttura sociale*, Bologna, Il Mulino, 1959) e *The Sociology of Knowledge* (1958) de W. STARK (trad. it. *Sociologia della conoscenza*, Milano, Edizioni di Comunità, 1963), e naturalmente a escola de Frankfurt, com os estudos de Marx Horkheimer e de Theodor Wiesengrund Adorno nos "Frankfurter Beiträge zur Soziologie" (da qual em italiano a *Lezioni di sociologia*, Torino, Einaudi, 1966). Sobre o problema da ideologia em geral, limito-me a citar: HANS BARTH, *Wahrheit und Ideologie*, Erlenbach-Zurigo, Rentsch, 1945[1], 1961[2]; LEO KOFLER, *Marxismus und Sprache*, Colonia, 1952; HANS JOACHIM LIEBER, *Wissen und Gesellschaft*, Tubinga, 1952; THEODOR GEIGER, *Ideologie und Wahrheit*, Stoccarda, 1953; HELMUT PLESSNER, *Zwischen Philosophie und Gesellschaft*, Berna, Francke, 1953; WERNER KNUTH, *Ideen, Ideale, Ideologien*, Amburgo, Holsten, 1955; JEANNE HERSCH, *Die Ideologien und die Wirklichkeit*, Monaco, Piper, 1957; ERNST TOPISCH, *Vom Ursprung und Ende der Metaphysik*, Vienna, Springer, 1958; LESZEK KOLAKOWSKI, *Der Mensch ohne Alternative*, Monaco, Piper, 1960; CARL AUGUST EMGE, *Das Wesen der Ideologie*, Wiesbaden, Steiner, 1961; KURT LENK, *Ideologie*, Neuwied, Luchterhand, 1961[1], 1964[2]; DANIEL BELL, *The End of Ideology*, New York, Free Press, 1961[1], 1965[2]; ERNST TOPISCH, *Sozialphilosophie zwischen Ideologie und Wissenschaft*, Neuwied, Luchterhand, 1961; ROBERT E. LANE, *Political Ideology*, New York, Free Press, 1962[1], 1967[2]; JOSEPH GABEL, *La fausse conscience*, Parigi, Editions de Minuit, 1962 (trad. it. *La falsa coscienza*, Bari, Dedalo libri, 1968); JÜRGEN HABERMAS, *Theorie und Praxis*, Neuwied, Luchterhand, 1963; JAKOB BARION, *Was ist Ideologie?*, Bonn, Bouvier, 1964; REINHARD LAUTH, *Zur Idee der Transzendentalphilosophie*, Monaco-Salisburgo, Pustet, 1965; HANS JOACHIM LIEBER, *Philosophie Soziologie Gesellschaft*, Berlino, De Gruyter, 1965.

Páginas 103-4: julgo inútil listar os conhecidíssimos textos de Marx. Quanto a Mannheim, veja-se, aos cuidados de A. Santucci, a tradução italiana de *Ideologia e Utopia*, Bologna, Il Mulino, 1957 (*Ideologie und Utopie*, Bonn, Cohen, 1929; *Ideology and Utopia*, Londra, Routledge and Kegan, 1953).

Um claro exemplo daquela aguda interpretação do marxismo, da qual se fala às pp. 103-4, empenhada em evidenciar o caráter orgânico de cada momento histórico, e *por conseguinte* o caráter específico das produções espirituais, é o marxismo de Karl Korsch. Ele, no intento de evitar o assim depreciativamente chamado "marxismo vulgar", precisamente no ato de afirmar a relação orgânica que na totalidade da situação une entre si, inseparavelmente, os vários aspectos, e por conseguinte também o aparato ideal, insiste sobre a impossibilidade de considerar quiméricos os produtos ideais, no sentido de que a sua especificidade é requerida pela situação histórica, como parte integrante desta e como elemento diferenciado da sua complexidade, a tal ponto que se pode falar de uma "estrutura espiritual-intelectual". Desse modo, enquanto se sustenta que o tratamento dialético da ideologia consiste na sua inserção orgânica no quadro total da situação, afirma-se que a ação é conduzida não só ao nível das estruturas econômicas, mas também ao nível da crítica filosófica. A respeito veja-se KARL KORSCH, *Marxismus und Philosophie*, Lipsia, 1923 (trad. it. *Marxismo e filosofia*, Milano, Sugar, 1966). O enunciado de que "na superestrutura não há nada que já não estivesse na base a não ser a superestrutura mesma" ("*nichts sei im Ueberbau, was nicht auch in der Basis angelegt ist, mit Ausnahme des Ueberbaus selber*") é dito por Habermas a propósito de Ernst Bloch (J. HABERMAS, *Theorie und Praxis*, cit., p. 338).

Página 106: por marxismo "metafísico" entendo uma concepção do tipo daquela de Kostas Axelos: *Marx penseur de la technique*, Parigi, Editions de Minuit, 1961 (trad. it. *Marx pensatore della tecnica*, Milano, Sugar, 1963); *Vers la pensée planétaire*, Parigi, Editions de Minuit, 1964; e por marxismo "profético" evidentemente o pensamento de Ernst Bloch (em geral a *Gesamtausgabe* em 15 volumes, e em particular *Das Prinzip Hoffnung*, Berlino, Aufbau Verlag, 1954-59, 2ª ed. Francoforte, Suhrkamp, 1959).

A acentuação da "comunhão", à qual aceno às pp. 112-3, encontra-se, além disso, também em S. Agostinho, que todavia é o grande teórico da interioridade: "*Veritas tua nec mea est nec illius aut illius, sed omnium nostrum, quos ad eius communionem publice vocas, terribiliter admonens nos, ut eam nolimus habere privatam, ne privemur ea. Nam quisquis id, quod tu omnibus ad fruendum proponis, sibi proprie vindicat et suum vult esse quod omnium est, a communi proppellitur ad sua, hoc est a veritate ad mendacium*": "A tua verdade não é nem minha nem deste ou daquele, mas de nós todos, e a todos chama publicamente à comunhão com ela, com a terrível advertência de não pretender possuí-la em particular, a fim de que dela não sejamos privados. De fato qualquer um que reclame apenas para si aquilo que tu ofereces ao gozo de todos, e pretenda seu aquilo que é de todos, é expulso da posse comum para a sua posse própria, isto é da verdade para a mentira" (*Confessioni*, XII 25, 34); "*Communis est omnibus veritas. Non est nec mea, nec tua; non est illius, aut illius: omnibus communis est*": "Comum a todos é a verdade. Não é nem tua nem minha; nem deste nem daquele: é comum a todos" (*Enarrationes in Psalmos*, 75, 17). Estas citações confirmam o caráter nitidamente antisubjetivista do personalismo, e a possibilidade de interpretar em sentido ontológico, e não intimista, a própria doutrina agostiniana da interioridade do verdadeiro à mente; ao que todavia se oporia o fato de que em S. Agostinho falta o conceito hermenêutico da verdade, isto é, a idéia de que a verdade não se oferece senão no interior da formulação pessoal e histórica que continuamente dela se vai dando. Veja-se também mais adiante, à p. 266.

Sobre os conceitos de "dom" e de "testemunho", ligados ao conceito de liberdade, dos quais falo às pp. 118-9, permito-me reenviar à terceira edição do meu livro *Esistenza e persona*, pp. 176-82.

A citação francesa da p. 120 é um verso de Voltaire (*Oedipe*, ato IV, c. I).

Página 121: a interpretação esquizofrênica da ideologia encontra-se em J. GABEL, *La fausse conscience*, cit., pp. 68-96. A citação referente ao historicismo sociológico é extraída do citado livro de Mannheim, *Ideologia e utopia*, trad. it. p. 197. A teoria paretiana dos resíduos e das derivações encontra-se, como se sabe, no grande *Trattato di sociologia generale*, de 1916 (terceira edição: Milano, Edizioni di Comunità, 1964). Pelo que respeita à teoria kelseniana da ideologia veja-se *Reine Rechtslehre* na tradução italiana de Mario G. Losano (*La dottrina pura del diritto*, Torino, Einaudi, 1966, pp. 123-9) e a *General Theory of Law and State*, de 1945, na tradução italiana de Cotta e Treves (*Teoria generale del diritto e dello stato*, Milano, Edizioni di Comunità, 1952, pp. 8, 14 etc.): vejam-se também os *Aufsätze zur Ideologiekritik*, ed. Ernst Topish, Neuwied, Luchterhand, 1962. Pelo que diz respeito a Marx, parece-me supérfluo listar os seus conhecidíssimos textos.

Página 130: a expressão "técnica da desconfiança" está contida num dos fragmentos póstumos de Nietzsche, dos anos 1885-1888 (*Die Unschuld des Werdwns*, ed. Bäumler, framm. 1246): "*Hier kommt eine Philosophie – eine von meinen Philosophien – zu Worte, welche durchaus nicht 'Liebe zur Weisheit' genannt sein will, soundern sich, aus Stolz vielleicht, einen bescheideneren Namen ausbittet... Diese Philosophie nämlich heisst sich selber: die Kunst des Misstrauens und schreibt über ihre Haustür:* μέμνησ' ἀπιστεῖν": "Aqui vem discutida uma filosofia – uma das minhas filosofias – que não se pode de fato chamar "amor pela sabedoria", mas, talvez por soberba, exige um nome mais modesto ... Esta filosofia chama a si mesma a arte da desconfiança e escreve sobre a porta de casa: lembra-te de desconfiar" (a citação grega é de Epicarmo, 250 K). A expressão "escola da suspeita" está contida no prefácio ao primeiro volume de *Menschliches, Allzumenschliches* (Ed. Colli-Montinari, IV, II, 7):*"Man hat meine Schriften eine Schule des Verdachtes genannt, noch mehr der Verachtung, glücklicherweise auch des Mutes, ja der Verwegenheit"*: "Os meus escritos foram chamados uma escola de suspeita e, mais ainda, de desdém; por sorte, porém, também de coragem, ou melhor, de temerariedade" (*Opere di F. Nietzsche*, edição italiana guiada por texto crítico estabelecido por G. Colli e M. Montinari, v. IV, t. II, p. 3). Certamente, a "desconfiança" nietzscheana é outra coisa que o pretenso "desmascaramento", ao qual certos críticos de hoje quereriam submeter até mesmo a grande especulação, até porque a necessidade de "verdade" ou de "veracidade" de Nietzsche é bem mais radical e generosa, e sobretudo absolutamente destituída de todo caráter projetivo e autobiográfico, como, ao invés, não se pode dizer de tantas supostas "desmistificações" hodiernas. Recorde-se que Nietzsche recomenda ao homem superior, em *Cosi parlò Zaratrusta*, exatamente a desconfiança: *"Habt heute ein gutes Misstrauen, ihr höheren Menschen!"*: "Abbiate uma giusta diffidenza, uomini superiori!"* (tradução italiana citada, v. VI, t. I, p. 352). De fato a "desconfiança" é "a única via que leva à verdade" (*"der einzige Weg zur Wahrheit"*), é a "fonte da veracidade" (*"Misstrauen als Quelle der Wahrhaftigkeit"*), a ponto de se poder afirmar "Quanta desconfiança, tanta filosofia" (*"So viel Misstrauen, so viel Philosophie"*) (Ed. Colli-Montinari, IV, III, 283; VII, III, 383; V, II, 262).

Sobre a leitura da Bíblia como de uma mensagem infinita, da qual falo às páginas 130, veja-se G. VATTIMO, *Poesia e ontologia*, Milano, Mursia, 1967, pp. 107-12.

Destino da ideologia

Este capítulo nasceu como conclusão da discussão que se seguiu, no congresso do Centro de Estudos Filosóficos de Gallarate, dedicado ao tema *Ideologia e filosofia*, à minha comunicação sobre o assunto. Nestas páginas, portanto, ficaram traços das intervenções às quais respondi e às quais repliquei, como aliás aparece de alguma citação sem referência explícita. Trata-se sobretudo das intervenções de Lotz, Gironella, Muñoz Alonso, Lazzarini, Prini, Bagolini, Piemontese, Rigobello, Giannini, Nicoletti etc.

▼

---

* "Tende uma justa desconfiança, homens superiores!". (N. da T.)

Sobre a "regra lésbia", de Vico, à p. 149, recorde-se a passagem do *De nostri temporis studiorum ratione*: "*Non ex ista recta mentis regula, quae rigida est, hominum facta aestimari possunt; sed illa Lesbiorum flexili, quae non ad se corpora dirigit, sed se ad corpora inflectit, spectari debent*"* (Opere, I 91).

Sobre o significado do termo "idéia" em Dostoiévski, à p. 151, escreveu páginas agudíssimas F. STEPUN, *Dostojewski: Weltschau und Weltanschauung*, Heidelberg, Pfeffer, 1950, pp. 38-54.

O pensamento de Pascal, citado à p. 159, na tradução de Serini (Torino, Einaudi, 1962) é o pensamento 327 da edição Brunschvicg: "*Les sciences ont deux extrémités qui se touchent. La première est la pure ignorance naturelle où se trouvent tous les hommes en naissant. L'autre extrémité est celle où arrivent les grandes âmes, qui, ayant parcouru tout ce que les hommes peuvent savoir, trouvent qu'ils ne savent rien, et se rencontrent em cette même ignorance d'ou ils étaient partis; mais c'est une ignorance savante qui se connaît. Ceux d'entre eux, qui sont sortis de l'ignorance naturelle, et n'ont pu arriver à l'autre, ont quelque teinture de cette science suffisante, et font les entendus. Ceux-là troublent le monde, et jugent mal de tout.*"** A citação de *I demoni*, de Dostoiévski, foi tirada da tradução de G. M. Nicolai, aos cuidados de E. Lo Gatto (Firenze, Sansoni, s.d., p. 291).

A expressão de Pseudo-Dionísio, citada à página 188, foi tirada de *Migne*, *P.G.*1033 C.

Página 189: como se sabe, a critica a Schelling como "destruidor da razão" é de Lukács (*La distruzione della raggione*, trad. it. De E. Arnaud, Torino, Einaudi, 1959). O furor com que Lukács denigre Schelling atesta que, do seu ponto de vista, o verdadeiro adversário é ele; e *pour cause*, dado que o Schelling pós-hegeliano é, na crítica a Hegel, uma alternativa tão válida quanto Kierkegaard, e talvez ainda mais: alternativa tão mais válida enquanto a bem se ver contém, e por conseguinte absorve e anula, a outra possibilidade da dissolução do hegelianismo, ou seja, a linha Feuerbach-Marx.

▼

* *Sobre a razão dos estudos de nosso tempo: "Não pela regra retilínea da razão, que é rígida, podem ser medidas as ações dos homens; mas, devem ser examinadas pela flexível regra lésbia, que não dirige os corpos para si, mas a eles se adapta." (N. da T.)*
** *"As ciências têm duas extremidades que se tocam. A primeira é a pura ignorância natural em que se acham todos os homens ao nascer. A outra extremidade é aquela à qual chegam as grandes almas, que, tendo percorrido tudo o que os homens podem saber, constatam que não sabem nada e se descobrem naquela mesma ignorância de onde tinham partido; mas é uma ignorância sábia, que se conhece. Aqueles que saíram da ignorância natural, e não puderam chegar à outra, têm algum verniz dessa ciência suficiente e fazem-se de entendidos. Esses perturbam o mundo e julgam mal de tudo." (N. da T.)*

Página 193: a citação de Plotino é tirada de *Enn.*, VI VII 17, que Cilento traduz: "A forma está no objeto formado, mas quem enformou era informe." Para Plotino, de fato, por um lado, "a realidade verdadeira não deve nem ser formada nem ser forma", de maneira que "o primordial e o primeiro é informe" (Δεῖ... τὸ ὄντως... μὴ μεμορφῶσθαι μηδὲ εἶδος εἶναι. Ἀνείδεον ἄρα τὸ πρώτως καὶ πρῶτον: *ibidem* 33); por outro lado, "o princípio é informe não no sentido de que seja necessitado de forma, mas no sentido de que é aquilo do qual deriva toda forma (Ἀρχὴ δὲ τὸ ἀνείδεον, οὐ τὸ μορφῆς δεόμενον, ἀλλ' ἀφ' οὗ πᾶσα μορφή: *ibidem* 32), de maneira que "a forma é o sinal do informe" (τὸ γὰρ ἴχνος τοῦ ἀμόρφου μορφή: *ibidem* 33).

A citação de Schelling é sempre tirada das *Conferenze di Erlangen* (V 13), e significa: "Para poder-se fechar em uma forma, é preciso certamente estar fora de toda forma, mas o seu aspecto positivo não consiste nisto, no seu estar fora de toda forma, no seu ser incompreensível, mas no poder-se fechar em uma forma, no poder-se tornar compreensível, ou seja, no ser livre para fechar-se ou não fechar-se em uma forma." O fato é que não se pode considerar como uma definição do princípio a sua indefinibilidade, mesmo que esta tenha um caráter simplesmente negativo, como "mera independência em relação a toda determinação externa" ("*blosse Unabhängigkeit von äusserer Bestimmung*"); a indefinibilidade somente pode ser uma sua definição quando assume um significado positivo, como "liberdade de se fechar em uma forma" ("*die Freiheit sich in eine Gestalt einzuschliessen*"). De resto, a esse propósito, pode-se sempre recordar o oitavo tratado da sexta *Enneade* de Plotino.

Desenvolvi o conceito de um "exercício de alteridade" essencial ao diálogo, do qual falo à p. 196, no ensaio *La conoscenza degli altri* (1953), incluso em *Esistenza e persona*, segunda e terceira edições. Prolonguei este conceito na teoria de um "exercício de congenialidade" como essencial a toda compreensão, e portanto a todo colóquio e comunicação, em *Estetica: teoria della formatività*, pp. 210-2 da segunda edição, e *passim* nos meus outros livros de estética. É inerente, de fato, ao próprio conceito de interpretação, visto como central e originário, a necessidade, para toda forma de diálogo – de pessoas com pessoas, de pessoas com coisas, de pessoas com obras –, de encontrar pontos de vista revelativos, não como possibilidades abstratas, mas como olhares de pessoas vivas, tão bem como um dramaturgo, antes de "pôr-se no lugar" do próprio interlocutor real ou ideal, o que é precisamente um exercício de alteridade e de congenialidade. Veja-se também, mais acima, às pp. 82-4.

Página 180: a citação de Del Noce se refere à sua sugestiva intervenção na discussão sobre *Ideologia e filosofia*, publicada nas "Atti" do Congresso, citadas, com o título *Intorno alle origini del conccetto di ideologia*, pp. 78-91.

Necessidade da filosofia

Página 244: a citação grega é tirada da Bíblia dos Setenta, e mais precisamente de uma passagem do primeiro livro de Esdras, que não tem correspondente nem na Bíblia hebraica nem na Vulgata (IV 41). Mas é citação freqüente: Schopenhauer, por exemplo, coloca-a como mote a *I due problemi fondamentali dell'etica* (1841). Também Shaftesbury a menciona no *Sensus communis* (IV 3), mas em latim: "*magna est veritas et praevalebit*". E o próprio Schopenhauer, no capítulo XX do segundo volume do *Mondo come volontà e rappresentazione*, cita: "*magna est vis veritatis et praevalebit*" (*Sämtliche Werke*, ed. Hübscher, III 313).

Filosofia e senso comum

Páginas 245-6: as citações de Cusano são tiradas do *Idiota*; a de Hegel do *Prefazione alla Fenomenologia dello spirito*; e a de Schopenhauer do ensaio *Sulla filosofia delle Università*, contido no primeiro volume de *Parerga und Paralipomena* (*Sämtliche Werke*, ed. Hübscher, V 174). A expressão de Wittgenstein, como se sabe, está contida no n. 119 das *Philosophische Untersuchungen* (trad. it. de M. Trinchero, Torino, Einaudi, 1967, p. 68).

As citações de Descartes e de Kant, da p. 248, são as célebres passagens do *Discorso sul metodo* e do *Prefazione* aos *Prolegomeni* (Akad. Ausg., IV 259).

Página 250: de Manzoni é citada uma passagem do capítulo XXXII dos *Promessi sposi*; e a idéia de que "*une différente coutume nous donnera d'autres principes naturels*"* é de Pascal (*Pensées* 92), mas reflete o pensamento de todos os moralistas franceses, a começar, como é sabido, por Montaigne.

Páginas 251-2: a citação de Shaftesbury foi tirada do *Sensus communis* (IV 3), e a de Kant ainda do *Prefazione* aos *Prolegomeni* (IV 259).

Páginas 253-4: Kant é citado ainda do *Prefazione* aos *Prolegomeni* (IV 259-60); Fichte é citado do *Sonnenklarer Bericht* (*Sämtliche Werke*, II 324-6); de Hegel é recordada a áspera polêmica contida na *Vorrede* da *Fenomenologia* (ed. Hoffmeister, pp. 54-7).

A teoria de Jaspers sobre a diferença entre verdade filosófica e verdade científica, que recordo às pp. 256-7, encontra-se em *La mia filosofia*, Torino, Einaudi, 1947, pp. 110-1; *Von der Wahrheit*, Monaco, Piper, 1947, p. 651; *Der philosophische Glaube*, Monaco, Piper, 1948, p. 11. Sobre ela o meu livro *Esistenza*

▼
---
* "um costume diferente dar-nos-á outros princípios naturais". (N. da T.)

e persona, 1950¹, cit., pp. 58-9, e as considerações sugestivas de Xavier Tilliette (*La vérité de Galilée, la vérité de Giordano Bruno*, em *L'infaillibilité*, aos cuidados de E. Castelli, Parigi, Aubier, 1970, pp. 257-70).

Página 266: quanto à diferença entre a interioridade do verdadeiro à mente e a inseparabilidade da verdade da interpretação, reenvio mais acima, à p. 112, e à relativa nota. Acerca da expressão de Pascal, sobre a razão que "se deixa dobrar para cada lado", trata-se do pensamento 274.

À página 272 retorna o pensamento de Pascal (327), já citado à p. 159.

ÍNDICE DOS NOMES

Adorno T. W., 281.
Agostinho (Santo), 94, 280, 282-3.
Arnaud E., 285.
Axelos K., 281-2.

Baader F. (von), 279.
Bagolini L., 284.
Barion J., 281.
Barth H., 281.
Barth K., 162.
Bell D., 281.
Bergson H., 277.
Bloch E., 281-2.
Bruno G., 256.
Brunschvicg L., 285.

Castelli E., 288.
Chiodi P., 279.
Cilento V., 277, 286.
Colli G., 284.
Cotta S., 276, 283.
Croce B., 154, 233.
Cusano N., 246, 278, 287.

Del Noce A., 209, 276, 286.
Descartes R., 248, 287.

Destutt de Tracy A., 103, 105.
Diels H., 277.
Dilthey W., 233, 275.
Dionísio (Pseudo), 188, 278, 285.
Dostoiévski F. M., 151, 159, 285.
Durante G., 278.

Emge C. A., 281.
Engels F., 281.
Epicarmo, 284.

Feuerbach L., 285.
Fichte J. G., 253, 287.
Fuhrmans H., 277, 280.

Gabel J., 281, 283.
Gadamer, H. G., 276.
Galilei G., 256.
Geiger T., 281.
Gianini G., 284.
Guzzo A., 278.

Habermas J., 281, 286.
Hegel G. W. F., 189, 204, 225, 233, 241, 246, 253-4, 260, 263, 275, 285, 287.

Heidegger M., 4, 38, 66, 90, 131, 188-9, 237, 275, 277-9.
Heráclito, 277.
Hersch J., 281.
Hirsch E., 279.
Hoffmeister J., 287.
Horkheimer M., 281.
Hübscher A., 287.
Husserl E., 247.

Jasper K., 234, 256, 275, 287.
João, (São) 278.

Kant I., 233, 248, 251-2, 287.
Kelsen H., 121, 283.
Kierkegaard S., 40, 189, 225, 234, 279, 285.
Klibansky R., 276.
Knuth W., 281.
Kofler L., 281.
Kolakowski L. 281.
Korsch K. 281-2.

Lane R. E., 281.
Lauth R., 281.
Lazzarini R., 284.
Lenk K., 281.
Lieber H. J., 281.
Lo Gatto E., 285.
Losano M.G., 283.
Lotz J. B., 284.
Lukács G., 285.

Mannheim K., 103, 106, 281, 283.
Manzoni A., 250, 287.
Marcel G., 279.
Marx K., 103, 105, 121, 123, 126-7, 189, 213, 225, 233, 260, 263, 281-2, 283, 285.
Masi G., 278.
Merton R.K., 281.
Milton J., 90, 280.

Montaigne M. Eyquem (de), 287.
Montinari M., 284.
Muñoz Alonso A., 284.

Napoleão, 105.
Nicolai G. M., 285.
Nicoletti E., 284.
Nietzsche F., 4, 32, 120, 130, 189, 225, 234, 283-4.

Pareto V., 121, 281.
Parmênides, 4.
Pascal B., 66, 157, 159, 266, 272, 280, 285, 287-8.
Paulo, (São) 278.
Piemontese F., 284.
Platão, 6, 200, 203, 206, 217, 276, 278.
Platen A. (von), 277.
Plessner H., 281.
Plotino,193, 277, 286.
Prini P., 284.

Rigobello A., 284.
Roig Gironella J., 284.

Santucci A., 282.
Scheler M., 281.
Schelling F. W. J., 6, 187-9, 192, 241, 276-7, 280, 285-6.
Schopenhauer A., 246, 287.
Schröter M., 276.
Sciacca M. F., 276.
Serini P., 285.
Shaftesbury A. Ashley Cooper (earl of), 251, 287.
Stark W., 281.
Stefanini L., 280.
Stepun F., 285.

Tilliette X., 288.
Topisch E., 281, 283.

Treves R., 283.
Trinchero M., 287.

Vattimo G., 278, 284.

Vico G. B., 126-7, 149, 156, 262-3, 285.
Voltaire F. M. Arouet (de), 283.

Wittgenstein L., 247, 287.

Cromosete
Gráfica e editora Ltda.

Impressão e acabamento
Rua Uhland, 307 - Vila Ema
03283-000 - São Paulo - SP
Tel/Fax: (011) 6104-1176
Email: adm@cromosete.com.br